雨花忠魂

雨花英烈系列纪实文学

雄关漫道

陈原道烈士传

杨洪军 著

江苏凤凰文艺出版社

图书在版编目（CIP）数据

雄关漫道：陈原道烈士传 / 杨洪军著. — 南京：江苏凤凰文艺出版社，2017.7
（雨花忠魂：雨花英烈系列纪实文学）
ISBN 978-7-5399-9766-7

Ⅰ. ①雄… Ⅱ. ①杨… Ⅲ. ①纪实文学－中国－当代 Ⅳ. ①I25

中国版本图书馆CIP数据核字(2016)第325252号

书　　　名	雄关漫道：陈原道烈士传
著　　　者	杨洪军
责 任 编 辑	黄孝阳　聂　斌
出 版 发 行	江苏凤凰文艺出版社
出版社地址	南京市中央路165号，邮编：210009
出版社网址	http://www.jswenyi.com
印　　　刷	江苏凤凰通达印刷有限公司
开　　　本	880×1230毫米 1/32
印　　　张	7.375
字　　　数	195千字
版　　　次	2017年7月第1版　2017年7月第1次印刷
标 准 书 号	ISBN 978-7-5399-9766-7
定　　　价	32.00元

（江苏文艺版图书凡印刷、装订错误可随时向承印厂调换）

"雨花忠魂·雨花英烈系列纪实文学"丛书编委会名单

王燕文　徐　宁　张亚青
万建清　范小青　韩松林
汪　政　张红军　问海燕

信念之光　民族脊梁

中共江苏省委书记　李　强

南京雨花台,是一处历史名迹,更是一个革命圣地。它风光秀丽,历代文人墨客在此留下吟哦诗篇;它壮怀激烈,众多先贤志士在此演绎壮丽人生;它记忆殷红,无数革命先烈、共产党人在此献出宝贵生命。近现代以来,在雨花台英勇就义的革命烈士中留下姓名的烈士就有1519名,他们的事迹展示了中国共产党人的崇高理想信念、高尚道德情操、为民牺牲的大无畏精神。

习近平总书记在中国文联十大、中国作协九大开幕式上指出:"祖国是人民最坚实的依靠,英雄是民族最闪亮的坐标。歌唱祖国、礼赞英雄从来都是文艺创作的永恒主题,也是最动人的篇章。"江苏省委宣传部、省作家协会组织编写的"雨花忠魂·雨花英烈系列纪实文学"丛书,以真实的人物故事,生动诠释了雨花英烈信仰至上、慨然担当、舍身为民、矢志兴邦的革命精神和英雄壮举。恽代英、邓中夏、何宝珍、施滉、徐楚光、陈原道等,这一个个英烈,是不灭的火种、不朽的丰碑,闪耀着革命信念的光芒，挺起了民族不屈的脊梁。"雨花忠魂"丛书，是深沉的革命历史见证，是深厚的红色文化传承，是深刻的思想教育启迪，展现了江苏作家对革命历史的正确认识、对雨花英烈的景仰之情、对弘扬社会主义核心价值观的自觉追求。

现在，江苏发展已经站在新的起点。全省上下正在深入学习贯彻习近平总书记系列重要讲话精神和治国理政新理念新思想新战略，按照省第十三次党代会提出的战略部署，积极投身"聚力创新，聚焦富民，高水平全面建成小康社会"的崭新实践，加快建设经济强、百姓富、环境美、社会文明程度高的新江苏。伟大的事业需要伟大的精神。我们缅怀雨花英烈，就是要学习他们的高尚品质和不朽精神，从中汲取养分与力量，砥砺全省人民朝气蓬勃地迈向未来；我们弘扬雨花英烈精神，就是要在高扬爱国主义主旋律、践行社会主义核心价值观的实践中，引导人们坚定对中国特色社会主义的道路自信、理论自信、制度自信、文化自信，努力创造出无愧于时代的崭新业绩，以此告慰那些为民族解放、国家富强和人民幸福而英勇献身的革命先辈们。

目　录

001　引子
001　第一章　山河入梦
048　第二章　冰雪之旅
085　第三章　逐日中原
127　第四章　顺直曲折
167　第五章　喋血金陵
218　附记　光耀千秋
222　参考文献

引子

黎明。

古城金陵。风雨飘摇,暗流涌动。

晨曦中,陈原道和另外十八位革命者一道,被带至雨花台。

"崇岗跋马晚春情,凭览遗台触概情。便果云光致花雨,可能末路救台城。"

雨花台,从公元前1147年,泰伯到这一带传礼授农算起,已有三千多年的历史。公元前472年,越王勾践筑砌"越城",雨花台一带就成了江南登高揽胜之佳地。三国时,因岗上遍布五彩斑斓的石子,又称石子岗、玛瑙岗、聚宝山。南朝梁武帝时期，佛教盛行，高僧云光法师在此设坛讲经，感动上苍，落花如雨，雨花台由此得名。明、清两代，景区内的"雨花说法"和"木末风高"分别被列为"金陵十八景"和"金陵四十八景"之一。雨花台还是历代文人墨客乃至帝王将相吟咏之地，李白、王安石、陆游、朱元璋、康熙、乾隆，都留下了吟咏雨花台的优美诗篇。

雨花台是南京城南的一处制高点，因此也成为历代兵家必争之地。东晋豫章太守梅颐曾在此抵抗外族入侵，南宋金兵入侵，抗金名将岳飞在此痛击金兵；此后的太平天国天京保卫战，辛亥革命讨伐清兵，都曾在此掀起连天烽火，雨花台也因此逐渐荒芜。

今天，雨花台又沦为了国民党统治者屠杀共产党人和革命志士的刑场。

钟山无语，大江落泪。陈原道走得沉着、镇静、从容，仿佛是去一条常去散步的绿草如茵的林间小道、一处花红柳绿的街心公园。他的目光，像飞鸟一般，在众人面前匆匆掠过，然后，仰望着头顶上的天空。天，就要亮了。细碎的光影，斑驳地投在他的头上、脸上、身上，让他的身材看上去挺拔而修长，像一棵松树。

在这个东方欲晓的黎明，陈原道突然想起了一个黄昏。

那是一个山寒水冷风刀霜剑的黄昏，陈原道和恽代英在风雨如晦的芜湖相见。虽然，时间是那么短暂，那么匆匆，可先生播下的真理之火，却在陈原道的心里，一点，一点，终成熊熊烈火。

今天，又将踏着先生坚实的足迹，循着先生耀眼的光亮，去向他报到了。他一时有些辨不清，这样的远行，该说是终点呢，还是起点？

陈原道笑了。木棉花一样的热情，在他的眸子里绽放开来。

"锋镝牢囚取次过，依然不废我弦歌。"

陈原道开始歌唱，他的声音，铿锵有力，空谷传声：

起来，饥寒交迫的奴隶，起来，全世界受苦的人！满腔的热血已经沸腾,要为真理而斗争……

众人的声音很快就合了进来,十八名勇士异口同声,发出了惊天地泣鬼神的强音。

歌声,响彻寰宇,声动长空,大厦将倾的石头城被震荡得天塌云陷地摇山动:

旧世界打个落花流水,奴隶们起来起来!不要说我们一无所有,我们要做天下的主人!这是最后的斗争,团结起来到天明,英特纳雄耐尔就一定要实现!

"慷慨就义易,从容赴死难。"

对陈原道这样的共产主义战士来说,从走上革命道路那天起,就已经将生死置之度外。 宁以义死,不苟幸生。

"嘭嘭嘭嘭……"

枪声划破死寂的天空,陈原道等十八位同志凄凉地倒在血泊之中,慷慨赴死,从容就义。

枪声响起的那一瞬间,陈原道仿佛看见了正望眼欲穿心急如焚地等待他重返家门的刘亚雄。

"宁静的地平线/分开了生者和死者的行列/我只能选择天空/决不跪在地上/以显出刽子手们的高大/好阻挡自由的风/从星星的弹孔中/将流出血红的黎明……"

这一天,是1933年4月10日。

这一天,注定要被历史永远永远铭记。

这一年,陈原道用生命给人生画上了一个光辉的句号。

这一年,陈原道年仅32岁。

对茫茫人海来说,一个人,甚或是十个人,都微不足道。 然而,恰恰是这微不足道的个人的悲欢际遇,构成了历史最真实的一幕一幕。

时隔不到一年。

1934年1月21日，中华苏维埃第二次全国代表大会在江西瑞金沙洲坝开幕。时任苏区临时中央政府主席的毛泽东在开幕词中说：

"两年来，全国红军在浴血的战斗中，取得了伟大的胜利，在这当中，我们许多同志为苏维埃留尽最后一滴血，而光荣牺牲了。许多在国民党区域在白色区域领导革命斗争被帝国主义和国民党屠杀了；许多在东北反日游击战争，被日本强盗杀害了。这些同志中间如：黄公略、赵博生、韦拔群、恽代英、蔡和森、邓中夏、陈原道、何子述等等，他们在前线上，在各方面的战线上，在敌人的枪弹下屠刀下光荣地牺牲了。我提议，我们静默三分钟，向这些同志表示我们的哀悼和敬仰！"

第一章
山河入梦

冷。

真冷。

1921年的冬,特别的冷。

比以往的哪一年都冷。

陈原道斜倚床头,正在专心致志地刻苦攻读。他的身上裹着被子、毯子,还是冷。这冷,是那种冰寒侵肌彻心彻骨的冷。手,冻木了,放进被窝暖一会儿,一伸出来,还没活动,立马又木了,连书页都翻不开。这就无计可施了。因为,所有能上身的东西,棉衣、绒衣、袜子……都已经盖到身上了。

这可真是名副其实的寒窗苦读了。

陈原道苦笑道。

正是寒假时间,寝室的同学都回去了。陈原道没有走。他正好借这段闲暇时光,好好研读手里这本久负盛名的西方社会科学著作——《天演论》。更重要的是,芜湖各学生和社会进步团体组织的一些讲座和活动,他也要参加,还要应邀到工人义务识字班去讲课。

二十世纪二十年代,对在封闭中沉睡了千年的芜湖来说,正是长夜破晓的关键时刻。随着五四运动思想解放号角的吹响,各种思潮如闪光的星体划过神州夜空,引起了有血性、有思想的年轻一代的竞相仰望和追求。

陈原道就是其中的光辉代表。

这之前,陈原道已经如饥似渴地阅读了卡尔·马克思与弗里德里希·恩格斯合著的《共产党宣言》,列宁的《唯物主义和经验批判主义》和《马克思主义和修正主义》,达尔文的《进化论》,卢梭的《民约论》,瞿秋白翻译的《社会科学概论》,施存统翻译的《资本制度浅说》、《马克思主义和达尔文主义》,陈独秀的《谈政治》,李大钊的《我的马克思主义观》等著述和进步书刊《新青年》《每周评论》以及拜伦、裴多菲等人的文学作品。

《天演论》原名《进化论与伦理学》,是近代中国著名的启蒙思想家和翻译家严复译自英国生物学家托马斯·亨利·赫胥黎名为 *Evolution and Ethics* 的演讲与论文集,此书阐发了达尔文《物种起源》一书中关于生物进化的理论,也是严复影响最大的译作。它首次向中国人介绍了达尔文的进化论,并用"物竞天择,适者生存"的简洁语言,敲响了祖国危亡的警钟。严复的翻译,绝非那种低级的生搬硬套照本宣科,除翻译外,还对赫胥黎的原著进行改造和评论,加入自己的见解,或是,加入其他学者如斯宾塞的主张。赫氏原著后半部认为伦理学不能等同于生物进化论,进化论是进化论,伦理学是伦理学,但是严复反对这样的观点,他提出斯宾塞的学说,认为自然界的进化规律完全适用于人类社会。《天演论》的功绩不仅在于首次向国人介绍了达尔文的进化论思想，给人们提供了一种全新的世界观，更重要的是，用自然界生物进化和演变规律阐述社会发展规律，揭示出国家落后就要挨打的定律，激发起人们救亡图存、变法维新的新观念，成为近代中国资产阶级改良政治和社会革命的先导。

《天演论》问世以后，"天演""物竞""天择""适者生存"等新名词很快充斥报纸刊物，成为最活跃的字眼。有的学校以《天演论》为教材，有的教师以"物竞""天择"为作文题目，有些青少年干脆以"竞存""适之"等作为自己的字号。后来名噪全中国的学者胡适之，就是因《天演论》而更名，并由此确定了他一生的发展方向。

陈原道早就听说过这部影响深远的译著，可惜，一直无缘谋面。学期结束前，无意之中，在芜湖中长街上一家名为"芜湖科学图书社"的店里发现了该书，如获至宝。书店老板叫汪孟邹，是安徽绩溪人，早年接受康梁启蒙思想，在安徽近代思想启蒙运动史上占据着重要地位，陈独秀曾评价他："为新文化做了几十年媒婆，给旧世界播下数千颗逆种。"汪孟邹见陈原道爱不释手，笑着说："愿意读的话，就拿去吧。不过，要记得完璧归赵啊！"

陈原道当即托人带话回家，这个寒假不回去了。他要偷闲躲静，借学校寂静无人的大好时机映月读书、含英咀华。

陈原道1902年4月25日出生在安徽巢县一个贫苦农民家庭，沉重的阶级压迫与剥削，使他从小就积淀了朴素的阶级意识和对封建制度的反抗情绪。

由于家境贫寒，从小营养不良的陈原道，六七岁了，看起来还依旧显得瘦弱矮小。在讲究耕读传家的农村，他这样的体格，干不了农活，只适合读书。可对一个温饱都还没完全解决的家庭来说，读书谈何容易啊！

"再苦也要让孩子读上书！"贤淑的母亲再三向本村一家富户请的

一位姓宋的私塾先生说情,陈原道才得以进班旁听。母亲是个半文盲,除了自己的名字,几乎不认得其他汉字,然而在陈原道读书的问题上,却表现得比一些文化人还深明大义。

陈原道天资聪颖,学习又极为用心,深得宋先生的喜爱。陈原道喜欢诵读诗词歌赋,尤其是那些充满人生壮志豪情的名篇名句,如"天仙大笑来人间,可怜天上无青山""生小好交燕赵客,论人惟取鲁朱家""望门投止思张俭,忍死须臾待杜根,我自横刀向天笑,去留肝胆两昆仑"等,他总是反复吟哦,烂熟于心,从中汲取高尚的精神力量。他还喜欢读革命伟人的传记,从心里热爱、崇敬谭嗣同、文天祥等伟大的爱国主义者,从而萌发了强烈的爱国主义思想。

后来,宋先生到十里外的龙华寺高等小学任教,爱才心切的他不忍颖悟过人的陈原道就此辍学,与陈原道父母商量后,决定带他一同转学。

龙华寺高等小学(今巢湖市黄山中学),是方圆几十里唯一的一所新式小学堂。在这里,陈原道开始受到辛亥革命后新的思想文化的教育和熏陶,学习了国文、历史、地理、算学等新式课程,同时也学习唐诗、宋词、元曲等,诗词功底相当深厚。"言语有序,文辞有章"。由于陈原道文采出众,且对西洋新学和民主思想接受较快,所写文章常被学堂先生整句、整段连圈朱批:"胸中了然于失策,故能直抒所见。杰作也!""以咄咄逼人之笔锋,为戛戛独造之文字。""文字均属自造之精神,深入之苦心,尤为可嘉。"陈原道出众的才华得到了很好的展示。

然而,敏而好学的陈原道,有时也会做出一些自以为是标新立异,而大人们却以为是离经叛道的事:

1911年(清宣统三年),辛亥革命爆发,这是近代中国比较完全意义上的资产阶级民主革命。它是在清王朝日益腐朽、帝国主义侵略进一步加深、中国民族资产阶级初步成长的基础上发生的一次伟大的革命运动,其目的是推翻清朝的专制统治,挽救民族危亡,争取国家的独立、民主和富强。这次革命结束了中国长达两千年之久的君主专制制度,它在政治上、思想上给中国人民带来了不可低估的解放作用,民主共和的观念更加深入人心。

一天,宋塾师惊异地发现班上的学生们,头天傍晚下学时还黑发飘飘,一夜之间,齐刷刷,全变成了"少林和尚"。这还了得!"发授之于身,身授之于父母"。消息很快传遍全村。一个孩子的母亲闻讯后勃然大怒,手持木棍赶来,照那孩子猛抽下去。此时那孩子正站在先生面前被罚背书,忽觉一道黑影从天而下,下意识地一闪身,棍子不偏不倚,恰好抽到了宋先生的头上。宋先生气急败坏,严加追查,"严刑拷问",终于真相大白:这场"剪辫子风波"的始作俑者,不是别人,就是陈原道。

陈原道因此饱受一顿重罚。

那年,陈原道才十岁。

民国八年(1919年),陈原道鱼跃龙门,考进了安徽省第二甲种农业学校(简称"二农"),来到了芜湖。能进"二农"读书,对世代"面朝黄土背朝天"的陈家人来说,像金榜题名一样求之不得。但学费的难题也随之而来。弟弟元仓听说了哥哥的苦衷后,不假思索道:"这有啥难的?让哥哥去上学好了,我不上了。"说完,又补充了一句,"我做小生意供哥。"陈原道闻听,从内心里感激兄弟,但他坚决不同意。"不行!弟弟年纪还小,身板儿也弱,做不得那种斤斤计较的生意之事。我不能连累他!"元仓明白哥哥的心思,可他去意已决,说:"哥,我已经决定了,不论你同意不同意,我都绝不再回学堂了。难道你就忍心看着弟弟的一片苦心付之东流吗?只要你以后别忘了含辛茹苦的父母,别忘了情同手足的兄弟就好!"桃花潭水深千尺,不及兄弟送我情!在元仓的苦苦哀求下,陈原道热泪盈眶地接受了元仓的一片赤诚之心。

在二农,陈原道受到了汹涌而来的五四新文化思潮的影响,开始接触到马克思主义。

陈原道在三兄弟中居长，父亲根据陈氏宗谱的辈分，分别将他们取名为元道、元仓、元寿。元道在龙华学堂念书时，偶读韩愈的哲学论文《原道》，十分赞赏韩文中关于儒学一脉相承的"道统"说，对《原道》中指斥当时盛行的佛教道教思想的观点也颇为赞同，于是，便正式将自己的名字由"元道"改为"原道"。一字之别，表明他思想上的唯物论倾向。

陈原道是很在意名字的寓意的。投身革命后，他曾以"割心"为别名给家人写信，以"陈革新"为笔名在报刊上发表文章，一度还正式将"陈革新"印制成名片。"割心""革新"，革旧布新。在莫斯科学习时，陈原道还曾使用过"列伍"的笔名，表明自己是列宁主义队伍中的一员。

陈原道正在孜孜不倦地读书，猛听外面有人喊，"陈原道，陈原道，刘校长找你，让你到他那儿去一趟。"

喊他的人说的刘校长，并非陈原道所在的第二甲种农业学校的校长，而是进步教育家、安徽新文化运动的先驱、芜湖省立第五中学的校长——刘希平。

刘希平幼读私塾，后入六安中学堂。清光绪三十二年（1906年）留学日本，入东京弘文学院师范科。毕业后，考入日本明治大学法政经济系。不久，加入同盟会。民国元年（1912年），学成回国。安徽省府拟委任他为司法筹备处处长兼高等检查厅厅长，他坚辞不就。民国二年，"二次革命"时，刘希平积极为革命奔走呼号，参与组织安徽讨袁军，成立安徽临时军政府。事败潜居上海。民国五年，芜湖皖江中学更名为芜湖第五中学，校长潘光祖诚聘刘希平到该校主持校务。到校后，刘希平首先组织"学生自治会"，此为当时全省教育界一大创举。

民国八年，五四运动消息传到安徽后，刘希平首先响应，积极联系召开芜湖各中学师生联席会议，成立"芜湖学生联合会""芜湖教职员联合会"，发动全市罢课、罢工、罢市，示威游行，并通电全国，坚决支持北京学生爱国行动。 是年秋，潘光祖因阻挠学生参加爱国民主活动，被学生驱逐，刘希平被公推为校长。 刘希平刚正不阿，怀德履义，使贪者矜、懦者立，使学生有所仰止，使朋辈有所稽疑，有安徽"圣人"之称。

　　陈原道多次听过刘希平校长的演讲，也有过单独接触。 刘校长的演讲，慷慨激昂，深深地拨动了他的心弦。 他感到刘校长所讲的道理，都是自己思索了很久，却又始终找不到正确答案的问题。 此后，他经常主动去拜访刘希平校长，与刘校长促膝畅谈。 刘校长毫无保留，倾囊相授，"书之门目，条分缕析，由浅入深，由繁反约"地回答他提出的关于人生社会的许多问题，为他指点迷津。 陈原道深受启发。 路漫漫其修远兮。 陈原道决心按照刘校长的话，探本穷源，上下求索。

　　两天前，刘校长到二农来办什么事，和他在学校门口还有过一次短暂交流。

　　刘校长看见他一怔，关切地问道，"你怎么在这儿？ 这都放假几天了，怎么还没有回家？"

　　陈原道腼腆地告诉刘校长，自己想借人走楼空万籁无声的好时机，气定神闲地读点书。

　　刘校长感兴趣地问："都读了些什么书啊？"

　　陈原道小声说："刚刚借了一本严复先生翻译的赫胥黎的《天演论》。"

　　刘校长听了，连连点头称许："嗯，不错，不错！"

　　陈原道大着胆子问道："校长一定也读过这本书吧？"

　　刘校长点点头，"《天演论》是托马斯·赫胥黎宣传达尔文主义的重要著作。 原为应英国牛津大学罗马尼斯讲座之邀所作的讲演，后来增加了导论与其他论文一起发表，名为《进化论与伦理学》。 他是达尔文学说的积极支持者。 1859 年，达尔文的科学名著《物种起源》出版时，当时进化论思想还没有普及，进化论者的队伍也不够壮大，在这场大论战中，支持达尔文的人处于少数。赫胥黎在阅读过《物种起源》后即表示，他将全力以赴地投入这场前卫的科学思想的大论战中去。在为宣传进化论而进行的几十年的斗争中，赫胥黎一直站在斗争的最前线，充当捍卫真理的'斗犬'。人们高度评价赫胥黎坚持真理、捍卫和传播科学真理的崇高品格，说，'如果说进化论是达尔文的蛋，那么，孵化它的就是赫胥黎。'作为科普工作的倡导者，他创造了概念'不可知论'，来形容他对宗教信仰的态度；他还创造了概念'生源论'，即一切细胞起源于其他物质也叫'自然发生'，就是说生命来自于无生命物质。"刘校长谆谆教导道："博览群书是好的，但切忌读死书。要为明理而读书。读书而不明理，则何必读书？即以读书论，亦必实事求是，勿为近人所蛊。就今日来说，还要有'天下兴亡，匹夫有责'的信念，勇于探索真理，宣传真知，反对封建伦理道德积垢，渐成新文化运动中冲锋陷阵的一员猛将！"

这时，有人过来招呼刘校长。

陈原道意犹未尽地与刘校长告别。

所以，刘校长知道陈原道没有回家。

此刻，刘校长专门派人来找他，一定是有什么重要之事。陈原道来不及想许多，撂下书本，穿上鞋子，撒开腿一路奔跑。一口气跑了半里路，这才想起帽子和手套都没有戴。陈原道已经顾不得这么许多了。再说，他的浑身上下已经密密麻麻渗出了一层汗，早就感觉不到寒冷了。

"刘校长好！"陈原道直接来到刘希平校长的办公室，气喘吁吁地招呼道："刘校长，您找我？"

说是校长室，可四壁空空，一无所有。做校长是发薪金的。但是，刘校长那点儿微薄的薪水，大都资助给了那些家境贫寒的学生了。所以，尽管身居校长职位，日子却过得和平民百姓一样窘迫。而他穷得高尚,屋子也空得干净。 全部家当,只是一张破桌、一张破床和几把破椅子。

刘希平正倚窗而立,望着窗外冰天雪地的操场攒眉蹙额。 冬天的阳光,从很远的地方滚动着跳跃着漫过来,穿过玻璃,落在刘希平的身上、脸上,远远看上去,仿佛镀了一层惊心动魄的红。

听见喊声,刘希平回过神来,热情地招呼道:"哦,是陈原道同学,这么快就到了啊! 快过来,过来。"

"刘校长有事吗?"陈原道迫不及待地问。

刘希平让陈原道在椅子上坐下,端给他一杯热水,微笑着,关爱有加地说:"不急,先喘口气,喝口水。"

陈原道呼哧站起身,"你说吧刘校长,我不累。"

刘校长将手按在陈原道的肩上,稍稍用了点力,示意陈原道坐下。 陈原道听话地重又坐下。

刘希平走到陈原道对面的一把椅子上坐下,"告诉你一个好消息,你仰慕已久的恽代英先生就要到芜湖来了。"

"是吗? 这真是太好了!"陈原道"噌"地又站起身,快步走到刘希平面前,握着他的手,喜出望外地问道,"刘校长,恽代英先生什么时候来? 能让我见一见他吗?"

"看你这急不可耐的样子! 叫你来,正是有件大事要你去办。"刘希平用手指点着陈原道的额头,"恽代英先生来芜湖,是应我们芜湖学生联合会的邀请,专程为广大师生演讲的。 机会很难得啊! 所以,我们一定要安排周到,决不能有任何闪失。"

"刘校长这是在筑巢引凤啊! 我相信,恽代英先生的到来,定会给古老的江城,带来一种崭新的希望和精神。"

"这是不容置疑的!"刘希平赞赏地点点头,"恽代英先生明天下午就到,按说,怎么都要到地界去欢迎一下。 可我这有好多事务等待去做,分身乏术啊!"刘希平郑重其事地交代道:"所以,专门安排你,带几名同学,代表我去迎一下恽代英先生。 为了万无一失,你们午后就到通往宣城的公路旁等候。"

"请校长放心，保证完成任务。"

通往宣城的公路，本来就人少车疏，又逢寒冬腊月，就更是人迹罕至。

北风凛冽，寒气逼人。银灰色的云块，在天空中上蹿下跳，东奔西突，似乎在酝酿着一场"千树万树梨花开"的大雪。偶尔路过几个行人，全都闭着嘴，像是被冰冻封住了。老人、女人和孩子就更不用说了，全都用纱布将头包裹得严严实实，连眉眼都看不出来。

那时，整个安徽省还没有公共汽车，人们出行的主要交通工具，要么黄包车，要么人力车，要么马车。宣城到芜湖，三四百里地，乘人力车肯定不现实。那么，就只剩下黄包车和马车这两种选择了。陈原道以为，以恽代英先生的地位和影响力，绝不会乘马车的。所谓的马车，其实就是那种大轱辘车，车身是用木头搭的架子，用布篷从外面遮起来，里面有一排简易的长条凳子，最多就能挤下七八个人，车一动，马脖子上的铃铛发出清脆的声音。那么，肯定是乘坐黄包车了。可是，从中午到现在，这段路面上，就没通过一辆黄包车。马车倒是过了几辆，陈原道也都掀开围帘仔细打量了，车上坐的大都是些乡下人。那种穿着，那种打扮，慢说符合恽代英先生身份，说是他的下人，都有损先生威仪。

虽然陈原道没有见过恽代英，可不用想，他能描摹出恽代英的形象：头戴礼帽，身着西装，足蹬皮鞋，坐着轿子或者黄包车，风流倜傥，神采飞扬。一副大学者模样。

有约不来过夜半，闲敲棋子落灯花。天，愈发黯淡，恽代英还依旧迟迟不露踪影。

陈原道不禁有些焦急。

"恽代英先生会不会另辟蹊径捷足先登了呢？"有同学突发奇想道。

一句话如醍醐灌顶。是，这种标新立异的事情，不是没有可能再次在恽代英身上发生！陈原道曾经听人说起宣城省立第四师范学校（简称"宣师"）门房将恽代英拒之门外的故事——

1920年11月，"宣师"校长章伯钧邀请恽代英到本校担任教导主任，兼国文课和修身课教学工作。恽代英欣然前往。他诙谐地说："太好了，我一定要去看看'宁国府'里是不是除了石狮子之外，什么都是脏的！"这话是从《红楼梦》里柳湘莲那句话套用过来的，原话是："宁国府里除了那两个石头狮子干净，只怕连猫儿狗儿都不干净。"

宣城在清朝是宁国府的府治，故有"宁国府"之称。恽代英一语双关、天衣无缝。

学生们听说恽代英来宣师任教，欣喜若狂，奔走相告。好多学生还自发地跑向码头，去迎接这位久仰的老师。可是，乘客全下光了，也未见恽代英的影儿。

"先生到哪儿去了呢？"学生们你望望我，我望望你。

其时，身穿长衫，脚着草鞋的恽代英已和另三位青年、也是随他附读的学生：吴华梓、李求实、刘茂祥，来到了宣师的大门口。

"您好，我是受聘的教员。"恽代英彬彬有礼地对门房说：

门房诧异地摇摇头，"您是来教书的先生？"门房冷冷地打量着眼前这几个人，疑窦丛生：若说是先生，天底下哪有穿草鞋还自己挑行李的先生？若说是脚夫，也不像，谁见过穿长衫、戴眼镜的脚夫？连呼："不像，不像！"

恽代英笑了，"依您说，教员应该是什么样子呢？"

门房没好气地道："反正不是你这个样子。"

恰巧，校长章伯钧先生由此路过，弄清事情原委，他也笑了："这确确实实怪不得我们这位老乡以貌取人，谁叫你把自己打扮成这个样子的，先生不像先生，学生不像学生，不伦不类。换我在这儿啊，我也不会让你进的！"

就在这时，空跑一场的学生们已纷纷从码头返回，听说这件事，禁不住一起为恽代英的身体力行击掌欢呼。

陈原道灵机一动：莫不成先生真的故伎重演早已到了学校了？

"大家说的有道理，这样苦等下去确实不是办法。"陈原道对同学们说："你们再在这里坚持一会，我返回学校把情况跟刘校长汇报一下。若先生已经异路同归，我当即就回来通知你们，若是先生确实迟迟没到，我自然还会立刻赶回来和你们一道坚守。"

"对，是个办法。你快去快回吧。"几个同学都非常赞同陈原道的提议。

一进校门，陈原道就看见刘希平的办公室灯火通明。

"一定是恽代英先已经先到了。"陈原道大步流星地向刘希平办公室奔去。走进房间才发现，根本就没有什么恽代英的影子，刘希平正在跟一个学生模样的青年谈笑风生。那个青年小平头，国字脸，戴着一副宽边眼镜，穿着粗布衣裤，脚着草鞋，身边放着一个蓝布小包袱。

陈原道愧疚不安地站在门边，沮丧地道："刘校长，对不起，我们没有接到恽代英先生。"

"就知道你接不着。"刘希平听了，哈哈大笑，"恽代英先生已经徒步到了，你到哪儿去接？"

陈原道喜出望外："啊！恽代英先生到了？在哪儿呢？"

刘希平将嘴一努，"远在天边，近在眼前。"

陈原道瞠目结舌地望着眼前这位布衣青年，"啊？你就是大名鼎鼎的恽代英先生！"

恽代英和刘希平相视一笑，诙谐地说："是恽代英不假，只可惜没能大名鼎鼎。"

"子毅兄，"刘希平笑着道，"这就是我跟你提起的那位进步学生，咱们安徽省第二甲种农业学校的学生会主席陈原道。"

恽代英喜不自胜地握着陈原道的手，学着他的口吻道："嗬，你就是大名鼎鼎的陈原道啊？ 你的情况，希平校长都已经向我介绍了，你的《请高先生到校公函》、《论我国通商》、《何必读书然后为学论》，那篇《重农说》，也推荐给我读了：'世间实业甚繁，而最注重者，莫农业若也。 盖农为立国之本，无农则无食，无食则民饥，民饥则盗起，士将何以求学？ 工将何以制造？ 商将何以运输？ 即为吏者又将何以治之哉？'词源倒流三峡水，笔阵横扫千人军。 拳拳爱国之情，跃然纸上。 后生可畏啊！ 看来，说你是大名鼎鼎才名副其实。"恽代英瞅瞅刘希平，"我一直都说，芜湖是个好地方：长江巨埠，皖之中坚。 南唐时即楼台森列，烟火万家，已是繁华的市镇，宋代兴商建市，元明时期十里长街、百货咸集、市声若潮……山水优美，人杰地灵，名人辈出。"

陈原道觉得，跟恽代英先生的距离，就像一条突然松开的橡皮筋似的，一下子就缩短了。

陈原道不好意思地说："我做的还很不够，而且，能力也有限。"

恽代英摇摇头，"话不可这样说。 你看我身上没有一件值钱的东西，只有一副近视眼镜，值几个钱？ 我身上的磷，也仅够做四盒洋火。 可我愿我的磷发出更多的热和光，我希望它燃烧起来，烧掉一个老的中国，诞生一个新中国！"

"先生讲得真好！"陈原道由衷赞叹道，"先生的文章，凡是能找到的，我都认真地读了。 写得也好。 正可谓是：入妙文章本平淡，等闲言语变珠玑。 读来以后，真是感觉如梦方醒，茅塞顿开。"

"笔下虽有千言，可惜，胸中实无一策。 不值一提，不值一提啊！"恽代英谦逊地笑笑，"眼下，我们的政治还太黑暗，教育还太腐败，政府多年以前就是行尸走肉，多少年过去了，还依然是行尸走肉。 衰老沉寂的中国像是不可救药了。 但是，我们常听见青年界的呼喊，常看见青年界的活动。 许多人都相信，中国的惟一希望，便要靠这些勃勃有生气的青年。 所以，我们要不断地组织和引导广大青年学生，不能死读书，读死书。 要到民间去，到社会中去，去探索救国救民的真谛。要用事实告诉他们，在国家存亡的关键时刻，想以教育救国、读书救国，都是不现实的，唯有起来革命！"

一派白虹起，千寻雷浪飞。与君一席话，陈原道热切地感觉到，热血沸腾，心跳不止。从恽代英身上，陈原道看到了一位奇男子的风骨和热血，也看见了他所代表的这个时代的精神——五四精神！

"原道，恽先生一天车马劳顿，明天还要为我们芜湖师生做演讲。今天，就到此吧，有问题，明日再接着请教。"刘希平弯过头，瞅着窗外阴沉沉的天空，担忧地说，"希望明天是个好天气，千万别寒风阵阵，阴雨绵绵。"

恽代英顺着刘希平的目光，也往外瞄了一眼，爽朗一笑："希平兄多虑了，月朗星稀，今夜断然不雨。"

陈原道不假思索道："天寒地冻，明朝必定成霜。"

恽代英用他深邃的目光打量着陈原道：这真是一个天才啊！一种英雄相惜之情油然而生。

就像树苗成长为大树，需要不断地修剪枝叶一样，天才的成长也是如此。恽代英很想把陈原道留在身边，用谆谆教诲来感召、培养和驯化他。因为恽代英知道，革命的事业，需要一大批这样的接班人，来将其继续发扬光大。眼前的这个陈原道，是他最为满意的人选了。

这时，陈原道想起同学们还在路旁等候呢，遂赶紧跟恽代英和刘希平告辞。

这是陈原道第一次见恽代英，虽说时间紧迫。但是，恽代英卓越的才华，渊博的知识，深刻的思想，充满感染力的口才，已经赢得了陈原道由衷的钦佩。恽代英那文雅从容的谈吐，平易近人的态度，朴素无华的作风，给陈原道留下了极为深刻的印象。

五中的大礼堂，很久很久，没有像今天这样座无虚席了。放眼望去，黑压压的，全是人头。连窗户外面都挤满了伸着脖子、扯着耳朵，倾听恽代英"打倒日本帝国主义、废除二十一条"讲演的进步学生和各界民众。

冬季快过完了，风刮起来，还是很冷，很冷。奇怪的是，似乎并没有谁感觉到冷。

恽代英的到来，在人头攒动的礼堂里掀起了一片高潮。

恽代英在热烈的掌声中，开始发表演讲。

台上，妙语连珠，慷慨陈词。台下，群情激奋，摩拳擦掌。

恽代英一口湖北话，但口齿清晰，声情并茂，极富感染力。特别是恽代英嗓音洪亮，根本就用不着扩音设备。即便站在窗外，也听得清清楚楚。

"近代以来，帝国主义对我中华发动了一系列战争，中国主权遭到破坏，日渐沦为半殖民地国家。中国当前革命任务之一便是反对帝国主义侵略，实现民族独立。强迫我们承认二十一条协约的日本人，目的就是要我们四万万人的中华民国做他们的奴隶牛马。抵制日货，我们喊了多少年，效果怎么样呢？可以这样说，中国仍旧是日本帝国主义肆意侵占的市场，日本帝国主义的东西依然是大行其道。这样的抵制日货，亦可说是毫无结果，日本帝国主义更一点不会害怕这样的反日运动。日本帝国主义不会很容易地退出中国，他们的目的是要越占据得中国长久，便越可以养成他们在中国的雄厚势力。除非是全中国工农群众起来，直接驱逐日本帝国主义退出中国。不然，非但遭日寇屠杀的万万同胞冤沉海底，永无洗雪之日，中国亦将最终被日本帝国主义侵蚀吞并。"

恽代英挥舞着双臂，情绪激昂地列举大量的事实，揭露了日本帝国主义侵略中国的图谋，指出帝国主义者就是企图让中国人民做他们的奴隶。"最近数年来，世界无产阶级革命的潮流震荡，帝国主义在世界上的权威发生了根本的动摇，国人的民族精神渐渐苏醒起来，知道《辛丑条约》《中日二十条协约》等不平等条约是中国的国耻，发生了废除不平等条约的伟大运动。伟大的世界无产阶级革命浪潮啊！只有你能解放我们全中国民族！只有你能唤醒我们被一系列不平等条约打入十八层地狱的亡国奴隶,使他们觉悟为他们自己的利益,起来与一切帝国主义决战! 卖国条约,民国奇耻;何以报仇? 在我学子!"

"打倒日本帝国主义!"

"打倒卖国贼!"

"坚决抵制日货!"

"誓死不做亡国奴!"

……

同学们群情鼎沸,扼腕抵掌,口号声此起彼伏,惊天动地,震耳欲聋。

恽代英的新思想,让无数颗年轻的心怦然而动,意气风发。

恽代英真不愧为天才的雄辩家,时而嘲讽,时而诙谐,时而庄严,历二三小时,讲者滔滔无止境,听者亦无倦容。 他忧国忧民的强烈情感,以及具有充分说服力和感染力的演说,博得芜湖广大进步青年学生的热烈欢迎。 他的演说叩击着每一个听众的心灵,鼓舞着大家的革命斗志,更加激发起青年的爱国热情。

郭沫若曾评价说:"代英会做文章,尤其会讲演。 他的讲演最为生动而有条理,不矜不持,而煽动力很强。 有时却又非常幽默。 在大革命前后还没有播音器的使用,凡是上了一二千人的场合必须用大喉咙叫,因此在代英身上便留下了一个可以说是后天的特征,便是他总是破喉咙。"

在恽代英看来,演讲如同布道,为抓住人心,应练就一种在大庭广众中宣传自己主张的本事。

然而,"布道者"并不受当地军阀欢迎。

恽代英在芜湖的行动,很快被一些"狂人名士"和地方反动势力以"组织党羽、煽动学生、图谋不轨、大逆不道"为由,告到了安徽督军张文生处。

恽代英遭到通缉。

一挽长河气不收,天门双柱扼吴洲;波惊碧落风云急,雾笼黛横山水幽。

天门山下，恽代英笠帽跣足，与陈原道等一大批进步学生依依惜别。

"同学们，我们不能像蚯蚓那样，上食槁壤，下饮黄泉。我们还得在这个社会中生活，要改变这个社会，还得加入这个社会……我走了，但这只是暂时分手。你们不久可能先后离开，相信在革命的征程上，我们还会见面的！"恽代英望着一双双恋恋不舍的眼睛，语重心长地说道："我们常说青年是革命的力量，因为青年的感情丰富，气性刚烈。他们不知道隐忍羞辱，他们不知道躲避危险，所以他们见到应当革命便会勇猛地为革命而奋斗！"

"天地有变，代英宽归！"悲风中，木船缓缓远去。

恽代英走后不久，陈原道就收到了他寄来的中国新青年出版社出版发行的他的译作——德国和国际工人运动理论家卡尔·考茨基的《阶级斗争》。考茨基在这本书中依据马克思主义的观点对资本主义社会的各种矛盾作了比较深刻的分析和批判，论证了社会主义制度必然取代资本主义制度，简要阐述了科学社会主义关于未来的社会主义社会和共产主义社会、生产资料公有化、未来国家的产品分配原则等原理，并揭露了各种敌视社会主义的诽谤捏造之辞。

陈原道的思想豁然开朗，如同在黑暗中认清了光明的方向，追求真理的火焰在他心中越烧越旺。恽代英和恽代英的译作《阶级斗争》，成了陈原道的首位人生导师，培养了他放眼世界的眼光。陈原道要用劈天斩地的长剑，去创造美好的未来，找到"更为合宜"的地方，成为自己的"家乡"。

或许，连恽代英自己也想不到，这行色匆匆的惊鸿一瞥，竟造就了芜湖学运史上的风云际会。正如郭沫若所说：大革命前后的青年，凡是有些进步思想的，不知道恽代英，没有受过他影响的人，可以说没有。

一间青砖黑瓦的小屋。

一盏"嘶嘶"燃烧着的油灯。

一群围桌而坐的热血沸腾的青年。

窗外是无边的夜与凛冽的风。

陈原道手捧《共产党宣言》，侃侃而谈：

"同学们，最初，《共产党宣言》是共产主义者同盟的党纲，为该组织的目的和程序。宣言鼓励无产者联合起来发动革命，以推翻资本主义并最终建立一个无阶级的社会。《共产党宣言》运用辩证唯物主义和历史唯物主义分析生产力与生产关系、经济基础与上层建筑的矛盾，分析阶级和阶级斗争，特别是资本主义社会阶级斗争的产生、发展过程，论证资本主义必然灭亡和社会主义必然胜利的客观规律，作为资本主义掘墓人的无产阶级肩负的世界历史使命。《共产党宣言》公开宣布必须用革命的暴力推翻资产阶级的统治，建立无产阶级的'政治统治'，表述了以无产阶级专政代替资产阶级专政的思想。《共产党宣言》还指出无产阶级在夺取政权后，必须在大力发展生产力的基础上，逐步地进行巨大的社会改造，进而达到消灭阶级对立和阶级本身的存在条件。《共产党宣言》批判当时各种反动的社会主义思潮，对空想社会主义作了科学的分析和评价。《共产党宣言》阐述作为无产阶级先进队伍的共产党的性质、特点和斗争策略，指出为党的最近目的而奋斗与争取实现共产主义终极目的之间的联系。《共产党宣言》最后庄严宣告：'无产者在这个革命中失去的只是锁链。他们获得的将是整个世界。'并发出国际主义的战斗号召：'全世界无产者，联合起来！'这部著作从诞生起就鼓舞和推动着全世界无产阶级争取解放斗争，成为无产阶级最锐利的战斗武器。恩格斯指出：它是全部社会主义文献中传播最广和最具国际性的著作，是世界各国千百万工人共同的纲领。1896年，中国革命的先行者孙中山先生留居英国期间，就在大英博物馆读到《共产党宣言》等马克思主义论著。他曾敦促留学生研究马克思的《资本论》和《共产党宣言》。"陈原道面色严峻地扫了大家一眼,"我希望,我们在座各位,每人都要通读一遍或几遍,同时,还要积极引导和带领身边的人,和我们一块儿研读,让《共产党宣言》将有志爱国青年和广大民众汇聚在一起,共同投身革命的洪流!"

"笃,笃笃。"突然,门被叩响了,"原道,是我,雨田。"

陈原道示意靠近门口的一位同学,"把门打开,自己人。"

门响处,夏雨田冒冒失失地一步跨了进来。

屋里的人,一个个匪夷所思地瞪着他。

夏雨田是芜湖萃文教会学校的学生,和陈原道是在学联组织的活动时相识的。所以,二农的同学大都不认识他。夏雨田急切地在一张张陌生的脸庞上扫了一圈,踌躇着,不知道心里的话当说不当说。

陈原道看出了夏雨田的忧虑,"都是自己同学,但讲无妨。"

"原道,不好了。出大事了!"夏雨田惊慌失措地说。

"看你这副失神落魄的样子!"陈原道笑道,"不要急,坐下慢慢说,到底是怎么回事?"

原先坐在陈原道身边的一位同学见状,赶忙站起身,让夏雨田挨着陈原道坐下。

夏雨田惊魂未定,长舒一口气,说:"学联派我来通知你,安庆那边出事了——"

陈原道大吃一惊。

"安庆?安庆能出什么大事,把你吓成这副模样?"

安庆,古称舒州,别称宜城。位于安徽省西南部,长江下游北岸,皖河入江处,素有"万里长江此封喉,吴楚分疆第一州"的美誉。安徽省的名称就是由"安庆府"与"徽州府"各取一字而来,是安徽最早的省会所在之地,也是皖西南政治、经济、文化、科教、交通和航运中心军事战略要地。

"到底是怎么回事?快快说来。"

看得出来,夏雨田仍心有余悸——

6月2日,安徽省会安庆的学生为争取教育经费,派出学生代表方洛周、戴文秀、彭干臣、童汉璋等十人前往省议会请愿。副议长赵继椿闻讯走出议会厅，冲着学生代表厉声责问："汝乃何校学生，倔强乃尔！"戴文秀回答："是各校学生代表来要求增加教育经费，并请议长到学生会面谈。"其他学生也在一旁帮腔。赵继椿见学生人多势众，即回议会厅，令卫队携带板凳之物撵走学生，戴文秀被狐假虎威的卫兵用板凳砸中后脑，不省人事。学生代表夺门而出，飞奔省学联和各学校报信，各校学生一路高呼"抗议省议会殴打学生代表"等口号，向省议会涌去。安徽军务帮办、皖南镇守使马联甲、正阳关监督倪道烺立刻调来军队，伙同省议会卫队、保安队及警察包围请愿学生，惨无人道地对学生进行冲杀。当场有五十多人受伤，其中一师学生姜高琦被军警刺了七刀，危在旦夕……

夏雨田说着说着，哽咽着泣不成声，参会的代表也齐声痛哭，无比悲愤。

关于克扣教育经费的问题，陈原道早有耳闻。辛亥革命后不久，由于倪系（安徽督军兼省长倪嗣冲）军阀控制了安徽军政大权，他们将教育经费挪作军费，并任命依附于他们的省议员兼任一些学校的校长，致使安徽教育经费严重不足，教育日渐衰败。据1917年的全国教育状况调查，安徽的教育地位，在全国位列倒数第二。

教育界早就民怨沸腾、怨声一片。

陈原道盱衡厉色，义愤填膺。说："同学们的血，一定不能白流，我们也决不能坐视不管！"

"对，要为被残害的同学报仇！"一位戴着黑框眼镜，一脸书生气的同学气恨难消地说，"原道，你安排任务吧。"

其他同学也纷纷请战："对，给我们安排任务吧！"

陈原道心情激动地望着大家。

此刻，大家也正在用一种热切的目光望着他。

陈原道心里登时一热。"大家都说一说，我们该以怎样的姿态，给安庆的同学们以最有力的声援和支持？"

一位女同学脱口而出："我们要立即将此惨案通电全省学界，诉求公理，恳请法律解决。"

陈原道认识这位女同学，叫文静，人如其名，长得也文文静静。刚刚加入学联不久，还没有什么斗争经验。

"书生意气！"陈原道直言不讳道："这种专会欺压百姓的政府，你还能指望他主持公道吗？别白日做梦了！我们决不要向政府哀求，求助于无谓的法律。"

那位戴着黑框眼镜的同学又说道："那也不能就这么完了，我们到政府请愿去！"

这个提议立马得到了大多数同学的一致认可：

"对，上街游行示威！"

"声势大些，再多叫一些同学一起去！"

整个房间犹如一张满弦的弓，绷得紧紧的，似乎随时随刻都有可能"嘭"的一声，断裂或坍塌。

学生就是学生！作为学生，他们最终所能想到的最好办法，也只能是游行、请愿，借此给政府施加压力。

陈原道眉头紧皱，手攥得紧紧的，一时半刻，他也想不出什么更好的办法。

陈原道沉默一会儿，深思熟虑后说："同学们的提议很好，我完全赞成。但当前还有一些工作，必须同时去完成。当务之急要派两名代表赴安庆，慰问受伤学生及教师，与安庆教育界采取一致行动。谁去？"

"我去吧，那地儿我熟悉，来芜湖前，我在那儿读过一阵子书。"陈原道话音刚落，戴黑框眼镜的同学应声而道。

那位叫文静的女同学也跟着自告奋勇："也算我一个。"

陈原道满意地看着两位同学："你们要尽快动身，一到安庆，立刻和当地学联取得联系。如若安庆那边有什么动作，需要我们一起行动，你们一定要想方设法和我们取得联系。"

"放心吧，我们会做到的。"两位同学毫不犹豫地答道。

"好，你们去准备吧。注意安全!"

陈原道目不转睛地望着两位同学远去的身影，他的眼神里，有一种无所畏惧的光芒。"同学们，我们要与全国各大城市学联和新闻媒体都取得联系，通报惨案的消息，从而在全省、全国形成声援'六二'惨案蒙难学生的态势，群策群力开展反对军阀暴行的大规模斗争!"

夏雨田摇摇头，"不可能了，他们已经实施了新闻封锁，严禁邮电部门发送任何有关惨案的消息。"

"他们难不倒我们，水路不通陆路通!"陈原道觉得心中有一团火，直往上冲。"我们可以派代表分赴南京、上海、北京各地报告惨案实情，进行宣传发动工作，请求他们的声援。有没有人愿意前往?"

陈原道安排工作极少硬性指派，总是让大家自告奋勇。

"我去!"

"我去!"

"我也去!"

好几位同学挺身而出。

"最后一项工作，也是最艰巨、最复杂的一项工作，我们要发动和组织芜湖各校学生成立一个'六二'惨案后援会，从明日起，全体学生集体罢课。同时，向芜湖社会各界请求援助，与我们一起举行示威游行，公祭被害学生，声讨军阀、政府罪行，要求严惩祸首，抚恤被害学生家属。咱们分一下工，我去第五中学向刘希平校长汇报，夏雨田去芜湖学联进行汇报，争取他们的拥护和支持。剩下的几位同学也不要闲着，你们连夜去制作彩旗、标语、传单。"

1921年6月5日。

在陈原道等人的奔走呼号下，芜湖各校师生手擎"安庆学生被杀，哀求各界援助"的横幅，举着"杀马"(马联甲)大字标语漫画，摩肩接踵，锐不可当地走上芜湖街头，举行示威游行。芜湖教育界著名人士,省立五中校长刘希平、公职校长时绍武、二女师校长阮强、二农校长王蔼儒也都直接加入到了声援的队伍中来。军阀暴行同时引起了全省乃至全国人民的不满,北京、上海、天津等地学校纷纷通电声援,《申报》《时事报》《民国日报》等大报都刊登了安庆教育界这一沉痛惨剧。

参加示威的人们,挥动着手中"争自由"的旗帜,高呼着"打倒军阀!""抗议省议会殴打学生代表!""打倒军阀马联甲!""严惩惨案罪魁祸首!"的口号,边游行边散发传单。沿途各商号,也都挤满了声泪俱下的学生,慷慨激昂地鼓动商人和工人百姓对学潮进行支援。

陈原道挺着胸脯,器宇轩昂地走在队伍的最前列,和大家一齐振臂高呼口号。

浩浩荡荡的游行队伍,望不到头,也望不到尾,仿佛一片冒着泡沫汹涌而来的海水。所向披靡的海水,澎湃着、翻腾着、咆哮着直扑到了皖南镇守使公署。

镇守使公署是掌管一个地区军务的机关,由镇守使、参谋长、副官长、参谋、副官等组成。镇守使,作为一个地区的最高军事长官,在管理军务的同时,也兼理民政和外交事务。皖南镇守使公署本就驻扎在芜湖,镇守使马联甲恰巧又是制造"六二"惨案的主凶。

冤有头,债有主。学生们来此示威,也算是名正言顺。

马联甲这个行伍出身的屠夫,在芜湖也干尽了坏事。他为了敛财,曾经在芜湖强行提高盐税,使老百姓投诉无门,怨声载道。在五四运动期间,他对芜湖参与罢市的爱国商人下达特别戒严令,并派出军队在芜湖当时的商业中心长街实行封锁,强迫商民不得外出,并断水数日。作为安徽倪系(安徽督军兼省长倪嗣冲)军阀的重要成员,他参与了克扣挪用教育经费,使当时安徽教育处于奄奄一息的悲惨境地,芜湖人民对他早就恨之入骨。一听说是来声讨马联甲,好多平民百姓招呼都不用,自觉就加入到游行的队伍中来了。

就这样,游行的队伍不断壮大,浩浩荡荡,拖了十几华里路长。

贼人心虚。曾经不可一世的马联甲，此时此刻，彻彻底底的变成了惊恐万状的缩头乌龟。不开门，也不搭腔。任凭外面学生喊得地动山摇，就一条伎俩：装聋作哑。

"同学们，就在三天前，安庆同学因为到省政府争取教育经费，而被反动派的屠刀刺得伤痕累累，生死未卜。如此残虐凶狠的行为，如此卑鄙可耻的手段，不仅人类中闻所未闻，便是禽兽中也是见所未见。姜高琦等同学和我们一样，同是手无寸铁，同是青春年少，同是朝气蓬勃。可是，仅仅就一眨眼的工夫，他们倒在了屠刀之下，倒在了血泊之中。争取教育经费何罪之有？学生自治何罪之有？试问反动派，你们为何要痛下毒手？面对手无寸铁的学生，你们怕的是什么？你们恨的又是什么？我们非常欣慰地看到，姜高琦等同学在斗争中如此干练坚决、如此百折不回、如此殒身不恤，证明中国虽被压抑数千年却并未消亡，姜高琦等同学让全体中国人看到了希望，他们是民族的脊梁，必须大书特书！"震撼人心的演讲，饱含着对遇害学生的深切同情，充满了对腐败政府和反动军阀的无比憎恨。说着说着，陈原道情不自禁地流下了热泪。参加示威的学生和群众，也被深深地打动了。人群中，传来阵阵抽泣声。"对手无寸铁的学生痛下毒手，只能证明统治者的下劣和凶残，他们将永远被钉在历史的耻辱柱上，这种拙劣的粗暴行径是反人类的，我们必须予以声讨和清算！我们要大声地告诫那些专制统治者，屠杀者绝不是胜利者！不在沉默中爆发，就在沉默中灭亡。同学们的血债必须用血偿还！"

马联甲脸色铁青地站在窗帘后面，视如寇仇地窥视着楼下愤愤不平的学生。他觉得，今天的事情，绝不这么简单。因为单靠学生自己的力量，不可能在这么短的时间内，集齐这么多人的队伍。

他怀疑背后有组织在操控。

副官长惊慌失措地跑进来，大惊失色道："不好了！不好了！马长官不好了！"

"怎么说话的，啊？"马联甲怒目圆睁，"睁开你的狗眼好好看看，马长官哪一点儿不好了？"

"不是，不是，不是，对不起马长官，我不是说您老人家。"副官长连声道歉，"我是说，闹事的学生把咱们公署的大门给包围起来了。他们还在公署的大门上，贴了一副对联。上联是无须维持治安，下联是但求放下屠刀。横批是无良官府！"

"我的眼睛没瞎，"马联甲没有好气地说，"我都看在眼里了。"

"那我们怎么办？"

"怎么办？怎么办？什么事都要我来说怎么办还要你这个副官长做什么？"马联甲终于忍无可忍了，气急败坏地吼道："去，赶快去！多派些个人，把他们全都拦在门外，一个人都不许进来！"

"您还去吗？"

"废话！这种时候，我能出面吗？"

副官长面有难色，"可是……那个叫陈原道的学生指名道姓要跟你对话，让你交出杀人凶手。"

"你是狗脑子？"马联甲闻听，顿时大发雷霆，"一个乳臭未干的穷学生要我去我就去啊！他是我亲娘还是我老子？你说，这个时候，我怎么可能去？那个血气方刚的陈原道不得领着人把我给生吞活剥了！"

"长官所言极是，属下虑事不周。"

"你去跟他们说，就说我不在，去省政府了。所有行动都是省政府安排的，我们只是在执行省政府的命令。想闹，就让他们到省政府闹去。"

"这能行吗？万一传出去，省政府怪罪下来……"

马联甲不耐烦地挥挥手，"现在已经顾不得这么多了，世事难料，躲一时是一时吧。"

"好的，我这就去办。"副官长若有所思地退了出去。

"你不要去了，让参谋长去！就你这副唯唯诺诺的样子，去了也处理不好。"

门外，抗议仍在继续。

示威的学生们见这么半天都没有人出头，来给个说法，义愤更加高涨。口号声这里起来，那里落下。这边起来，那边伏倒。山呼海啸，声震云霄。

千呼万唤，参谋长终于走出了那扇掩以朱漆、画以丹青、烁以犀象的高门。他的腰里别着一把手枪，面色冷峻，目露凶光。他的身后，跟着十几名武装整肃的士兵，手里端着步枪、冲锋枪，明晃晃的枪口径对着赤手空拳的学生。

虽然参谋长从出场到走到人群面前，一句话都没说，但在场的所有人，都能从他怒目圆睁的眼睛里感受到了那股逼人的寒气。

"请回吧，请回吧，都请回吧。"参谋长色厉内荏，说话都带着一股狠劲儿："很不凑巧，马长官到省政府去开会了，如若没有什么急事，就等马长官回来再说吧。等不及，你们也可到省府去找他。都可。"

一听就是信口雌黄。

陈原道义正言辞地说："你以为我们会信你的这番骗人的鬼话吗？同学们，你们信吗？"

同学们齐声高呼："不信！坚决不信！让他们用这番话骗鬼去吧！"

"你都听见了，同学们根本就不相信你这套自欺欺人的谎言！"

"信不信由你。"参谋长耸耸肩，一副无赖相。"事实如此，你不信，我也没有办法。"

"摆在你面前只有两条路，要么，让马联甲老老实实出来跟学生谢罪，交出杀人凶手；要么，让学生进去挖地三尺，揪出惨案的罪魁祸首。"

参谋长居高临下地瞅了瞅眼前这位毛头小伙，中等身材，皮肤白净，面孔清癯，戴着一副宽边眼镜，斯斯文文的，压根就没把陈原道放在眼里。他将脖子一昂，蛮横地道："恕难从命。我已经说过了，马长官不在，万事皆等马长官回来再说。不愿意等，你尽可以到省府去找他。你说要挖地三尺，这绝对办不到。堂堂镇守使公署岂是闲杂人等说闯就闯的。此话若是传出去，皖南镇守使公署岂不是要威风扫地，还有何体面可言？"

"你们在屠杀手无寸铁的学生的时候，可曾考虑过体面？"陈原道冷嘲热讽道。

"这话你不要跟我说，我区区一个参谋长管不了那么大的事。我重申一遍，所有的指令，都是省政府下达的，我们只是在奉命执行。你们不是要揪出罪魁祸首吗？那你们就到省政府去找好了。"参谋长阴风阳气。

"省政府的账是一定要算的。可是，我们今天要清算的，是马联甲的账！"陈原道理直气壮，颇有绿林豪气。

"该说的，我都说了。愿意等，你们就等。我也没有办法。"

陈原道强硬地说："请你让开，同学们要向马联甲当面讨还公道！"

参谋长冷冷一笑，"这位小同学，在你做出决定之前，我奉劝你把一切都先想清楚，别逞匹夫之勇，图一时之快，后悔一生！"

"身可杀，而爱国热血不可消；头可断，而救国苦衷不可灭！你信不信，倏忽之间，我们的同学就能踏平你们的镇守使公署！"

参谋长望了望人声鼎沸的示威队伍，一队队学生，就如一片片拔地而起的森林，怒发冲冠，像极了顶天立地等待复仇的汉子。不禁有些胆寒。可他不能就此服输，那样，这些呐喊奔走的学生就会更加得寸进尺。这是他绝不能容许的！

他愣了一下，虚张声势道："你说的，我信。可是，镇守使的枪也不是吃素的，不信你就试一试！"

参谋长身后的警察见到这阵势，纷纷"哗啦、哗啦"拉响了枪栓，做好了一切防御准备。

游行的学生们见状，自发地相互挽起了臂膀，昂首挺胸地瞪着面前的警察。拉起了随时准备冲击的架势。

关键时候，还是陈原道表现出了他与生俱来的领袖气质。他哈哈大笑道："摆些个银样镴枪头吓唬谁呢？这样跟你说，如果怕死，就不到这儿来了！安庆不是已经向学生举起屠刀了吗？如果不怕遗臭万年，你就下令开枪吧！学生是你杀不完的。一名学生倒下去，明天，又会有千千万万名肝胆相照的学生，铜墙铁壁一样的站在你的面前！开枪吧！"

说完，陈原道大义凛然地向前走去。

陈原道走一步，学生们跟一步，反动派退一步。

陈原道再走一步，学生们再跟一步，反动派再退一步。

……

眼看就无路可退了，参谋长恼羞成怒地吼道：

"你不要再逼我，再逼，我就开枪了！"

"芜湖学生钢铁意志，视死如归！"陈原道高昂着头，英姿勃勃地说："开枪吧！宁可前进一步死，决不后退半步生！"

就在双方剑拔弩张一触即发之际，只听见"吱扭——"一声，高门再次洞开。紧接着，面色苍白的马联甲像个小丑一样地出现在众人面前。

"住手！谁让你们把枪口对准学生的？放下，都给我放下！"马联甲大声斥责参谋长和士兵道。

参谋长手指陈原道狡辩道："他们——"

"给我闭上你的嘴！"马联甲根本就不让参谋长开口。

"原道同学，原道同学，"马联甲踱到陈原道跟前，皮笑肉不笑道，"咱们又见面了。原道同学一向可好啊？"马联甲始终都莫名其妙，为何要对这么一个乳臭未干的毛头小伙心怀恐惧。作为一名镇守使，杀起人来，不计后果、不择手段，杀人如麻。在他手下一命呜呼的人不计其数。可他就是有点惧怕陈原道。

怕他什么呢？马联甲自己都说不清楚。

陈原道嘲讽道："托你的福，尚能饭否。"

"原道同学，同学们肯定是误会了。学生到省政府请愿，我确确实实一无所知。"老奸巨猾的马联甲一脸无辜，"省政府派人来报，也只说是歹人暴乱，要我出兵镇压。只字未提学生二字。你说我哪里想得到是学生到政府议事？事到如今，我就是浑身是嘴，也说不清了。我可以拿我这条贱命，向同学们保证，我要是知道出兵镇压的是学生，就是革我的官，罢我的职，让我解甲归田，我马某人也决不会派出一兵一卒的！"

"闲言少叙。"陈原道正气凛然道："你出兵镇压罪证确凿，安庆数十名学生身负重伤也是铁证如山。你说，你准备怎么办吧？"

"这样好不好？请你们再多多宽限几天。'六二'学潮，扑朔迷离，疑窦丛生，马某人不敢妄下结论。怎么着也得容我细细调查一番。"马联甲讪笑着，"如果是省政府的指令，就请同学们去与政府交涉；如果是传令兵以讹传讹，我们就对传令兵严惩不贷；如果事实证明，就是我马某人的责任，我绝不躲避，一切听凭同学发落！原道同学，你看好不好？"

陈原道远看天边，一抹残阳如血。

不知不觉，示威活动已经进行了一天。

陈原道看见，傲然伫立于人群之中的刘希平向他重重地点了点头。

"好，就三天时间。你不要耍滑头，三天时间到了，如果还迟迟不予答复，我们还会来找你的！"

马联甲满脸堆笑，"一定，一定！"

就在陈原道和芜湖各界人士在芜湖镇守使公署与马联甲唇枪舌剑，斗智斗勇的时候，安徽教育界著名人士也行动起来了，他们奔走于城市乡间，联络省学联、省教育会、中等以上学校联合会、教职员联合会、总商会、省农会、律师公会、西医学会、中路商团等团体，组成了"'六二'惨案后援会"，向省长公署递交了意见书，向法庭提起诉讼，要求严惩杀人凶犯。芜湖学联派出的骨干力量也积极参加了省学联的工作，如二农学生薛卓汉、二女师学生沈绍芬、方金鸾，五中学生俞学峻，商校学生张铁须，萃文学生翟宗文等，大大充实了省学联的力量。

经过无数次的谈判，省政府终于答应教育界提出的三个条件：一、在民国十年（1921年）年度教育预算支出上，增加六年度剩余金41400元，七年度剩余金631700元（共增加773000元）；二、任何议员不得兼任校长，已经由议员兼任的校长立即撤换；三、姜高琦等被殴一案，及时予以妥善处理。

"六二"学潮暂时地平息。

然而7月1日，情况突然急转直下，身负重伤的姜高琦在安庆同仁医院不治身亡。

学潮再起巨澜。

省学联紧急召集人员来到省长公署，提出严重抗议。然而"检察厅""审判厅"官官相护，对学生的正义要求根本不予理睬。

芜湖方面在得知这一情况后，群情激愤，立即组织了"姜案后援会"，强烈要求有关方面严惩首犯倪道烺、主凶马联甲。

7月4日，芜湖再派出学生代表前往安庆，催办姜高琦被杀一案。在路过省议会门前时，恰巧遇上省检察厅厅长刘以莘坐在黄包车上。芜湖学生代表一拥而上，把刘以莘从车上拉下来，拖向省长公署。

刘以莘声嘶力竭地高呼："殴打法官，暗无天日。"

最后，还是省长聂宪藩出面调解，学生才放过了他。

芜湖学生的这一行动，有力地打击了军阀和政客们的嚣张气焰，使他们真正认识到学生的无畏和力量，不得不再次答应学生们的要求：所有在"六二"惨案中受伤的学生，一律免收各种学膳费用；对于受伤的师范学生，因入校时已享受各种免费条件，因此每人每学期由省库补贴大洋15.5元,全年31元,到该学生毕业为止;对于姜高琦,由省库提出6000元抚恤金,交给他的家属,另拿出4000元交省学校联合会与省学联,作为治丧殡葬费用。

"六二"学潮虽然暂时平复,遗憾的是,制造"六二"惨案的首犯倪道烺、主凶马联甲并没受到公正的制裁。他们不仅不加收敛,反而得寸进尺,变本加厉地大肆进行反革命活动——

1923年,军阀曹锟大搞贿选。马联甲采取勒收烟捐、克扣军饷等法,搜刮400余万元,其中一百多万元赞助曹锟贿选,余款中饱私囊。曹锟贿选的闹剧,遭到了芜湖教育界的激烈反对,并采取了查抄芜湖猪仔议员的行动。马联甲大肆进行镇压,通缉参加反贿选的芜湖师生70余人,逮捕学生家属、勒索钱财的达20余人,开除芜湖、安庆两地学生达300余人,刘希平等人被革去校长职务。芜湖进步师生纷纷外逃。

作为唯利是图的政客,倪道烺在乃叔倪嗣冲病死后,见风转舵,抱起了直系的粗腿。曹锟贿选总统时,他伙同在蚌埠的唐少侯,将搜刮来的数十万银元,送到北京。曹锟下台后,他又巴结攀附段祺瑞。日军侵华时期,倪道烺叛国投敌,沦为汉奸。抗战胜利后,倪道烺被国民政府逮捕,先关至南京老虎桥监狱,南京解放前夕,又被移送上海提篮桥监狱。新中国成立后,倪道烺被蚌埠市军管会押解回蚌埠。1951年6月14日,就地正法。

初战告捷,陈原道信心倍增。同时,他也深切地认识到,农民、工人是中国人口的主体,他们深受各种压迫和剥削,生活濒于破产危殆之境,没有与统治阶级妥协调和的余地,是中国革命的基本势力。他们有革命热忱,对旧制度不满,对新社会憧憬,但不知道怎样革命。所以,要少做场面上的事,多做骨子里的事。采用革命的方法,聚集起人民群众的力量,才能推翻旧的经济制度,达到改造社会的目的,以实现社会主义。

陈原道奔走于校园、教室、食堂、寝室，对青年学生，特别是那些饱食终日、无所用心和那些"两耳不闻窗外事，一心只读圣贤书"，梦想通过个人奋斗成名成家的青年学生，苦口婆心，语重心长地说：

"青年人要具有远大的理想，树立正确的人生观，要有胆识，要有摧毁旧思想、旧制度束缚的勇气，要善于学习。但是，如果只知道死读书，读死书，那是不够的。我们要像先辈们那样，把我们年轻的热血投入到轰轰烈烈的爱国运动中去，光明的前途必须在我们青年一代手中创造出来！必须立志到工厂去，到农村去，到社会中去，和工人、农民相结合，了解人民的疾苦，找寻摆脱痛苦的方法，脚踏实地地为改造中国而努力奋斗。只有真正了解人民生活的人，才会同情农民，这种人说的话，做的事，才能击中人民的心坎，才能为人民所信任。只有能得到人民群众信任的人，才是世界上最幸福的人！"

陈原道精辟的见解，雄辩的口才，让广大青年心悦诚服。

但也有人不以为然。

被同学们笑称为"老学究"的章子曰就是其中代表者。

陈原道话音刚落，章子曰就挺身而出，表明自己的不同政见："原道所言差矣。中国之所以沦落至今，全因教育不普及，不识字、无文化，没有生活技能者太多，要救国，唯赖推行教育。"

章子曰的这种见解有一定的普遍性，不少同学点头称许。

陈原道一点儿都不奇怪。这种论说，模糊了许许多多人们对当前中国社会主要矛盾和主要任务的认识。陈原道也曾受此影响。但是，当他逐渐成为坚定的马克思主义战士以后，重新认识了教育与社会改造的关系。

"你的话没有错，教育确是改造社会的有力的工具。但要使教育发挥这一作用，关键在于要以社会改造的目的来办教育，要以社会的需要来决定教育。"陈原道信心百倍地说："当前中国社会最急最要的事情是什么？是政治的变革、经济的发展和抵抗外来侵略。中国不良的经济制度迫切需要通过政治革命予以彻底改造。我们今天这个样子的教育，能够救国家吗？能够救危亡吗？什么都不能，改造社会岂不是一场笑话？只有在较好的社会中间才会有较好的学校。教育问题正如其他所有问题一样，非把全社会问题改造好了，是不会得到解决的。"

老学究理屈词穷，心里仍是不服气。强词夺理道："不论怎么说，读书仍然是学生的本分。敬字惜纸，功莫大焉。"

陈原道明白，要想说服他，绝非一朝一夕之功。要循序渐进，由浅入深地给他摆事实讲道理。陈原道有信心将老学究改造和锤炼成坚定的无产阶级革命者。

"眼下，确实有这么一部分人视我们青年学生的政治运动为'痞子运动'，是'荒废学业'，是'得不偿失'，是'慢性自杀'，呼吁让教育回归学校，学生回归课堂。大家想一想，生逢乱世，兵戈不绝，根本不是青年人闭门读书的时候，如果只是让学生说好英文，使全国人都懂得三角、微积分，或者都会做'风啊''月啊'的文章，是救不了中国的。相反，无异是宣判中国死刑！在当前特定的条件下，不以社会改造为目的的读书，救不了国；当今中国最需要的是革命的人才，是研究救国的学术！"陈原道晓之以理："祖国被帝国主义列强欺凌、瓜分，反动的军阀政府对外屈膝投降，对内残酷压迫，国家越来越贫弱，人民陷入水深火热之中。国难当头，作为一代青年，珍重固有的文脉是对的，但更应执着于强国兴邦之思。一味蜷缩在故纸堆里，焉可抵御外部世界的风雨飘摇？唯有擎起爱国之心，肩负起救国救民重任，才是人间正道！"

在陈原道的倡导和影响下，芜湖抵制日货、提倡国货的高潮风起云涌，白浪滔天。同时，各地纷纷创办"工人义务识字班""职工学校""工读学校"，主要招收人力车夫、纱厂工人、商店店员和学徒等，推动芜湖学生与劳动群众的结合。陈原道经常深入到工人中去，了解工人生活和实际情况，然后用这些生动的事例，向广大工人讲解旧中国阶级压迫和阶级剥削的情况，深受广大工人学生欢迎。陈原道在各种场合叮咛大家:"不要把办识字班,办夜校,仅仅当成是一种识字运动,还应包括政治、经济、文化等广泛内容。"

工读学校的创立,引起了强烈反响,上海《民国日报》副刊《觉悟》专门发表文章,称芜湖工读学校"在芜湖是一个最年轻、活泼可爱的孩子,然而,他前途希望却很大"! 教员们无怨无悔地向学员们宣传马克思列宁主义思想和民主革命思想,提高他们的政治觉悟。好多无产阶级革命家,正是从这里走上革命道路的。

一石激起千层浪,两指弹出万般音。

曾经海不扬波风平浪静的"宁国府"石破天惊,浪花飞溅,再也安静不下来了。

犹如闪烁在黑暗社会夜空的启明星,陈原道引导着一代年轻人沿着革命道路上下求索,呐喊奔走。

"工人义务识字班"开班仪式上,风华正茂的陈原道毛遂自荐,第一个走上讲台,给黄包车工人讲授"十月革命":

"第一次世界大战爆发后,俄国的革命形势迅速趋于成熟。1917年2月,俄国爆发了第二次资产阶级民主革命,推翻了沙皇制度,但出现了资产阶级临时政府和士兵代表苏维埃两个政权并立的局面。此时,列宁提出了由资产阶级民主革命过渡到社会主义革命的任务。十月革命是俄国工人阶级在布尔什维克领导下联合贫农所完成的伟大的社会主义革命,又称布尔什维克革命。1917年11月7日(俄历10月25日),列宁领导的布尔什维克武装力量向资产阶级临时政府所在地圣彼得堡冬宫发起总攻,推翻了临时政府。当晚,召开了第二次全俄苏维埃代表大会,宣布临时政府被推翻,中央和地方全部政权转归苏维埃。随后组成了以列宁为主席的第一届苏维埃政府——人民委员会。由此,世界上第一个社会主义国家宣告诞生。

"伟大的俄国十月社会主义革命的胜利,开创了人类历史的新纪元,为世界各国无产阶级革命、殖民地和半殖民地的民族解放运动开辟了胜利前进的道路。十月革命向全世界宣告崭新的社会制度由理想变为现实,开辟了人类探索社会主义道路的新时代,使马克思列宁主义传遍世界,也传到了俄国的近邻——中国。中国的先进分子,开始用无产阶级的宇宙观作为观察国家命运的工具,重新考虑自己的问题。走俄国人的路——这就是结论!"

陈原道慷慨激昂,工人们更是摩拳擦掌,群情激奋。

"工读学校"里,陈原道循循善诱地向商人和青年学生推荐《西洋近代史》《中国近时外交史》《欧战期间中日交涉史》《最近之五十年》以及萧楚女编写的《帝国主义侵略中国史》等书。

陈原道说:"只有阅读学习中国近代史,才能真正知道资本帝国主义是侵略中国使中国贫穷落后的根源,探索出中国革命的规律和方法。同时,也可以从中国近代史中,学得许多革命烈士为中国的前途献身的壮举,汲取与帝国主义、反动军阀作斗争的力量和勇气!

"不久前,我和几个同学一道去安庆,专门穿街走巷进行了一次国货调查。真是不查不知道,一查吓一跳。我们一个地大物博、人口众多的泱泱大国,莫说飞机、汽车不能制造,就连日常生活用品,如火柴、蜡烛、铅笔、洗脸磁盆都是'洋货',几万万人的衣、食、住、行,都要去仰外国人的鼻息,受帝国主义蹂躏、压迫、侮辱。这种贫穷落后的社会现实不改变,我们的国人,我们的同胞,必将永远永远置身于帝国主义和封建官僚买办的压迫之下。请大家告诉我,有谁愿意这样一辈子永不得翻身?有谁愿意在帝国主义的铁蹄下,低声下气地做一辈子的亡国奴?"

陈原道引人入胜的演说,极大地刺痛了广大民众的民族自尊心,深深地激发了他们的爱国情感和爱国斗志。

台下立时振臂高呼:"不愿意,我们坚决不愿意!""誓死不做亡国奴!""我们要翻身做主人!"

呼声刚息,一名工人打扮的汉子"呼哧"站了起来,大声呼道:"如果有人还继续卖外国人的货,我们怎么办?"

"女娲炼石补天处,石破天惊逗秋雨。"陈原道斩钉截铁地答道:"对这种助纣为虐的行为,我们必须旗帜鲜明地给以迎头痛击!"

"那我就来说吧,大地主、大奸商、买办资本家、芜湖商会会长汤善福就在大肆贩卖日货,你说,怎么办吧?"汉子说完,双手抱着膀子,歪着头看着陈原道。

陈原道笑了,"怎么还是我说怎么办? 你说怎么办?"

"那还说啥? 端了它!"汉子怒吼道。

"大家说呢?"

台下立刻听取吼声一片:"端了它! 端了它! 端了它!"

"好! 今日不去,更待何时?"陈原道英气逼人,"走,咱们现在就去!"

"走! 去端他们的老窝!"

在陈原道的带领下,前来参加抵制日货示威游行的同学们,从四面八方闻讯而来。地无分东西南北,人无分男女老幼,示威游行的队伍像海潮一样,一波接着一波,一浪连着一浪,汹涌澎湃地向前涌动着……

芜湖商会。

一座砖式二层洋楼,是一个专供达官贵人们聚会风雅的地方。

让人疑惑的是,分明就是一处中国人的会所,然而装修、摆设、布置都体现出了浓郁的东瀛风格。

会长汤善福悠闲自得地仰在一楼大厅的一只竹制躺椅上,一手夹着雪茄,一手摇着折扇,闭着眼,摇头晃脑地跟着留声机,一句一句,有板有眼地哼唱《空城计》。他的面前,是一桌一壶一碗。两个日本装扮的年轻人,坐在他不远处,边品着茶边聊。

我本是卧龙岗散淡的人,
凭阴阳如反掌保定乾坤。
先帝爷下南阳御驾三请,

算就了汉家业鼎足三分。

……

忽听眼前一片嘈杂,满腹狐疑地睁开眼,就看见一双双冒火的大眼睛,不由得吓了一跳。 盯了陈原道半天,故作镇静道:"你、你们……要干什么?"

陈原道盯着汤善福,慷慨陈词:"汤善福,日本与我们中国有着不共戴天之仇,它给我们中华民族带来的灾难和屈辱,我们永远都不能忘记,忘记就是背叛。 我们今天来,就是代表芜湖广大民众和爱国学生告诫你,中国人民的钱,不能让日本人赚去,中国人民不能再受日本欺负。 希望你能做一个有血性、有骨气的中国人,从现在起坚决不买不卖日货。"

汤善福眨巴眨巴眼,一看就没把陈原道这些黄口孺子放在眼里,他依旧像刚才一样大模大样地躺着,身子起都没起。

"你们抵制日货我不反对,但不可逢日必反。 比如说,你抵制日货,你尽可以自己不买,如若还不分青红皂白地限制别人也不卖、也不买日货,你们自己觉得,是不是有点儿越俎代庖了呢?"

"你还嫌中国人被日本人欺侮得不够吗? 翻开中国近代史,那是一部什么历史? 那就是一部受人欺负的屈辱史、耻辱史,小日本从一开始就对咱们中国虎视眈眈,百般凌辱。 可他们仍不满足,亡我中国之心不死。 我们还能任其宰割吗? 不能,绝对不能! 做为一名普通民众、普通商人、普通学生,我们所能做的就是抵制日本货,要让他们知道,中国人是不可任人欺负的!"

"幼稚,令人可笑的幼稚。"汤善福嗤之以鼻:"你们这样盲目抵制日货,就如同闭着眼睛打麻雀。 极很可能,麻雀打不到,反误伤了卿卿性命。 城门失火,殃及池鱼。 一味盲目的抵制日货,受损伤的绝非仅仅日本企业,一大批中国商人生计也将受到严重影响,损失不可估量。 这种损害中国同胞的切身利益的事,我汤某人是断不会做的!"

"这么说，你是执意与人民对抗到底了？"

汤善福顽固到底，"断子绝孙的事，我绝不会做！"

"那我就不客气了！同学们动手，将那些日货全都没收、焚毁！"陈原道大声喝道。

"我看谁敢！没吃三天素，竟敢在太岁头上动土！"汤善福腾地站起身来，指着那两位日本人，凶相毕露。以此同时，大家看见，那两个身材壮硕的日本人，不知何时站到了汤善福的背后，正恶狠狠地瞪着众人。"看见了吗？这两位是日本盐冈洋行的管事。我奉劝你们规矩点，把他俩惹恼了，你自己想想，那将会是怎样一个后果！"

陈原道毫不畏惧："同学们上！"

"你——"汤善福话没说完，一位同学一把抓起小桌上的紫砂壶，狠狠地掼到了他的后脑勺上。顿时，汤善福头上鲜血直流。

那两个日本人刚想动手，早被眼疾手快的同学们按了个"嘴啃泥"。

不一会儿，商会的橱窗玻璃被敲碎了，办公桌被掀翻了，箱子、柜子等家具被捣毁了。一箱箱、一件件的日本糖果、脸盆、洋伞、洋布、洋油等日货被搬到了商会前的马路上。

"点火。烧！"陈原道一声令下。

顿时，浓烟滚滚，火光冲天。

"好！"在场群众拍手称快，群声高呼打得好。

商会被翻腾得满目疮痍，日本管事被殴打得遍地找牙，日货被焚烧得俱为灰烬……

好久没听到这么振奋人心的大喜事了！一时间，消息不胫而走，不一会就传遍了江城。

日本领事馆在第一时间就得到了信息。

领事田中作闻听，二话不说，坐着车就来到了芜湖镇守使公署，与早已等候在门前的盐冈洋行经理一道向马联甲兴师问罪。

马联甲正在跟参谋长下棋。

"又是这个陈原道！他处处跟老子过不去。"马联甲一听"陈原道"三个字就气不打一处来，手里的一枚棋子也被他扔了八丈远。他张着血盆大口，恶狠狠道："行，闹吧，闹吧，总有一天，老子要让他吃不了兜着走！"

田中作面无表情地说："我要的，不是总有一天，我要的就是今天。"

"这恐怕不行。"马联甲面有难色，"领事先生也看到了，民怨沸腾。我们也有压力啊！我们也要考虑民意啊！"

"我不管你民怨还是民意，我只知道，这两名管事，都是我大日本帝国在华侨民，我必须对他们的生命安全负责。我给你三天时间，"田中作转过头，洋行经理立刻站起身，恭恭敬敬地将一份写得密密麻麻的公函递给他。田中作说："这上面只是损失的部分货单。我希望你，三日之内，惩办学生，赔偿损失，公开向盐冈洋行以及汤先生道歉，并保证以后不再干涉日货销售！"

马联甲摇摇头，"三日时间哪够，这总还要有一个调查审理的过程吧……"

田中作坚决地说："不行，就三天！三天之内，不处决肇事学生，拿到赔偿，我们就要用我们自己的方式来解决。走！"

说完，气势汹汹地离开了。

田中作前脚刚走，马联甲的电话就响了。

安徽督军倪嗣冲穷凶极恶地说："遇有学生游行示威、发布传单、有违纪而不服取缔者，一经查出，即行依法惩办，决不姑宽。着令各岗警，如遇有学生贴传单、标语者，立即逮捕。"

马联甲不知道，同样的电话，倪嗣冲还打给了安徽省教育厅长。要求教育厅对学生"切实开导"，"如始终违抗，即将为首学生立即革除。倘再不服训诫，虽全体解散，亦所弗恤。"倪嗣冲给教育厅长指令刚刚下达，立刻就传到了师生们的耳中。

学生莞尔一笑："你们撕，我们贴；见人心，终如铁。"

放下电话，马联甲目瞪口呆地愣怔了好半天才反应过来，暴跳如雷地对着副官长吼道："还磨蹭什么的？快派人去把那些个闹事的学生都给我驱散，把为首的给我抓来！"

"是，我这就去。"

"回来！"副官长刚出门，马联甲又吼道，副官长赶紧转身。马联甲咬牙切齿道："派个手脚利落的人，把那个陈原道给我盯紧了。一俟条件成熟，立马给我做了他！"马联甲做了一个刀抹脖子的动作。

副官长心领神会，"是。"

田中作一出公署门，就直奔商会而去。

田中作赶到商会门前时，陈原道正在风骨凛然地宣读他自己编写的《坚持抵制日货广告》：

"……国家贫富，兵戎强弱，固视乎国民心之热忱何如？而亦视之坚持与否耳？苟坚持之，小利不能动其心，私欲弗克夺其志，身可杀，而爱国热血不可消；头可断，而救国苦衷不可灭。则此坚持一念，国自富，民自强。何来外患之蹂躏疆场哉！"

"言有穷而情不可终。"这篇檄文，与其说笔写成，莫不如说心写就。祭者心哭，闻者心泣。连自称为"中国通"的田中作都不由得心中生叹：真是千古文章只在一心啊！如若陈原道的演讲，不是矛头通篇都指向日本，而是指向英国、美国、法国、葡萄牙、意大利……任哪一个国家，田中作都要大步上前，优雅地给陈原道一个热烈的拥抱。

陈原道嘴上滔滔不绝，田中作心里隐隐作痛。

田中作几次忍不住欲上前制止，可看看身边只有洋行经理孤身一人，势单力薄，只好作罢。

就在田中作望眼欲穿之时，副官长带着荷枪实弹的官兵气喘吁吁地赶到了。

副官长一看田中作也在现场，直接跑到跟前，两脚一并，给田中作敬了一个礼："救驾来迟，请领事大人多多海涵。"

田中作一看官兵驾到,立马腰杆硬气了许多。 狐假虎威地手指着陈原道,狂妄地叫嚣道:"立刻停止你的蛊惑! 你知不知道,你的行为已经构成犯罪? 再信口雌黄造谣惑众,我把你们一个一个全都送进监狱!"

"犯罪?"陈原道冷冷一笑,"你现在知道犯罪了,1874年5月,你们出兵3600余人入侵我国台湾,残酷杀戮高山族同胞。 迫使清政府签订《北京专条》,承认琉球为日本保护国,并赔偿日本兵费50万两白银。 你们怎么不说这是犯罪? 1894年7月,日本军舰突然袭击在丰岛海面执行护航任务的中国军舰,重创"济远"号和"广乙"号,击沉"高升"号运输舰,造成七百多中国官兵死亡,由此引发中日甲午战争。 9月,日舰队在黄海海面袭击中国北洋舰队,击沉4艘军舰。"致远"号管带邓世昌及全船250人、"经远"号管带林永升及全船270人壮烈牺牲。 你们怎么不说这是犯罪? 10月,日军分两路侵犯我辽宁省。 11月,日军占领大连、旅顺。 日军进入旅顺后,见人就杀,在4天3夜的大屠杀中,全市二万多中国人惨遭杀戮,只有埋尸的36人幸免于难。 你们怎么不说这是犯罪? 1895年2月,日军从水陆两路夹攻驻威海卫中国海军。 3月,日军占领整个辽东半岛,日军所至,烧杀淫掠,无所不为,仅在田庄台一地,就杀死我军民两千多人,迫使清政府签订割地赔银的《马关条约》。 你们怎么不说这是犯罪? 11月强迫清政府签订《中日辽南条约》,中国向日本交纳3000万两白银,才交还辽东半岛。 你们怎么不说这是犯罪? 1900年5月,日、俄、英、美、德、法、意、奥八国联军进犯北京,镇压义和团等反帝爱国运动。7月,日军攻陷天津,在津抢劫白银二百多万两。 8月,攻陷北京,在京烧杀淫掠。 迫使清政府与日、俄等11国签订《辛丑条约》,要求中国赔款4.5亿两白银,交出税务、使馆区管理权,并禁止中国人成立或加入反帝组织,你们怎么不说这是犯罪? 还有……"

"够了,给我闭上你的嘴!"田中作的脸涨得通红,"你、你、你想犯上作乱吗?"

"我是中国人,我在我们中国人自己的土地上,痛诉事实,痛说心声,何错之有? 犯的哪家的上? 作的哪家的乱?"

"我看了,他才是整个事件的始作俑者。"田中作恼羞成怒地指着陈原道,向副官长厉声喝道:"把这个巧言令色的穷小子给我抓起来!"

几名士兵不明就里,立刻将枪口对准了陈原道。

陈原道毫无惧色,目光如炬地盯着那些黑洞洞的枪口。直到士兵们垂下枪口,接着,又垂下眼帘。

陈原道轻轻推开同学,突然双手一指日本领事,大声说道:"同学们,同胞们,不要被日本人的那点蝇头小利所迷惑,日本,就是一只野心勃勃的狼! 从明治维新后,日本就走上了对外侵略的道路,与之一水相隔的朝鲜首被其难。甲午中日战争后,日本更是毫无忌惮地入侵朝鲜。先是将其降为保护国,进而全力吞并之。在那段血雨腥风的日子里,朝鲜民众所遭受的磨难自不堪言,即便朝鲜李氏王室,遭遇之悲苦,俱惨不可闻。朝鲜就是我们的一面镜子。我们如再醉生梦死,帝国主义就会很快地来侵略我们,中国腐败政府,只知仰赖帝国主义任其宰割,这就是捆锁四万万人民的一条大铁链。只有砸碎这条铁锁链,我们才能够用双手为人民开出万代幸福泉!"

"你们这样做……"田中作还想说什么,可是,还没等他说完,震耳欲聋的口号声已经把他的强词夺理给淹没了——

"打倒列强!"

"内惩国贼,外争主权!"

"打倒军阀!"

"废除一切不平等条约!"

……

爱国主义历来都是动员和鼓舞中国人民团结奋斗的一面旗帜,是推动中国社会历史前进的巨大力量。一切先进的中国人民,一切忧国忧民之士,为了寻求救国救民的真理,都是聚集在爱国主义旗帜下,走上革命道路的。

站在副官长旁边的一名学生一把揪住副官长的前襟,"你们还不掉转枪口,还把枪口对着咱们自己的同胞吗? 难道是想继续充当外国人的走狗,誓死与中国人民为敌?"

副官长揉了揉热泪盈眶的眼睛,哽咽地说:"同学们,把枪口对着自己的同胞实不得已,我们也是奉命而为。 今天听了原道同学的演说,我们真是感觉羞愧难当。 请同学们放心,不论到什么时候,我们都是中国人,我们决不做对不起同胞的事! 同学们,对不起了!"说到此,副官长突然地弯下腰,对着义愤填膺的同学们深深地鞠了一个躬,然后,把手一挥:"收队!"

"且慢!"田中作上前一步,伸出臂膀拦住副官长,"肇事学生还游离法外,你们岂能擅自撤退? 我命令你,立刻把这个聚众闹事的学生头目给我抓起来!"

副官长把眼一瞪,"闪开!"

田中作屹立不动。

副官长抓住田中作的胳膊,使劲儿一推,田中作趔趄着,后退了好几步。

"夸夸夸、夸夸夸……"副官长带着队伍,扬长而去。

又一位同学乜斜着缩成一团瑟瑟发抖的汤善福,浩气凛然道:"汤老板,马联甲的队伍都夹着尾巴溜了? 你还抱着日本人的脚不肯丢吗? 大势面前,何去何从,你看着办吧。"

汤善福歪着头,满怀希望地瞅了田中作一眼。

田中作面色如灰,斜着脸看向天空。 根本就不看他。

看来,这最后一根救命的稻草也指望不上了。

陈原道怒视着汤善福:"汤会长,日前,安徽总商会召开董事会,讨论决定抵制日货、只售国货三项措施,号召全省商界'坚持勿购日货,以为无形抵制'。 你不会不知道吧?"

"知道,知道。"汤善福点头哈腰道。

"知道？知道你还助纣为虐，甘当倭奴？"

"不敢了，不敢了！"眼见大势已去，汤善福咬着牙道："我、我向同学们保证，从今天开始绝不出售日本人的一针一线！"

"口说无凭，签字为证！"同学们嚷嚷道。

"我签，我签。"说完，流利地在同学们拿过来的《不卖日货条约》上一挥而就，签下"汤善福"三字。

"胜利了！我们胜利了！"霎时，现场爆发出一阵胜利的欢乐声！

等大家从欢呼声中沉下来，再去找田中作和洋行行长算账时，才发现，两个人不知何时早已经溜之大吉了……

此情此景，全被前来芜湖看望哥哥的陈元仓尽收眼底。

"哥，你这样同外国鬼子、官府、财主们斗，性命不危险吗？"元仓忧心忡忡地问。

陈原道含情脉脉地望着弟弟："元仓，爱国总要克己，人须舍得牺牲个人利益才能救国。生命是宝贵的，但怕死、不斗争是可耻的。为了革命，纵然牺牲了，也是光荣的！我们还年轻，救国救民的思想，就寄托在我们身上，所以，决不能只闭户读书，不问世事，要积极为改造中国奔走呼号！"

看着哥哥义无反顾的神情，元仓若有所思地点了点头。

陈原道领导的芜湖学生"抵制日货"行动，得到了安徽省"抵抗日货委员会"、安徽省和芜湖市学联、芜湖市搬运工人、黄包车工人、店员和广大市民的一致拥护和支持。省学联专门致电芜湖市学联："务望坚持到底，敝省全体学生愿为后盾。"

一时间，码头工人拒绝搬运日货，人力车工人拒载外国人，轮船码头不再代售日本船票，纺织工人拒用日本洋纱，店员不卖日货，旅栈不接待日本人入住，广潮两帮米号同时停止采办，各钱庄也停止了汇划，芜湖明远电灯公司工人将全城日商广告一律撕毁和涂抹，并在盐冈洋行的大门贴上反日标语："若罪陈东，国亡无日！不除庆父，鲁难何平？"盐冈洋行被迫关门停歇。

芜湖学生"抵制日货"行动取得了阶段性胜利。

嗣后,陈原道又相继领导、组织和参加了芜湖黄包车车夫的罢工斗争、芜湖学界声讨军阀曹锟贿选大总统的斗争、"收回教育权、废除奴化教育"的学潮等,在全省乃至全国都产生了重大影响。

这是一个惊心动魄的时代,这也是一个新旧交替的时代。时代在不停地呼唤着英雄,时代也每时每刻都在铸造着英雄。

1923年春,受陈独秀指派,柯庆施以《新建设日报》副刊编辑身份为掩护,来芜湖进行建党和建团工作。在同学薛卓汉的介绍下,陈原道光荣地加入了中国共产主义青年团。入团以后,陈原道更加自觉地投身到为民族和劳苦大众解放的斗争之中。

"最是一年春好处,明朝有意抱琴来。"这期间,陈原道经常与恽代英先生通信,汇报芜湖学联的各项工作和活动进程。邀请恽代英再来芜湖,身临一线指导学运工作。

"你们的工作做得很好,做得勇敢。就要这样,敌人有鬼鬼祟祟的阴谋,我们要有堂堂正正的战斗。要组织宣传群众以堂堂正正的气魄,压倒鬼鬼祟祟的反动派,让敌人没有回旋的余地。"

1925年,这本是一个平平常常的时间,然而,由于陈原道在这月光荣地加入了中国共产党,因而,这一年就变成了一个值得永远记住的日子。

这一年,在组织的正确领导下,陈原道积极参与组织和领导了芜湖各界声援"五卅惨案"的斗争。陈原道在芜湖教育界进步师生中,可说是无人不晓,他的才智和风骨,赢得了广大师生们深深的敬重和爱戴!

这年6月,作为芜湖各界学生代表,陈原道光荣地出席了在上海召开的"全国第七届学生联合总会代表大会"。大会期间,他和团中央负责人任弼时、恽代英等同志朝夕相处,交流学生运动和其他各项爱国运动的经验,使他的眼界更为开阔。中国革命是一个大熔炉,革命英杰经其千锤百炼,终会淬火成钢。

其实,"五卅惨案"发生时,陈原道以学联的名义到上海,恽代英即同陈原道谈及过芜湖党组织建设事宜,陈原道当时就提出过加入党组织的要求,但因时间紧迫未果。9月,到上海以后,在恽代英的介绍下,他加入了党组织。

听到消息的那一刹那,陈原道不禁泪水盈满眼帘。为了这一天,他等了太久太久……

发展党员大会地点选在芜湖市郊一处百年老屋,十分僻静。此外,还有另一优点:四通八达。万一有什么风吹草动,大家可以以最快的速度撤离。

在这次支部大会上,陈原道第一次听到"中国共产党是无产阶级的先锋队"这个定位。恽代英说:"马克思在《共产党宣言》里有过这样一番论述:共产党从来不屑于隐瞒自己的观点和意图,他们公开地宣布,他们的目的,就是要通过暴力手段,来推翻全部现存的社会制度。让统治阶级在共产主义革命面前发抖吧。无产者在这个革命中失去的只是锁链,他们获得的将是整个世界!作为一名共产党员,就要立志为实现共产主义奋斗终身,必要时能够牺牲个人的一切,甚至生命,以捍卫党的事业。"

这是陈原道在黑暗中急切寻找民族振兴、国家富强的具体道路时,接触到的最直接的革命思想。这思想,开阔了陈原道放眼世界的眼光,也在他的心海里,掀起了澎湃的革命浪潮。从马克思主义真理光辉的烛照下,陈原道看到了民族的希望,看到了中国的未来,更看到了一种坚定执着的革命信念和拼死拓进的奋斗精神。为这种革命信念,为这种奋斗精神,他将义无反顾地踏上这条充满荆棘的革命征途。

陈原道立誓,要为实现党的伟大目标奋斗到底,不惜牺牲个人的一切!

这一年,在组织上的正确领导下,陈原道积极参与组织和领导了芜湖各界声援"五卅惨案"的斗争。陈原道在芜湖教育界进步师生中,可说是无人不晓,他的才智和风骨,赢得了广大师生们深深的敬重和爱戴!

这年六月,作为芜湖各界学生代表,陈原道光荣地出席了在上海召开的全国第七届学生联合总会代表大会。大会期间,他和团中央负责人任弼时、恽代英等同志朝夕相处,交流学生运动和其他各项爱国运动的经验,他的眼界更为开阔。中国革命,是一个大熔炉,经其千锤百炼,革命英杰终会淬火成钢,凤凰涅槃。

这年十月,莫斯科中山大学在苏联开办,陈原道作为组织上选派的第一批学员,到十月革命的诞生地,去探索救国救民的新方法、新道路,去接受马克思列宁主义的新思想、新理论。

跨出国门,是陈原道在通向革命的道路上迈出的关键性一步,开启了新的人生之旅,从而也决定了他一生的格局。

第二章
冰雪之旅

在波澜壮阔的中国现代史上,对中国影响最深远的"洋学府",恐怕是非莫斯科中山大学莫属了——

莫斯科中山大学,原名为中国劳动者孙逸仙大学,1928年更名中国劳动者孙逸仙共产主义大学,中文通称:莫斯科中山大学。

这所由俄国人出资创办,并冠以中华民国"国父"孙中山之名的异国学校,在上个世纪二十年代后期聚集了一大批中国青年之精英,中国政界要员也在这里频频亮相,从这里走出的骄子,陆续成为国共两大政党的风云人物。

今天，已经很少有人能说清楚，那座已经隐藏在历史的皱褶中的院落里，所发生的那些扑朔迷离的故事和栉风沐雨的变迁了。而在中国革命长夜破晓的关键时刻，这里却确确实实汇集了一大批志向高远的中国留学生。共产党方面的有：董必武、乌兰夫、林伯渠、徐特立、何叔衡、叶剑英、陈原道、杨之华、杨子烈、施静宜、王明、博古等。而国民党方面则有：蒋介石之子蒋经国，冯玉祥之子冯洪国，女儿冯弗能、冯弗伐，邵力子之子邵志刚，叶楚伧之子叶楠，于右任之女于秀芝，女婿屈武，邓演达的弟弟邓明秋，汪精卫内侄陈春圃，李宗仁之弟李宗义，妻弟魏允成。蒋介石"十三太保"中的康泽、贺衷寒、郑介民等也都幸运获得赴苏留学资格。

莫斯科中山大学诞生于1925年秋，斯大林是创办的倡议人，创办过程得到了苏联政府的大力支持。

——1924年1月，在广州召开的国民党一大上，孙中山提出了"联俄、联共、扶助农工"三大政策。不久，他给派往苏联考察的蒋介石手札中写道："我党今后之革命，非以俄为师，断无成就。"在苏联的援助下，孙中山对国民党进行了改造，吸纳了大量中国共产党人，彻底改变了屡战屡败的历史，并很快地在广州站稳了脚根。毛泽东在纪念中国共产党诞生28周年所写的《论人民民主专政》一文里说道："孙中山在绝望里，遇到了十月革命和中国共产党。孙中山欢迎十月革命，欢迎俄国人对中国人的帮助，欢迎中国共产党同他合作。"

正是中国民主革命急切需要他的时候，这位伟大的民主革命先驱撇下仍需奋斗的中国和苦难深重的中国人民，于1925年3月12日不幸在北京与世长辞。

去世前一刻，这位伟人仍念念不忘苏联，并在他的遗言中，留下中俄关系的伏笔：

……你们是自由的共和国大联合的首领。此自由的共和国大联合，是不朽的列宁与被压迫民族的世界之真遗产。

我遗下的是国民党。我希望国民党在完成其由帝国主义制度解放中国及其被侵略之历史的工作中,与你们合力共作。

当此与你们诀别之际,我愿意表示热烈的希望,希望不久即将破晓,斯时苏联以良友及盟国而欣迎强盛独立之中国,两国在争世界被压迫民族之大战中,携手并进,以取得胜利。

孙中山之死,对于急切想使中国相信他们是一片好心的俄国共产党来说,正好提供了一个表示友谊的绝佳机会。

苏共领导集团很快作出决策,对中国革命投入更大的资本,除枪炮支援外,创办一所学校,以孙中山的旗帜,招徕大批中国先进青年。其目的在于用马克思主义理论培养中国共产主义群众运动的干部,培养中国革命的布尔什维克干部,并成为今后中苏关系的纽带。

于是,莫斯科中山大学应运而生。

1925年10月7日,在国民党中央政治会议第66次会议上,苏联驻广州国民政府总顾问,被称之为国民政府"保姆"的米哈伊尔·马尔科维奇·鲍罗廷——国民党中央的许多重大决策都要经过他——正式宣布:苏联政府将在莫斯科建立孙中山劳动大学,建议国民党选派学生去莫斯科学习。

这个提议获得一致通过。

说起中山大学的首次招生,用"盛况空前"来形容绝不夸张。

当时的中国社会,无时无刻不被战乱、腐败、饥荒、失序困扰着。苏联的影响仿佛绝望中突现的光亮照耀中国大地,苏维埃的经验直接影响着中国革命的进程。派出骨干力量赴苏联学习军事和政治理论,推动中国革命发展,也是中国共产党高层的重要任务。而十月革命后,俄国魅力陡升,随着苏联共产党和中国国民党的合作领域不断扩大,到苏联心脏莫斯科接受"最正统"的马克思主义理论教育和学习,在当时进步青年的眼中,如同去"红色麦加"朝圣一般的荣耀而神圣。

那时的苏联，可谓是渴望缔造新世界的中国政治精英们心驰神往的圣殿。

初始，招生事宜由鲍罗廷一手操办，后来才成立了由谭延闿、古应芬、汪精卫组成的莫斯科中山大学招生委员会，分别在广州、上海、北京、天津等大城市进行招考工作。考试十分严格，分三个步骤：首先，应试者要到国民党中央党部填写一张报名表，然后由招生委员会成员进行目测甄别，形象不佳者不得过关；第二步为笔试，在广东大学礼堂举行，考题为"什么叫做国民革命？""试述中国动乱之原因"。最后还要口试，仍由招生委员会成员担任主考，题目侧重时局政治。

如火如荼的莫斯科中山大学招生，激发了每一个热血青年的革命热情，一时间，应者云集，彬彬济济。时髦的"诱惑"，在沸腾着革命青年热血的同时，也冲击着蒋介石苦心经营的黄埔军校。之前，黄埔军校就像一座光辉闪烁的金山，引人注目，心向往之，革命青年无不以报考黄埔军校为莫大的荣耀。而今，那些尚在寒窗苦读的学生，昨天还在以黄埔军校为荣，一觉醒来，就吵吵嚷嚷到国民党中央执委申请报考中山大学了。

眼看黄埔校园军心不稳，蒋介石严令：黄埔军校一、二期学生一律不得报考。因黄埔军校一、二期学员即将毕业，蒋介石急需这批少壮军官，以对付广东各派拥兵自重的地方军阀。但最终黄埔一期学生邓文仪（后任国民党政府内政部次长）还是偷偷报考，并被录取。于是邓文仪赶往汕头前线，恳请校长蒋介石恩准，经过一番软磨硬缠，蒋介石终于在报告上签了字。而另一位黄埔一期的中共学生左权，也紧随邓文仪，打起背包上了莫斯科。

广州，是当时中国革命的中心，最终录取的300名学生中，广州就占了180名，上海50名，京津地区50名。鲍罗廷特别推荐了20名，他推荐的大都是国民党要人子弟，如蒋介石之子蒋经国、邵力子公子邵志刚、李宗仁内弟魏允成、张发奎弟弟张发明、邓演达弟弟邓明秋、于右任女婿屈武等。陈原道和安徽青年陈维琪、汪菊农、廖麟、贾斯干过五关斩六将,有幸忝列其中。

有意思的是,在广州选拔的学生中百分之九十是国民党员,而上海、京津等地区选拔的学生中则多数是共产党员。

在漫长的等待之后,陈原道接到通知,让他与第一批赴苏的部分学员一起到上海集结。

由中国去苏联,当时主要有三条路线:第一条是取道哈尔滨,可是,这条道不安全。因为东北为军阀张作霖所占据,张作霖极力反对并百般阻挠激进分子去苏联学习革命经验;第二条是转道欧洲,但费用太高,根本就不容考虑;第三条,也是最切实可行的路线,就是由上海乘船假道海参崴。

在苏联驻上海领事协助下,陈原道和同学们化装成运货工人,躲过北洋军阀的警务盘察,乘小驳轮驶向内海。在那里,陈原道等登上了一艘开往苏联的货轮。刚上去,那船就扬帆起航了。

上船后,所有同学都被安排在货船底层,不能大声说话,更不能随意走动。直到离开东海,驶向朝鲜海峡的时候,大家才相继走上船舷,活动活动手脚,呼吸一下新鲜空气。

陈原道默默地独自走向船头,面对眼前苍茫的大海,看着擦肩而过的高大的轮船,往事扑面而来。陈原道轻声吟哦道:

辛苦遭逢起一经,干戈寥落四周星;
山河破碎风飘絮,身世浮沉雨打萍。
惶恐滩头说惶恐,零丁洋里叹零丁;
人生自古谁无死?留取丹心照汗青。

陈原道刚默诵完,就听见了汽笛拉响的声音。

陈原道突然觉得,莫斯科之行,就是代替已经牺牲的同胞们去完成一桩未尽的事业。这样的使命感,让他的心中又积聚起了一股新的力量。他转过身,深情地回望着渐渐远离的国土,放声道:"再见了亲爱的祖国！ 待我学成归来时，一定把你从半殖民地的惨状中解放出来！"

颠簸航行一周后，轮船终于停泊在苏联远东港口城市海参崴。

海参崴自古以来就是中国的领土。

海参崴，此名来自于肃慎（满洲）原住民语言，其意为"海边的晒网场""海边的小渔村"。 海参崴因盛产海参而得名，"崴"则指洼地的意思。

第二次鸦片战争期间，沙俄威逼清政府签订《北京条约》，割占了乌苏里江以东包括库页岛在内的约40万平方公里的中国领土。 1862年沙俄政府将海参崴改名为"符拉迪沃斯托克"，意即"统治东方"。海参崴曾是冷战时期美苏对峙的前沿阵地，也是俄罗斯神秘的军事禁地。

稍事休息，同学们又马不停蹄地登上了开往西伯利亚的列车，直奔遥远的莫斯科而去。 此时，十月革命虽已过去九年，但战争和帝国主义武装干涉的创伤尚未完全恢复，经济建设还没有走向正轨，特别是煤的供应仍很缺乏。 列车只能靠烧木材来运行，每个车站都有木头堆积如山。 客车上没有暖气，也没有餐车。 时值隆冬，列车上的冰柜冻得硬邦邦的，不光没水喝，连厕所都不能上。 吃饭、喝水、上厕所这些事情全都得在列车在大站停车时排长队完成。 走走停停，整整花了两个星期，才走完海参崴到莫斯科七千四百多公里的路程。

莫斯科沃尔洪卡大街16号，十月革命前是一个俄国贵族的官邸，屋顶浮雕华美，室内吊灯堂皇，每一间房屋都高大敞亮，如今成了莫斯科中山大学的校舍：一个大厅已被改为学校的礼堂，其他房间也分别被改造成教室、自习室、宿舍等。 此外，还改建了花园、健身房、运动场等，尽可能地为中国学生提供了良好的运动、休闲条件。

陈原道一行人风尘仆仆地赶到莫斯科沃尔洪卡大街16号那天，北风凛冽，银灰色的云块在天空中奔腾驰骋，寒流滚滚，似乎正在酝酿着一场"千树万树梨花开"的大雪。但对经过长途跋涉终于抵达莫斯科的学生们来说，一场大雪，已经算不得什么了。一个个怀着紧张而又新奇、喜悦而又忐忑的心情，按部就班地办理入学的相关手续，领饭票、洗澡票、洗衣票、戏票、乘车票等。手续刚刚办妥当，鹅毛般的雪花，就从彤云密布的天空中飘落下来，连学校对面救世主大教堂都被它染白了头顶。

救世主大教堂是世界上最高也是最大的东正教教堂。该教堂是拿破仑战争后，由沙皇亚历山大一世下令修建的，其目的是为了感谢救世主基督"将俄罗斯从失败中拯救出来，使她避免蒙羞"，并纪念在战争中牺牲的俄罗斯人民。

陈原道望着巍峨的教堂，耳畔响起了一阵阵《国际歌》的旋律：从来就没有什么救世主，也不靠神仙皇帝！要创造人类的幸福，全靠我们自己……

我们的救世主，就是我们自己！陈原道说。

没有谁对这场突如其来的落雪感到惊奇，然在报到过程中发生一件新鲜事则让同学们忍不住啧啧称奇——

考虑到中国学生回国以后的安全，来这里的每一位中国学生都有了一个苏联名字。如邓小平叫多佐洛夫，乌兰夫叫拉谢维奇，叶剑英叫尤霍洛夫。有些留学生回国后，继续用俄文名字的一部分做笔名，甚至一度俄文名反而比自己的本名还广为人知。比如秦邦宪被称为博古（波戈列洛夫），张闻天被称为洛甫（伊兹梅洛夫）等等。

年轻的苏维埃共和国为莫斯科中山大学花费了大量的人力、财力。据苏联档案记载：莫斯科中山大学预算为一千多万卢布，还动用了当时十分紧缺的外汇供学生回国探亲用，苏联政府尽一切努力来保证学校的教学需要和学生生活。

中山大学很优待这些中国学生，每周两次改善晚餐伙食，星期六加蛋炒饭、火腿肠，每人每月还补助25卢布津贴，可以购买价格昂贵的水果等。餐厅里俄国白衣少女们带着迷人的笑容穿梭送餐，学生们感受到了异国的风情。 游学过西欧、美国，见识颇广的学员都说，包括牛津、剑桥等世界各国大学里中国留学生的食宿都不及中山大学丰富周到。 回忆起来莫斯科途中，苏联红军战士用皮条裹脚代替靴子御寒，车站上很少见到白面包等情景，想到苏联当局对自己如此优待，中国留学生都心存感激。 据苏联档案记载：中国学生享有优于苏联教师的待遇，还给学生发放西服、大衣、皮鞋、冬装等，寒暑假还组织学生进行冬夏令营或赴各地参观游览。 学生若要出门，电车票由学校提供，要是需要坐火车，只要出示中山大学的学生证，就可以免费乘车。

1925 年 11 月。
莫斯科中山大学开学典礼隆重举行。
这一举动，同时标志着苏中两国的"蜜月"期也由此开始。
主席台上悬挂着苏联和中华民国国旗，列宁、孙中山的画像并列悬挂在两国国旗中间。
苏联领导人列夫·达维多维奇·托洛茨基主持了开学典礼并作了精彩演讲。
托洛茨基是俄国与国际历史上最重要的无产阶级革命家之一。 特别是在人类历史上第一次胜利的社会主义革命——十月革命中，更是建立了不朽的功勋。 革命后的若干年里，托洛茨基与列宁的画像时常双双并列挂在一起。 列宁病逝之前，布尔什维克历次全国代表大会上，代表大会发言结束均高呼口号："我们的领袖列宁和托洛茨基万岁！"就像雅克·沙杜尔所说："托洛茨基在十月起义中居支配地位，是起义的钢铁灵魂。"连作为革命组织领导者之一的斯大林都曾经写道："起义的一切实际组织工作是在彼得格勒苏维埃主席托洛茨基同志直接指挥之下完成的。 我们可以确切地说，卫戍部队之迅速站在苏维埃方面来，革命军事委员会的工作之所以搞得这样好，党认为这首先要归功于托洛茨基同志。"值得回味的是，若干年后，当反托成为政治需要，此类评价全都神不知鬼不觉地从斯大林文章中烟消云散了。

托洛茨基在指出了中国革命的重大意义后,有的放矢地呼吁他的俄国同胞要重新评估中国人民的重要性。他说:

"从现在起,任何一个俄国人,不论他是一个同志或者一位公民,如果他用轻蔑的态度来对待中国学生,见面时双肩一耸,那他就绝不配当俄国的共产党人或者苏维埃公民……"

托洛茨基的一番"革命加人情"的讲话给中国留学生们留下了深刻印象。"托洛茨基主义"也自然而然地在中山大学校园滋润了一片土壤。

莫斯科中山大学虽不是一个完全意义上的秘密机构,可也不对外公开,不挂牌子。苏联政府不愿意给帝国主义者提供关于这个学校的情报,也不想用传播这个大学的革命性质的任何消息去刺激他们。所以,苏联的报纸对中山大学的开学典礼没有只字的报道。

莫斯科中山大学的学制为两年(改组为"中国劳动者孙逸仙共产主义大学"后,学制为三年),中国学生首先要学习俄语。第一学年,主要安排俄语学习,每天为四课时。其他课程有:政治经济学、历史、现代世界观、俄国革命理论与实践、民族与殖民地问题等;第二学年,主要课程为中国革命运动史、世界通史、马克思主义哲学、列宁主义原理、经济地理等。学习的方法是教授先授课(用俄文讲,有中文翻译),然后学生提问、教授解答、自由讨论和辩论,最后由教授作总结。此外,莫斯科中山大学还有一门重要课程——军事训练,该军事训练课程每周一天,主要内容为步兵操典、军事技术、射击、武器使用与维修等。

莫斯科中山大学基本单位为小组,1926年初约三百四十多人,编成11个小组。到了1927年初,学生达600余人。学生水平高低不一,年龄大小不一,曾经有人戏称莫斯科中山大学是"三代同堂""长幼同课"。学校为文化程度低的学生设了预科班,进行初级教育。对俄语程度高的学生设有翻译速成班,张闻天、杨尚昆便是速成班的学生。

中共六届一中全会后，共产国际为培养更多的中国共产主义运动干部，决定在莫斯科中山大学增办一个"老头子班"，轮训中共党内高级干部，这个班集中了一批年龄较大、身份特殊的学生，他们有些已是中共领导人，有些曾追随孙中山参加过辛亥革命，其中包括中共早期著名活动家林伯渠、吴玉章、何叔衡、董必武、帅孟奇、徐特立、叶剑英、夏曦、方维夏、杨之华、李国暄、李哲时等。

第一堂课就让陈原道出了一身的冷汗。

这是一堂"俄文读报"课。

每位同学的课桌上都摆放了一份《真理报》。

一位非常年轻漂亮的苏联女教师走进教室，用俄语说了几句什么，也不管同学们听懂没听懂，然后就开始读报。从表情判断，这应该是一则非常振奋人心的消息。老师读得如痴如醉，而同学们却一个个听得云里雾里，不知所云。女教师不怒，也不恼，一遍读下来，和颜悦色地带领同学们逐字逐句跟她一起读，一边读，一边讲述这段话的意思。

这堂课，对陈原道的触动相当大。他意识到了，学俄语，是一门精细的艺术，并不像划根火柴那样轻而易举。必须如天将降大任于斯人，苦其心志，劳其筋骨，饿其体肤，空乏其身。从此，陈原道把全部身心投入到全新的学习中去，一点儿不虚掷时光，分分秒秒都用在了学习上。课堂上，他专心致志听讲、记笔记；课后认真复习，撰写心得。课下，在宿舍、在图书馆、在河边、在操场，在一切可以获得知识的地方，悬梁刺股，孜孜以求，务求弄懂弄通，学深学透，从不囫囵吞枣，满足于一知半解。

在进行俄语读报的同时，学校还有意安排了俄语文学作品阅读课。那些本来对"俄语读报"课就一窍不通的同学就更不感冒了：我们是来学习革命理论的，又不是来做小说家的，学这些玩意儿做什么，这不是折腾我们吗？

陈原道明白学校的一片苦心，耐心跟大家解释：这样设置课程，不完全是为了培养同学们欣赏俄国文学的能力，而是为了向大家提供革命工作所需要的政治、哲学、经济、艺术等一切领域的词汇。

事实证明，陈原道的揣测完全正确。短短月余时间，同学们的外语听力水平便有了突飞猛进的提高。那些有意见的同学不再埋怨了，直夸陈原道洞彻事理神领意得。

学俄语，语法是一道难关，光是变格就足以让人神经错乱。但要想学会读和写，就非记住这些变化不可。每天，同学们都还在酣睡时，陈原道已经离开宿舍，悄无声息地独自一人读书去了。陈原道把要记的单词全写在一个自备的小本子上，不仅在早上，课间、会前、饭后，利用一切可利用的课余时间默读硬记，直到了废寝忘食的程度。等到晨钟敲响，大家从梦中惊醒，穿衣起床时，陈原道的床上已空无人影，被褥叠得整整齐齐的。

学校校长和许多俄籍教师都有晨练的喜好。他们就奇了怪了，每天跑步的时候，不论他们起多早，这位中国学生总是比他们更早。有时是穿梭于白桦林中，有时是漫步在河畔，有时是徜徉在大教堂前，时走时停，口中念念有词。真是莫道君行早，更有早行人。

中山大学校长卡尔·伯恩哈多维奇·拉狄克早就注意到了这位中国学生。

一天，他在跑步时，特意跑到陈原道跟前停了下来。

"你好，这位中国同学，你在干什么呢？"拉狄克气喘吁吁地问道。

拉狄克是波兰人，早年在波兰、德国、俄国从事革命活动，后成为第三国际著名的领导人之一。1923年，德国共产主义运动受挫，拉狄克退出国际共运的领导圈，开始了宣传教育生涯，成了一个令人倾倒、才华横溢的学者。拉狄克上额宽大，下巴狭小，秃脑门儿有点儿像列宁，嘴里又像斯大林似的老叼着个烟斗，也不管里面有没有烟丝。他不刮胡子，不梳头发，天天穿着件深灰色上衣。眼睛高度近视，不戴眼镜几乎寸步难行。从哪看都不像是一个大学校长，但对人非常随和，没有一点高级官员的架子。在校园里遇到中国学生，他不仅主动地跟大家打招呼，还很热情地询问他们的功课及爱好。每天不论多么繁忙，都要抽出时间到学生宿舍、食堂去看一看，与学生聊聊家常。

拉狄克是陈原道非常崇拜和仰慕的为数不多的几名教师之一。

拉狄克能讲好几个国家的语言，口才雄辩且饶有风趣。他讲授的《中国革命运动史》是中山大学最叫座的一门课，从来都是座无虚席。只有这门课，才能把不同班级的学生，吸引到同一间教室里来。有时，连学校里的专家、教员和学生都来旁听。

陈原道上过他的课，那阵势真叫人叹为观止。

拉狄克每次授课都要带一大堆书，带着一大帮人。拉狄克讲课，习惯在台上来回地走动。他走动的时候，这些人就众星拱月般围着他转。每讲到某一个问题，他就要求这些人打开某本书，甚至精准到某一页，来佐证他的看法和观点。

陈原道想，对革命理论的学习和运用，就要像拉狄克一样，过目不忘，烂熟于心，出口成章。当然，还要进行有效的实践。诚如斯大林所说：理论是世界各国工人运动的综合经验。理论若不和革命实践联系起来，就会变成无对象的理论，同样，实际若不以革命理论为指南，就会变成盲目的实践。可是，理论如果是在和革命实践密切联系中形成的，那它就能成为工人运动的伟大力量。

见拉狄克校长似天兵天降，陈原道立刻变得有些紧张起来。他举起手中的小本本，用生硬的俄语答道："校长好，我正在背诵俄语单词。"

"哦，是吗？"拉狄克饶有兴致地从陈原道手里接过小本本，一页一页，仔细地翻看着，上面密密麻麻地记满了俄语单词，禁不住赞不绝口道："你很认真，也很用心。"

"学习俄语最使人感到头疼的莫过于单词易忘难记,记不住单词,就学不好语法,更谈不上学好和使用俄语。我以为,记单词在学俄语的诸多环节中是第一位的。但这绝不是靠死记硬背就能解决问题的,还要准确地掌握其含义,了解词的结构,分析词的含义,搞清这个或那个词是如何产生的。"

拉狄克惊讶地望着这个不光肯学爱学,而且还学有所悟的中国学生,

"这位同学,你叫什么名字?"

"我叫陈原道,来自中国安徽。"

拉狄克没说话,似乎在想安徽应该在中国地图的哪个版块。琢磨了一会儿,才和蔼地问道:"陈原道同学,你觉得学习俄语是不是很难?"

"是难。可是我们不怕。我们就是为了寻求解决困难的革命理论,我们才漂洋过海到苏联来的。"陈原道说:"拉狄克校长知道,我们的国家灾难深重,急需用革命的方式使之新生,我们长途跋涉来到十月革命的故乡,就是为寻求最有效的革命真理来的。若我们真正熟练掌握了马克思列宁主义的思想武器,毫无疑问会为祖国与民族的解放事业发挥更加有力的战斗作用!"

拉狄克赞许道:"陈原道同学,你说得很好,很实在,很正确。我非常喜欢。俄罗斯有句谚语:唯一没有问题的人就是上帝,你和我都有问题。人就是要学会在磨砺中享受成功,从成功中体验磨炼。学贵有恒。你们中国古代不是有位叫荀子的思想家、哲学家吗?他写过一篇《劝学》的文章:'锲而舍之,朽木不折;锲而不舍,金石可镂。'要想拥有珍贵的品质或美好的才华,就要不断地去努力、修炼。毅力和决心,是人生成功路上至关重要的。无论做什么事情,只要有恒心,有毅力,专心致志,就一定能够无往而不胜!"

"有志者,事竟成,破釜沉舟,百二秦关终属楚;苦心人,天不负,卧薪尝胆,三千越甲可吞吴。原道谨记校长教诲,一定好学不

倦，持之以恒，分秒必争。"

拉狄克满意地点了点头，"好，不打扰了，你继续刻苦攻读吧。祝你成功！"都跑出去十几米远了，又转回头来，说："陈原道同学，你在学习上有什么困难，可以随时来找我。我一定会竭尽全力去帮助你！"

陈原道感激涕零，"谢谢校长，有困难一定向校长求教！"

不到一年，陈原道即以惊人的毅力攻克了俄语关。接着，就趁热打铁开始研读原版的《资本论》《国家与革命》《反杜林论》《联共（布）党史》等著作，并联系中国革命的实际问题进行深入思考。对班里同学来说，对陈原道印象最深的，莫过于那本随身携带几乎被他翻成了铺盖卷儿的俄语字典。每每有人提及，陈原道总是微笑着自我解嘲道："这才叫读书破万卷嘛！"

现存于俄罗斯国家社会政治历史博物馆的一份陈原道填写于莫斯科中山大学的"履历表"，较好地反映出了这一情况。在"进校后学习情形怎样"一栏中，陈原道在"一般情形"中写道："按照教科书上课，并努力。"在"特殊情形"中写道："除教科书外，专门研究列宁主义与党史。"在"进校以来学习的总结"一栏中，陈原道写道："1. 对各科有相当的了解；2. 对政治问题能独立地分析；3. 对列宁主义与党史有较深刻的研究；4. 对党务与组织路线有正确的认识。"在"今后学习的意见怎样"一栏中，陈原道写了三条意见："1. 研究列宁主义（更进一步）；2. 马克思主要著作预备作一番研究（尤其是历史著作）；3. 以马克思列宁主义为原则，来研究中国问题（历史的与个别的）。"

原解放军军事科学院研究员胡长水曾在一篇文章中指出，陈原道这一主张，"早于毛泽东1930年《反对本本主义》一文中所阐明的思想路线，是中国共产党思想理论发展史上的重要一页。"

从这张"履历表"，我们不难看出，陈原道在莫斯科中山大学期间的学习，十分注重三大问题：一是马克思列宁主义理论；二是历史，尤其是党史;三是中国的实际问题。陈原道提出的"以马克思列宁主义为原则,来研究中国问题"的观点、思想,是非常深刻的,他和王明教条主义者生吞活剥马克思主义的思想路线完全是南辕北辙,而和毛泽东在后来领导中国革命中,所坚持的调查研究、反对本本主义的思想方法却是不谋而合的。

中山大学定期召开班会和党小组会,每个人都要畅所欲言,发表自己的意见和见解,谁都不能保持沉默。之所以要这样做,除了为统一思想外,还能有效地提高学员们独立表达思想和意见的能力。陈原道不论是参加班会、党小组会,还是其他社会活动,如游览、旅行和下工厂实习等,从来都是直言不讳,从不隐瞒自己的思想和观点。

一次,学校组织同学们参观冬宫。冬宫原是俄罗斯帝国沙皇的皇宫,十月革命后辟为圣彼得堡国立艾尔米塔什博物馆的一部分。它是18世纪中叶俄罗斯新古典主义建筑的杰出典范,与伦敦的大英博物馆、巴黎的卢浮宫、纽约的大都会艺术博物馆一起,称为世界四大博物馆。该馆最早是俄罗斯女皇叶卡捷琳娜二世的私人博物馆。在参观远东艺术博物馆时,陈原道发现该馆收藏了大量的中国文物和艺术品,其中有二百多件殷商时代的甲骨文,公元一世纪的珍稀丝绸和绣品,敦煌千佛洞的雕塑和壁画的样品,以及中国的瓷器、珐琅、漆器、山水和仕女图等。这些大都是沙皇军队参加八国联军侵略中国时从北京掠去的。

向导正如数家珍地侃侃而谈,陈原道毫不客气地打断了他:

"对不起,请你停一下。我有一事不明,这些东西都是我们中华民族的瑰宝,在中国历史文化中放射出灿烂的光辉,在世界上独树一帜,誉满天下,如今怎会躺在你们苏联的博物馆里?"

向导的脸一下子涨得通红,顿时哑口无言,过了好一会,才讪讪地说道:"这些都是我们……为了欢迎中国朋友,从私人收藏者手里购买来的。"

"掩耳盗铃!"对向导的满嘴谎言,陈原道义愤填膺。他再也看不下去了，愤然走出了冬宫。

由于陈原道勤于思考，好学上进，各科成绩都很优异，因而与蒲式奇、沈泽民、吴亮平、杨放之、王稼祥等同志一道，被学校批准特任课堂的俄语翻译。

陈原道对自己俄文能力的自我评价是："懂俄文，能读、能说、能写。"

这期间，陈原道还兼任了第一年级党组副指导员，参加了学校的党史研究组。

1928年暑假之后，受学校指派，陈原道直接担当了第三期第六班的党史教师。三期同学中，好多人慕名到第六班去旁听他讲授党史课。

而陈原道仍不敢有一丝一毫的懈怠。每天，一有时间，就伏在学校图书馆尽头处靠近窗户的那张小桌上。这个位置，从他进入图书馆第一天起，就一直坐在那。几乎没换过。同学们知道了陈原道的习惯，轻易谁也不去打扰。所以，这地儿几乎成了他的专属座位。

谁也没有想到，会有这么一天，这么一位同学，不知天高地厚地越了他的雷池，理直气壮地占领了他的"专属"。

就在陈原道来到莫斯科中山大学的第二年，刘亚雄也受组织指派来到了中山大学。

陈原道与刘亚雄虽说未曾谋面，却对这个名字一点儿也不陌生：那可是大名鼎鼎的学界领袖！她曾和刘和珍、许广平等一起领导北平"三·一八"学生运动，真是声动宇内，名扬九州。

——刘亚雄在国立北京女子师范大学读书时，恰巧和学运领袖赵世兰同居一室。赵世兰是中国共产党早期杰出的无产阶级革命家、北京地区党的领导人赵世炎的姐姐，对共产主义理想有着极其坚定的信念。从赵世兰处，刘亚雄第一次系统地学习到共产主义，了解到辩证唯物论的革命理论。她欣喜地发现了思想的新天地。原来，共产主义才是人类最合理、最幸福、最光明、最理想的归宿。从此,把赵世兰作为最可信赖的良师益友,作为一切行动的楷模。她的第一个行动,就是学着赵世兰的样子,把自己从家乡带来的巴巴头发型(一种旧式妇女惯梳的后脑盘式发),剪成了齐耳短发。

这个行动,虽然在有些人看来,未免有些冲动和幼稚,然而,它更多地体现出来的,是一个时代青年投身革命大潮的果敢与热情,以及冲破一切禁锢的信心和力量!

后来,与刘亚雄接触多了,陈原道才从刘亚雄嘴里了解到,刘亚雄的革命,其实是从脚开始的——

按刘亚雄家乡风俗,女孩子到了五六岁的时候,就要开始缠足。即把女子的双脚用布缠裹起来,使其变成为又小又尖的"三寸金莲","三寸金莲"也是当时中国女子审美的一个重要条件。刘亚雄到了缠足的年纪了,娘准备以规办事。刘亚雄见过缠足的惨象,一想起那恐怖血腥的场面,头皮就阵阵发麻。"我不缠足,坚决不缠足!"刘亚雄对娘说。娘说:"死丫头,还由着你了,你看看谁家的女孩不缠足?女孩家家的,长着一副大脚板,不男不女的,长大准保嫁不出去!"刘亚雄:"我才不管嫁得出去嫁不出去呢,反正我就是不缠足。非要我缠,我就离家出走!"娘在刘亚雄这儿没法,就去父亲处寻求支持。

刘亚雄的父亲刘少白虽是一名贡生,可他怎么都不像那些整天蜗居亭台楼阁、埋头经史子集的旧人物满肚子的不合时宜,他不迂腐,也不张狂。在辛亥革命新风潮的影响下,刘少白义无反顾地走上了一条反对封建礼教,背叛封建家庭的道路,成为一名具有着强烈爱国热情的开明士绅。刘少白一直都认为,妇女缠足是封建制度强加给妇女的一种极不道德、不人性的残暴行为。听了妻子的苦述,莞尔一笑,轻描淡写地说:孩子大了,已经有了自己的思想,还是遵从孩子的意愿吧。娘还不甘心,说:五六岁的孩子,能有什么思想?父亲依然和风细雨:什么思想?这就是进步的思想!

过了好久好久,刘亚雄都还记得父亲说话时的神情,如秋月临江般和蔼飒爽,清雅极了。

刘亚雄没有夸言。后来,陈原道与刘亚雄的父亲刘少白老先生有过多次亲切交谈,确确实实为老先生的名士风度所惊讶。记得第一次与老先生相见——那时,陈原道已经与刘亚雄喜结连理——翁婿俩就着一壶清茶,秉烛夜谈。老先生有一张干净的书生之脸,有一副文雅的书生之躯,没有一丝焦躁,没有一丝刻薄,没有一丝冷峻,有的是风风火火后的从从容容,有的是惊涛骇浪后的淡然,温和极了,也敦厚极了。与陈原道交谈,就像长辈给孩子讲述那沧海桑田的故事,侃侃而谈,慢条斯理,让陈原道倍感亲切萦怀,而那种点到为止的弦外之音,也常让陈原道会心沉思。

陈原道觉得,老人家和风细雨的话语里,有一种能够洞穿一切的力量!

确确实实如刘亚雄所说:"清雅极了!"

娘在父亲那儿碰了一鼻子灰,还不死心,再去作为一家之主的高祖母那儿求援。虽然高祖母对妇女缠足的危害性不像父亲有那么高的认识,但对缠足的苦痛是深有体会,从心里不愿意孩子再去受那份罪。顺水推舟说:儿孙自有儿孙命。既然孩子不愿意缠足,就由她去吧。娘无可奈何地放弃了自己的打算。娘说:"不怨天,不怨地,怨只怨我生了这么一位性情刚烈又心高气傲的女儿。"

于是,刘亚雄就成了家乡黑峪口一带唯一不缠足的女孩。

在封建思想禁锢着的农村,这简直成了轰动一方的大新闻。

由此,刘亚雄也明白了一个道理,女子要学会用反抗来保护自己。只要勇于反抗,总会争得一线光明!

刘亚雄自自然然地讲述着自己缠足史,毫不隐晦。这种自然,不是普通妇女蜚短流长的无知,这是一个知性女人对自身的一种心无杂念的坦然。

若干年后,刘亚雄跟母亲有过一次促膝长谈。当说起缠足的事儿时,刘亚雄问母亲怎样看待自己当初的半途而废。

母亲摇摇头,淡淡一笑:"没想过。所以,没有懊悔,也没有庆幸。"

在一个校园里待久了,大家就发现了,当然,陈原道也注意到了,这个刘亚雄还真不是一个普通女孩。她不光心思缜密,桀骜尖锐,更重要的是,学习起来,还是一位奋不顾身的"拼命三郎"!

有一段时间,陈原道每晚走进图书馆,都发现刘亚雄已经赫然在坐了。

陈原道不禁有些诧异。自己就已经够快的了,下了课,直接奔餐厅,三口两口填饱肚子,嘴巴一抹,撒腿就往图书馆跑。没想到,紧赶慢赶,还是被刘亚雄占了先机。

不几天,陈原道就顺藤摸瓜侦查出刘亚雄捷足先登的秘密了:刘亚雄干脆就省去了去餐厅的环节,下课铃声一响,直接抱着书本就奔图书馆来了。原来,这一晚一晚的,都是饿着肚子在这儿刻苦攻读啊!

如果说,此前,陈原道仅仅是被刘亚雄口口相传的那些勇敢的经历所震动,那么,此时此刻,陈原道又被刘亚雄那种拼命的精神感动了!他真想不明白,文韬和武略是怎样有机地融合在一个女孩身上的呢?

有天,一位女同学走进图书馆,往刘亚雄对面一坐,悄悄地掏出一只面包,放到她面前,低声道:"有个叫弗朗西斯·培根的英国人曾经说:知识就是力量。可是,他忘记说了,知识分子也是人,不吃饭也一样饥肠辘辘乌面鹄形。"

刘亚雄连忙称谢。

陈原道恰在不远,看到了这一幕。

出图书馆时,陈原道说:"人是铁,饭是钢,一顿不吃饿得慌。一个人要想做成一件事,光是有胆有识、有勇有谋、勇往直前、意志坚强还不够,还要有健康的体魄,只有这样,你才会做好,才会做得更好。

反之，如诸葛亮所说：'出师未捷身先死'，那会令多少人痛心惋惜？"

刘亚雄点点头，说："是，道理是不错，可是一想起腓尼基人在两河流域的苏美尔楔形文字和尼罗河流域的埃及圣书字基础上创造了腓尼基字母，就啥也顾不上了，别说吃饭的道理，就是再有道理的道理也都忘到九霄云外去了。"

陈原道笑了，诚恳地道："学俄语，其实并不像我们所想象的那样举步维艰。当然，开头会感觉到有点难，一但入门会好学得多。因为俄语的语法非常固定和严谨，换句话，比较死，所以到中后期会比较容易。要想学到滚瓜烂熟挥洒自如，那就还须大量看语法书，碰到不同的解释，刨根问底，溯本求源。作者每写一句，都有自己的用意，所以见到不同的用法，千万不要说，'俄国人就这么用'，并以此作为搪塞的理由。学俄语就犹如吃面包，多咬几口，就嚼出它的香味来了。"

"说得真好，寥寥数语让我茅塞顿开。"刘亚雄发自内心地说，"谢谢你！"

陈原道不以为然，"这谢什么？随口一说而已。"

"虽是随口一说，在我这可是点石成金啊。"

"真心要谢的话，就讲讲你们震惊中外的女师大风潮吧。"

"真要说吗？"刘亚雄犹犹豫豫。

陈原道语气坚定，"一定要说。"

"好，"刘亚雄仿佛下了好大的决心，"不过——"

"不过什么？"

"我要先请教你一个问题，那就是来苏联以后，发现要读的书汗牛充栋，有时候，真是不知该从哪儿开始。"

陈原道点点头，深有同感地说："首先要肯定的是，多读书是不错的。列宁为了写《俄国资本主义的发展》一书，曾读了约六百本以三种外国语言写的书。所以你看他的著作里包含着大量的实际材料，而这些材料多半是他在读书时自己笔记下来的。列宁的记忆力很强，但他仍然重视摘录和笔记。但这么多的书,卷帙浩繁,怎么读? 你不可能把所有的书都通读一遍,所以,看书要有详有略。就像曾国藩说的,看书分为阅和读。读就是精读,阅就是概览。在读书之前,一定要对书做一个选择,要读好书。什么样的书是好书,能够经得住历史和时间检验的书就是好书。可是我们有些同学,一到莫斯科图书馆,书真多啊! 不辨龙蛇,不分良莠,只要是俄文原版的,什么都读,什么都看,岂不知有些书的理论本来就是错误的,消耗了很大的精力。所以,选择书一定要选择真实的,这个真实,包括历史的真实、细节的真实、灵魂的真实。其实,追求真实说到底就是追求真理! 还有就是,要勤于思考。列宁说:我们不需要死记硬背,我们需要用基本的知识来发展和增进每个学习者的思考力。"

刘亚雄若有所思地也点了点头。

陈原道微笑着说:"好了,我说完了,该你说了。"

"好吧,该我说了。"刘亚雄似笑非笑地说。话一落音,那些旧时光景从她的心里跳跃出来,像一场无声电影,播放着一格一格的镜头。

刘亚雄不是不愿意回想,而是害怕回想。一想起刘和珍等同学牺牲的惨状,她的心,就像刀绞一样,殷殷地,往外滴血。

"其实,女师大风潮只是'三一八'运动的一个序幕。"刘亚雄的心中涌起万般凄惶,满眼都是当年明晃晃的刺刀和血淋淋的尸体。

女师大事件,就是当时北京的革命知识分子、青年学生和卖国的军阀政府之间斗争的一个环节。刚开始,学生们不过想使自己的学业有所提高,对学校措施有些不满。假如校方以及当局接受这些正确的要求,风潮或许可以避免。但既属于反动一面,它就会产生出一套反动的办法加以推脱和压制。

此时,女师大校长恰是中国近代第一位女大学校长杨荫榆。杨荫榆深受欧风美雨的熏陶,对中国的了解远远落后。经过辛亥革命,特别是五四运动洗礼的国人尤其是学生,对专制、独裁与黑暗充满了厌恶和唾弃,对自由、民主充满了渴望。年轻的学子们对社会的不公与黑暗充满了战斗精神,他们勇于挑战权威,不怕压制。杨荫榆却照搬从西方学来的教育理论,一味强调秩序、学风,她曾在一篇文章中宣称"窃念好教育为国民之母,本校则是国民之母之母",所以被学生讥讽为"国民之母之母之婆"。她要求学生只管读书,不要参加过问政治运动,把学生的爱国行为一律视为"学风不正",横加阻挠。杨荫榆习惯于独断专行,不屑与学生交流、疏导,对国内追求民主自由的浪潮又视而不见,遂与学生势同水火。

1924年秋开学之际,由于受南方水灾及江浙战争的影响,部分学生回校耽误了一两个月的时间,没有按时报到。杨荫榆决定整顿纪律。学生到校后,她严厉处置了平时不听话的三名学生,要求她们立即退学。这个做法引起一些学生的不满,"女师大风潮"由此爆发。

"女师大风潮"的另一原因是由公祭孙中山引起的。1925年3月12日,孙中山先生在北京病逝,京城各界人士准备在中央公园举行悼念活动,女师大学生自治会决定参加公祭。此举遭到杨荫榆的反对,但自治会没有听从她的劝告,不仅到中央公园参加了悼念活动,而且还公推自治会总干事许广平向杨荫榆提出要求,要她立即去职离校。这就是后来人们常说的"驱杨运动"。

随后不久的5月7日,杨荫榆以纪念"国耻日"的名义在校举行演讲会,她作为主席登台主持,却被学生轰下台。学生们封了杨荫榆的办公室,堵住校门,不准她进学校,杨荫榆只好在外租房办公。5月9日,女师大评议会决定开除刘和珍、许广平、蒲振声、张平江、郑德音、姜伯谛六名学生自治会成员。

在"女师大风潮"中,当时在校兼任女师大国文讲师的鲁迅一直站在学生一边,他与马裕藻、沈尹默、李泰棻、钱玄同、沈兼士、周作人等7名教授在《京报》发表《对于北京女子师范大学风潮的宣言》,反对杨荫榆,坚决支持学生。

在这场风潮中,刘亚雄主要负责对外联络。那段时间,她频频往返于北大、阜成门内等处,拜访李大钊、鲁迅等,汇报学潮进展情况,听取下步行动意见。她还和另一位同学,远赴张家口,向时任北京卫戍司令的冯玉祥筹款,以解学运燃眉之急。

面对愈演愈烈的风潮,教育部终于下令停办女师大,另成立国立女子大学。杨荫榆就此去职。敌人望风披靡,弃甲曳兵而走,遭到了彻底的失败,同学们打了一个漂亮的胜仗,

而对焦头烂额的杨荫榆来说,这个决定,与其说是惩戒,不如说是解脱。

就如许广平所言:"当时的斗争,是相当尖锐的。敌人大权在握,就不惜使用武力制造流血事件以泄愤恨。所以'三一八'惨案又继之起来了。"

陈原道静静地谛听着。

他就像个已经完全入戏的听众,完全被刘亚雄的述说所吸引。

河水也一改往日的活泼,似乎恬静地睡着了。

1926年,"大沽口事件"发生以后,日帝联合英、美等八个帝国主义国家,借口国民军违反《辛丑条约》,向段祺瑞政府提出了五项无理要求。3月17日,日、英帝国主义军舰二十余艘屯集大沽口,企图联合进攻中国。

刘和珍、赵世兰、刘亚雄、许广平等闻讯立即组织召开紧急会议,决定在天安门前召开国民大会,会后游行示威。3月18日上午,刘和珍、杨德群等肩扛校旗,走在队伍最前面,不断大声呼喊口号,并指挥队伍前进。刘亚雄因发高烧在校留守。

这一天,正是段祺瑞召开例会的日子,由于段祺瑞拒绝接见游行代表,很快发生了争执。这时候,涌出大刀队几百人,举刀便砍。接着,政府门前埋伏在各处的卫队向群众射击,枪弹乱飞,血花四溅。

鲁迅在《纪念刘和珍君》一文中写道:"我在十八日早晨,才知道

上午有群众向执政府请愿的事；下午便得到噩耗，说卫队居然开枪，死伤至数百人，而刘和珍君即在遇害者之列。但我对于这些传说，竟至于颇为怀疑。

"我向来是不惮以最坏的恶意，来推测中国人的，然而我还不料，也不信竟会下劣凶残到这地步。况且始终微笑着的和蔼的刘和珍君，更何至于无端在府门前喋血呢？

"然而即日证明是事实了，作证的便是她自己的尸骸。还有一具，是杨德群君的。而且又证明着这不但是杀害，简直是虐杀，因为身体上还有棍棒的伤痕。

"但竟在执政府前中弹了，从背部入，斜穿心肺，已是致命的创伤，只是没有便死。同去的张静淑君想扶起她，中了四弹，其一是手枪，立仆；同去的杨德群君又想去扶起她，也被击，弹从左肩入，穿胸偏右出，也立仆。但她还能坐起来，一个兵在她头部及胸部猛击两棍，于是死掉了。

"始终微笑的和蔼的刘和珍君确是死掉了，这是真的，有她自己的尸骸为证；沉勇而友爱的杨德群君也死掉了，有她自己的尸骸为证；只有一样沉勇而友爱的张静淑君还在医院里呻吟。当三个女子从容地转辗于文明人所发明的枪弹的攒射中的时候，这是怎样的一个惊心动魄的伟大呵！中国军人的屠戮妇婴的伟绩，八国联军的惩创学生的武功，不幸全被这几缕血痕抹杀了。

"但是中外的杀人者却居然昂起头来，不知道个个脸上有着血污……"

鲁迅先生用血泪写出了心坎里的哀痛，犹如寒夜里的一声凄厉的哭喊。

刘亚雄久久地把头仰着。因为，这样的姿势能让她毫不费力地望见铅灰色的云。更因为，这样也能把两眼的泪水，安然地盛放在眼眶里。

"我是傍晚的时候，才在冲回学校的同学那里得到的惨案发生的消息，既悲愤又焦急。 来不及多想，立刻带领部分留守的同学火速赶往现场，救助遇难战友。 没想到，现场还依然被万恶的执政府严密地封锁着：不准收尸、不准救助，一任受伤的同学、群众在血泊中挣扎、呻吟。 这是我见过的最惨烈的场面，血流成河，泪流成河。 我们和军警展开了激烈的说理斗争，直到夜幕降临，才总算把刘和珍、杨德群的遗体和受伤的张静淑抢了出来。 我让一部分同学先把张静淑送往医院救治，其余的同学，将刘和珍和杨德群的尸体拉回学校，连夜擦洗干净。 25日，女师大为'为了中国而死的青年'举行了隆重的追悼大会。 周作人先生专为追悼大会写了一副挽联，'死了倒也罢了，若不想到二位有老母倚闾，亲朋盼信；活着又怎么着？ 无非多经几番的枪声惊耳，弹雨淋头。' 冯玉祥的一位部下在送来的挽联中写道：'亡国与女子何干？ 为甚不躲在教室里，读风花雪月诗词，偏跑到傻子堆里饮弹身亡，反被聪明小姐暗中窃笑。 世界竟黑暗至此，还不准备手枪炸弹，把黑暗势力消灭，若再让贼辈横行屠刀在手，则恐储门喋血来日尤多。' 对死难烈士表示了沉痛的哀悼和崇高的敬意。"

"真是往事历历啊！"刘亚雄的嗓子一下子变得干涩，她扭过头，望了望空无一人的街道，说："这么长时间过去了，每天早晨从梦中醒来，我都会情不自禁地想起和珍大姐，想起那些与她朝夕相处的日子。"

"往事不如烟，青史难成灰啊！"

陈原道的脑海里，也满是刘亚雄、刘和珍、许广平等同学义愤填膺的样子，奔走呐喊的样子，据理力争的样子……这情景，在回放的同时，也被瞬间定格。

陈原道的眼眶已经被泪水浸泡了太久太久，一张嘴，热泪就夺眶而出了。

他哽咽着说道："北京发生'三一八'惨案的消息传到俄国，同学们闻之无不义愤填膺。 熟悉刘和珍的同学都说她为人之和顺，对校事之热心,可称为全学革命之领袖! 功课上面,亦很用功,自求进益,克己耐苦,能干有为,办事灵敏。 特别是早期的女师大潮,所以能坚持抵抗,百折不饶,实一大部分是刘女士之功。

沉默一会,陈原道突然问道:"哎,对了,你是怎么来莫斯科的呢?"陈原道的目光在黑暗中闪烁。

刘亚雄脸色冷峻,发出一声苦笑。 原来,"三一八"惨案不久,奉系军阀张作霖张牙舞爪地进占了北京城。 张作霖先是将被誉为"铁肩辣手,快笔如刀"的一代报人、《京报》社长邵飘萍杀害于北京天桥,进而又查封了北京学生联合会。 他们抄出了一份学联执行委员会成员名单,旋即以教育部名义开除了这些执委成员的学籍,刘亚雄、郑德音、雷瑜、蒲振声均榜上有名,并通令全国所有大学一律不准录取招收。

北京是呆不下去了。 党组织通知刘亚雄等几名同学做好准备,赶赴武汉参加北伐。 就在整装待发之际,情况又发生了变化。 中共北京地方执行委员会(简称北京地委)组织部长陈乔年在北京翠花胡同八号接见了刘亚雄等人。 陈乔年说:"出于党的利益的长远考虑,急需培养一批坚强的后备力量,因此决定你们不去武汉了,改往莫斯科中山大学学习。"

"就这样,我来到了莫斯科。"

刘亚雄默默地倚在一棵枯树上,默默地看着昏暗的天空。 黑暗中,她忽然感到了一种让人揪心的惆怅。 那一瞬间,她是那么地想流泪,那么地想呐喊。

沉默了很久后,陈原道抬起头来,哈了哈冻得有点僵硬的手,从口袋里摸出一只精致的铜酒壶,用平缓的声音说道:"来,让我给你吹一首曲子吧。"

刘亚雄诧异地望着陈原道手中的铜酒壶,疑惑地问道:"就用这个?"

陈原道点点头,将铜酒壶送到嘴边,霎时,一串节奏自由,感情奔放,柔美动听的旋律从陈原道的嘴边倾泻出来。

刘亚雄听过这首曲子,闹学潮时还和同学们一起传唱过,曲名是《同志们,勇敢地前进!》。这首歌曲产生于1896至1897年间,作者是俄国革命诗人 Л·П·拉金。他当时正被囚禁在塔什干监狱的单人牢房里。他用了一首原名叫《岁月缓慢流逝》的大学生圆舞曲,配上自己创作的词,并创造性地将三拍子的圆舞曲改成了四拍子的战斗进行曲。这首歌不仅传遍了俄罗斯大地,并被译成各国文字或另填新词,成为鼓舞各国无产者和劳苦大众争取自由解放的战歌。这首歌,在中国也曾广为传唱,歌名为《光明赞》,歌词译自德文。

听着,听着,刘亚雄情不自禁地轻声地跟着哼唱起来:
……
满怀信心,高歌前进,
万众一心团结紧。
去为幸福英勇斗争,
赶走苦难和贫困。

我们力量排山倒海,
千年压迫能消灭!
光辉灿烂的劳动红旗,
将要插遍全世界!

冬天的莫斯科大雪无垠,寒风刺骨。

但学校的讲堂、饭厅、宿舍建筑多是夹墙,两层窗户重门迭户,倒也不觉得多冷。对怀着模糊又热烈的情感在这片寒冷陌生的土地上寻求革命理想的陈原道、刘亚雄及大多中国的留学生们来说,相对于语言、文化、种族习惯等类似于天然屏障的差异,寒冷,倒真是不觉得有什么难以克服的。再说,这段远在异国的求学生活,并不总是枯燥乏味,校园里经常洋溢着温馨欢乐的气息,及教授们令中国学生耳目一新的教学风格，在中国留学生们迷茫的心中，投下一束束瑰丽的光芒，那是教养、思索、雄心、稚气和青春活力混合着的轻快典雅凝聚起来的力量和梦想。

最让同学们满怀期待的是，莫斯科中山大学常邀请名人来校作讲演以启发青年学生。

有一年"三八"节，学校请来了"国际妇女运动之母"克拉拉·蔡特金来校讲演。将每年的3月8日定为国际劳动妇女节，就是克拉拉·蔡特金向国际妇女代表大会倡议的。克拉拉·蔡特金虽年岁已高，体力衰弱，却唯独声音洪亮，被女孩子们簇拥到礼堂的讲台后，还没开口先伏案休息了半天。谁想待她起立讲话时，立马斗志昂扬激情四溢，一望可知乃天生的革命女性。

中山大学还有幸邀请到列宁的夫人娜杰日达·康斯坦丁诺夫娜·克鲁普斯卡娅来校演讲。克鲁普斯卡娅气质高贵，优雅大方，其贤淑优雅的风范令女同学们崇拜景仰得五体投地。

孙中山夫人宋庆龄也曾到中山大学演讲，她说："我很荣幸地被邀请访问国外第一所用中山先生命名的中国人的大学，在这里我看到许多虔诚的年轻人，竭尽心力为实现三民主义而努力，衷心感佩。孙中山最宝贵的遗训就是三民主义和三大政策……"宋庆龄温文尔雅的气质，亲切朴实的语言，令中山大学学生们仰慕崇敬，惊羡不已。

中山大学还请来过现代舞的先驱邓肯女士来校表演，借以"悼孙中山先生之死"。有时学校的舞台上花团锦簇，节目繁多，学生们还不知从哪儿借来全套服装、兵器、乐器等，规模齐整地演出《四郎探母》，令围观的洋教授们大开眼界，叹为观止。这些穿越时空的情节，使得中山大学这座老式建筑沉淀着久远的记忆，泛动着迷人的温情，闪动着岁月的光泽，散发着与世界同步的共运光耀。

1927年5月13日，中山大学图书馆前贴出一张布告，说党中央一位重要成员，下午二时将向全体学生讲话。哪位重要成员呢？同学们议论纷纷。

"下午有一位党中央重要成员来学校演讲，你能猜出是谁吗？"

陈原道就笑了，"这还用猜？肯定是斯大林。"

有个同学吃惊地看着陈原道，"这怎么可能，堂堂苏联共产党中央委员会总书记斯大林怎会到一所大学里来演讲？不可能。"

"不信你就等着瞧。"陈原道胸有成竹。

——1927年4月12日，以蒋介石为首的国民党右派势力突然发动政变，捕杀中国共产党员。蒋介石密令："已光复的各省，一致实行清党。"上海流氓头子黄金荣、杜月笙等受国民党驱使，雇佣一批流氓冒充工人，袭击工人纠察队队部。国民党二十六军借口"工人内讧"，强行将纠察队缴械。纠察队员死亡数十人，伤二百余人。13日，上海工人举行总罢工，并有十万余工人、学生和市民集会抗议，会后举行游行示威。队伍行至闸北宝山路时，又遭国民党军队开枪屠杀，死百余人，伤无数。接着蒋介石又封闭了上海总工会和其他革命团体，捕杀大批共产党人和革命群众。仅三日内，即有三百多人被杀，五百多人被捕，五千多人失踪。

4月15日，广州的国民党反动派也发动反革命政变。当日捕去共产党员和革命群众两千多人，封闭工会和团体二百多个，优秀的共产党员萧楚女、熊雄、李启汉等被害。江苏、浙江、安徽、福建、广西等省也以"清党"名义，对共产党员和革命群众进行大屠杀。奉系军阀也在北京捕杀共产党员。4月28日，李大钊和其他19名革命者从容就义。

四一二反革命政变，使中国大革命受到严重的摧残，标志着大革命的部分失败，是大革命从胜利走向失败的转折点。同时也宣告国共两党第一次合作失败。

中山大学从来都不是风平浪静的世外桃源，而是具有浓郁的文化特征的政治舞台，因此注定是同中国的革命进程和联共内部的斗争紧密相联的"十字街头的高塔"，而不会是疏离于时代风潮的"象牙塔"。这里各种矛盾交织，震撼人心的事件接连不断，无论国际共产主义运动的狂风，还是中国大革命的骤雨，都会在校园里激起强烈的波澜，常常使得留苏学生们处于时代和政治的浪潮中无法抽身。

南京政府宣布清共，中国社会因国共分裂而血雨腥风，消息震荡了莫斯科。中山大学校园一夜之间变得死寂。国共两党学员的关系仿佛遭遇了一场大地震，彼此间谈话有了分寸与隔阂，有时还不免尴尬。校园里的风一阵凉似一阵。这是一个倍感迷惘的时刻，原本清晰的道路，似乎又失去了方向。前面的世界，非但不如想象的宽广，反而更加封闭了。没人能说清，这只是暂时的现象，还是历史力量的深刻转移？

同学们依然会来图书馆、研究室、课室、俱乐部，然而往日的欢乐气氛已消失殆尽，两党学员分开抱团取暖，清点昔日的朋友，有些已不能再到场，有些虽近在眼前已不能开口与之交谈。

一种空前的混乱、迷惘、失落与忧心，似乎在加速到来。

学校总支部局把同学们的意见与疑虑收集汇总成十个问题，送至联共中央，恳请斯大林来给同学们解答。这时节，"党中央一位重要成员"悄然来校，所以，陈原道敢肯定，下午的活动一定与斯大林不无关系。

大幕终于拉开了，当苏联共产党中央委员会总书记、苏联部长会议主席、苏联大元帅约瑟夫·维萨里奥诺维奇·斯大林满面春风地出现在礼堂里时，寂静的校园一下子沸腾了，同学们以能一睹这么一位神话般的伟大人物尊容为荣。

斯大林身材结实，穿着红军大衣，很朴素，不停地抽着那个极具个人风格的大烟斗。由于他是格鲁吉亚人，俄语发音不那么地道，所以讲话比较慢，但用词很准确，有一股深沉、坚定的力量。斯大林回答了中山大学学生提交的"十大问题"。这十个问题，都是关于中国革命的理论与现实问题。斯大林不是演讲家，仅以口才论，他比不上托洛茨基，甚至比不上拉狄克。但他擅长深入浅出，用简单的语汇和辞藻来表达复杂的思想。他每讲两句三句即叮嘱翻译，译员请他多讲几句再译。斯大林笑了笑："我宁可不要一口气讲得太长，这样你在翻译时也不致忘得太多。"惹得台下与会者哄堂大笑。

不知是为了安全的缘故，还是其他什么原因，斯大林在回答完同学们的十个问题后，译员还在翻译，他却已经悄无声息地消失在后台了。米夫上台宣布：斯大林同志有要事等待处理，已经走了。那些静静地等待斯大林重新出现，以便再向他提出问题的同学们不禁大失所望。

这一天，作为斯大林演讲中重要攻击对象的中山大学校长拉狄克没有出现在会场上。副校长米夫主持了会议。

但不论怎样，斯大林的到来，在中山大学还是引起了强烈的反响。大多数同学都认为，作为苏维埃领袖，斯大林百忙之中，抽身到学校来报告中国革命的局势，这一行动本身就是对中国同学的安慰和鼓舞。

一连多日，斯大林和他的演讲都是同学们津津乐道的主题。

这天晚饭时，刘亚雄看见陈原道旁边空着位子，便端着碗凑了过来。"这些天中山大学都翻了天了，所到之处全都在议论斯大林的演讲。你有何感想？"刘亚雄边吃边问。

"我和很多同学的看法都不一致。对斯大林的演讲，我不敢完全苟同。"陈原道一脸凝重："斯大林到学校来，并不仅仅是为了回答学生们提出的问题，帮助我们澄清模糊认识，消除思想混乱，我感觉他就是为了通过指名道姓批判拉狄克，从而给反对派以沉重打击而来。还有，就是他那些涉及大革命失败的原因等棘手问题的回答并不能让我们满意与信服。"

刘亚雄赞同地点点头，"确实有好多同学也这样认为。"

陈原道干脆放下了碗，"蒋介石公然背叛革命，其目的昭然若揭，然在斯大林看来，蒋介石的政变并不是多大的坏事，它只是在一些地区使革命遭到'局部和暂时的失败'，'是中国革命进程中的曲折之一,这一曲折是必要的'。还欣喜地宣布'整个革命已随蒋介石的政变而进入其发展的更高阶段即土地运动阶段','并沿着强大的土地运动的道路把革命推向前进'。生死存亡时候,不提醒大家提高革命警惕,认清前进道路上的艰难险阻,反而尽给中国共产党人描绘那些完全虚无缥缈的前景,让人毫无理由地自我陶醉。真不知斯大林同志是怎么想的!"

刘亚雄深以为是,"是的,在蒋介石已然背叛革命的情况下,斯大林不仅强调加紧对国民党右派进行斗争的问题,还笼统地称国民党是'反帝国主义的政党',说它'整合帝国主义者及其在中国的走狗进行着革命的斗争'。他完全忽视汪精卫等正逐步走向公开反对革命的道路,而美化'武汉的国民党是没有右派的国民党',是'中国劳动群众反帝国主义斗争的中心',把希望寄托于假左派汪精卫。反复强调中国共产党不应当反对武汉政府,而应当支持它,要中国共产党在实际上听从汪精卫武汉政府,又要发挥'领导作用'。完全是不切实际的空话。"

"斯大林来过之后,中山大学的上空,并不就是阳光普照了。斯大林驱散了很多疑云,但还有些迷雾在蔽空。"

——若干年后,中山大学学生盛岳在《莫斯科中山大学和中国革命》一书中,这样评价斯大林当年的演讲在学生中产生的反响。

一连两三日,陈原道像凭空蒸发了一样。教室、图书馆、篮球场……到处都不见他的身影。

后来,同学们才知道原来他到拉兹里夫湖去了。

——来苏联之前,陈原道就听说过一个小故事。说1917年,俄国二月革命后,列宁从国外回到彼得格勒,领导无产阶级革命事业。七月事变后,资产阶级临时政府颁布命令,逮捕四十多名布尔什维克革命家。列宁先是隐藏在彼得格勒城内,后又转移到谢斯特拉列茨克附近的拉兹里夫车站,隐居在谢斯特拉列茨克兵工厂的一位工人家。列宁在这位工人家里住了几天后,发现这样很危险。村子里常有人走动,周围都是邻居,邻居家的孩子经常光顾院子,甚至连警察也造访。列宁不得已来到拉兹里夫湖对面,临时租了一块草场,建了一个窝棚。这位工人对外人说,自己要养牛,说列宁是他从芬兰雇佣来的割草工人,不会讲俄语。这位工人还为列宁弄来了假发和镰刀。这位工人和他十三岁的儿子也住在附近,负责列宁的安全和起居。列宁就是在这个'绿色办公室'里,开始写作著名的《国家与革命》并筹划十月革命。一个月后,列宁转移至芬兰。不夸张地说,列宁在拉兹里夫湖的日子决定了俄国的命运。如果没有工人的悉心照料与保护,列宁被捕入狱,俄国的历史真可能就要改写了。

所以,陈原道一定要亲自到这个地方去看看。

陈原道一回到校园就遇见了整装待发的刘亚雄。

刘亚雄侃然正色道:"鉴于国内形势急剧逆转,革命与反革命你死我活的斗争日趋尖锐,组织上决定,让我结束在中山大学的学习,回国内参加民族解放斗争。听说共产国际有一个代表团,恰巧要到中国去,我们是搭乘的他们的顺风车。"

陈原道太理解这种"组织决定"了:"干革命工作就是这样,很多时候不是我们自己愿意走,而是路就在脚下,不得不走,或说身不由己。也没什么,组织不知哪天也许会让我们回国与你们一道并肩战斗呢。"

"说的也是。"刘亚雄与陈原道握手道别:"再见吧,祝你早日完成学业,尽快踏上归国的旅程。"

"再见!"

随着一批批同学的离去——陈原道也接到了组织通知,结束在中山大学的学习,回国参加革命——中山大学这所在办学模式上史无前例的大学,最终悄然无声地滑出了人们的视野。但是,通过她的创立,苏联和共产国际为中国革命培养了一大批具有相当理论素养的政治和军事干部的功绩,是永难磨灭的。邓小平、杨尚昆、刘伯承、叶剑英、任弼时、张闻天、王稼祥、乌兰夫、伍修权、陈原道、刘亚雄这些我们耳熟能详的名字,都将永远载入莫斯科中山大学的校史册上。

还有相当一部分曾在苏联接受培训的中国学员,回国后立即投入到复杂激烈的民族救亡斗争之中,他们的名字也在民族的气节和血脉中熠熠闪亮:罗亦农、瞿秋白、何叔衡、向警予、赵一曼、左权、周保中……

说到这里,有一桩历史公案有必要作些考察和研究,这就是陈原道和王明教条宗派的关系,或者说,陈原道到底是不是所谓的"二十八个半布尔什维克"?

——1926年5月,旅莫支部因其主要领导反对中共党员研读马列主义理论,并在党员管理方面犯有严重错误而被中山大学校长拉狄克解散。全体中共党员一律被转为联共候补党员,接受联共中山大学支部局的领导。就广大党员来说,对批评和反对旅莫支部的错误领导是赞成的,但对解散旅莫支部和将全体中共党员转为联共候补党员的做法是不满的。这实际上是把中共看成低一等的"儿子党"。当然,也有一些同学认为应该接受共产国际的直接领导。譬如同在莫斯科中山大学学习的王明,就是旅莫支部的坚决批判者和国际路线的坚决拥护者。

历史在发展,新的矛盾又开始出现。围绕着中山大学支部局的工作方针是否正确,中山大学的中共党员中出现了拥护支部局的一派和反对支部局的一派,且争论日趋尖锐。这种斗争,终于在1929年暑假前夕的工作总结大会上爆发出来。大会的争论焦点是:支部局执行的路线是否正确。支部局的领导人认为支部局执行了一条"百分之百的布尔什维克"的路线;广大党团员群众则说,支部局执行了"实践中的右倾机会主义"的路线。在大会上发言的,有秦邦宪、盛忠亮、余笃三、李剑如、吴福海、张崇德、李一凡、柳溥庆、唐有章、吴玉章、王稼祥、郭妙根、张祖俭、张崇文等。当时斗争很激烈,张崇德、李剑如的发言同支持支部局的人的发言针锋相对。余笃三、李剑如等也在发言中批评了以王明为首的宗派主义小集团的错误。有的同学还在发言中批评学校的中国革命问题教材不切实际；有的批评学校党组织把中国共产党员降为苏共候补党员很不合理；有的批评王明等人老虎屁股摸不得；有的批评了翻译工作中的问题，等等。

共产国际监委主席索里茨也在大会上作了发言，他作过调查，又听了大家的意见，严厉地批评王明一伙说："你们在这里，在莫斯科，无论说得多好听，都不能完全说明你们是好样的。你们必须在中国，在流血斗争中，用自己的实际行动，才能证明你们是真正好样的。不是这里，而是那里！不是这里，而是那里！"语气一句比一句慷慨激昂。

索里茨的讲话，使绝大多数同志深受鼓舞，而王明一伙则垂头丧气。

双方持续辩论了十天十晚（故被称为"十天大会"），各不相让。

第十天，也就是索里茨发言之后两天，支部局把一个《解散团支部局的决议案》提交给上午的大会表决。表决的结果，举手赞成的仅有29人。所以，反对的一派给他们起了个绰号，称其为"二十八个半布尔什维克"。

被斥责为苏联的"跟屁虫"的"二十八个半"，比较通行的说法是指以下29个人而言：

王明、博古（秦邦宪）、张闻天（洛甫）、王稼祥、盛忠亮、沈泽民、陈昌浩、张琴秋、何子述、何克全（凯丰）、杨尚昆、夏曦、孟庆树（绪）、王保（宝）礼、王盛荣、王云程、朱阿根、朱自舜（子纯）、孙济民（际明）、杜作祥、宋（盘）民、陈原道、李竹声、李元杰、汪盛荻、肖特甫、殷鉴、袁家镛、徐以新——徐以新因为是共青团员，年纪较轻，当时只有十七八岁，而且"有时与支部局一致，有时又不一致，观点比较动摇。所以被称之为半个"。

徐以新是作为南昌起义保留下来的干部被送到苏联学习的，当时只有十几岁，是其中年纪最小的一个。在去莫斯科的火车上，一位负责人告诉徐以新，去中山大学是学习革命理论的。徐以新一听，有点不情愿："我打过多少次仗了，应当上军校。"同行的徐特立劝他："小徐，听分配，先到中山大学，以后有机会还可以学军事嘛！"徐以新这才不说什么了。徐以新刚入学不久，中山大学就开始清理"托派分子"，接着是"江浙同乡会"问题。徐以新的学习简直就是在夹缝中进行。

值得说明的是，"十天大会"是1929年暑假前召开的，而陈原道早在这年春天即已奉调回国。王明也未出席"十天大会"，之所以位列"二十八个半布尔什维克"榜首，实因为他是这一派公认的头目。此外，张闻天、王稼祥、沈泽民等因在红色教授学院学习，也都没有参加"十天大会"。而且，"二十八个半"的说法也不确切。据杨尚昆、张闻天等人回忆，当时表决时，赞成支部局的是90票，吴玉章、林伯渠、徐特立、董必武均在拥护者中。由此可见，"二十八个半布尔什维克"，是一部分人带着宗派情绪叫出来的，与"十天大会"的事实相去甚远。

也许，有人会问，那为何将陈原道忝入"二十八个半布尔什维克"之列呢？或许，孙耀文的《风雨五载——莫斯科中山大学始末》一书，能够给出一个比较令人信服的解释：

教条宗派的形成过程中，陈绍禹（王明）等人竭力拉拢一些在同学中有影响的人物，如曾被认为属于"党务派"的沈泽民，学习成绩优秀的张闻天、王稼祥、陈原道、殷鉴等。他们在苏联特别受到党组织的器重、校方的重视，也得到广大留学生的尊敬。

从这本书中，我们可以看出，陈原道仅是王明竭力拉拢的对象之一。

陈原道并不是那种特别和光同尘，善于随波逐流和左右逢源的人，他看人，一向有着自己独特的眼光和标准。他的骨子里洋溢着一种遗世独立的孤傲与卓然，或说，在派别林立的人群里持守自然品格与操守的执拗。若非亲近和熟知，是不会感觉到他高冷背后的温煦和情怀的。

陈原道从来都没有将王明视为同道之人。他一直都认为，王明或许可以称得上革命家，但绝不是真正善于运用马克思主义的立场、观点、方法解决中国革命问题的人，也不是善于把马克思列宁主义普遍原理同中国革命具体实践相结合的人。他充其量是一个能背诵马克思主义词句，善搬俄国模式，俯首听命共产国际指挥的教条主义者。

不得不承认，陈原道确确实实火眼金睛。

——王明原就是一个没有多少实际工作经验的学生。到中山大学后，虽然读了不少马克思主义著作，但也仅仅是停留在书本知识上，并没有真正领会马克思主义的精神实质。他和中国的工人、农民接触很少，对中国国情也了解甚微。在中山大学学习时，还继续固守着国内私塾和校园中养成的"唯书""唯圣"的学习方法，死记硬背。加上，共产国际盛行把马列主义教条化，又给他以深刻的影响。所以，王明学马克思主义不是遵循理论联系实际的原则，不是把马克思主义作为中国革命行动的指南，而是把发展的马克思主义看成如同"四书五经"一样的一条条"圣训"，把苏联革命的经验看成是一服服解决中国革命问题的"灵丹妙药"。他不研究中国国情，不顾中国革命实际情况，生搬硬套，自以为是，夸夸其谈，这就深深地打下王明把马克思列宁主义教条化，把苏联革命经验神圣化的思想基础。每次参加中山大学的会议，王明都是长篇大论，引经据典，摆出一副未来"中国列宁"的样子，很为陈原道所不齿。

第三章
逐日中原

　　1929年春，陈原道结束了苏联的学习，回到国内，奉命出任中共江苏省委宣传部秘书长。接到组织任命，陈原道毫不迟疑，马不停蹄地赶赴上海。

　　——1927年6月1日，中共中央政治局通过的《中国共产党第三次修正章程决议》规定，省委员会所在之市，不另设市委员会，该市之区委直接隶属于省委。随后，中共中央撤销了中共江浙区委，分别成立了中共江苏省委和中共浙江省委。中共江苏省委员会直接领导上海各区委员会和安徽省沿津浦铁路线及皖东北各县党组织。

所以，中共江苏省委员会从设立之初就一直安扎在风雨如晦的上海。

在腥风血雨中成立的江苏省委，从一开始即遭到反动统治势力的疯狂扼杀。虽然当时省委主要领导都是单线接头，宣传部长只知道组织部长的家，组织部长只知道省委书记的家，省委书记只知道宣传部长的家……但这仍然不能阻止被捕和牺牲。

1927年6月26日，成立仅半月的中共江苏省委在施高塔路恒丰里104号召开会议，王若飞代表中共中央宣布江苏省委的领导成员。会议进行到一半，忽然有人来急报，某联络点的一位交通员被捕了。在场的人员心头一紧：不好，这位交通员知道恒丰里的这个秘密机关，也知道今天的这个秘密会议！

会议当即结束，大家迅速撤离会场。

省委书记陈延年本来已安全撤离，但他为销毁文件，又与省委组织部长郭伯和等人又回到了恒丰里。他们先在暗处观察周围动静，见没有什么异样，便冒险进了门。不到半小时，这幢楼房就被大批军警重重包围，陈延年、郭伯和、黄竞西、韩步先等同志当场被捕。

7月4日，上海龙华刑场。时年29岁的陈延年浩气凛然。刽子手按他下跪，他傲然而立，说革命者决不下跪，只能站着死。众刀斧手强行将他按下，他又一跃而起，最后他硬是站着被乱刀砍死。

陈延年被捕后，赵世炎代理江苏省委书记。

7月2日，由于时任中共江苏省委宣传部长韩步先狱中叛变，江苏省委机关又遭破坏，赵世炎等十余人再陷囹圄。

这日黄昏，风雨交加，中西探捕合围了北四川路志安坊190号（今多伦路189号）的赵世炎住所。当时，赵世炎正外出未归，探捕就等着。赵世炎妻子夏子栩和岳母夏娘娘万分焦急，当夏娘娘从窗口望见赵世炎正向家里走来时，不顾敌人的阻止，将窗台上用作信号的花盆推了下去。由于风雨太大，花盆的响声没有引起赵世炎的注意。在大雨中疾走的赵世炎，既没有看到花盆落下，也没有听到花盆破碎的声音，仍是朝家里走去，一进门就被探捕围住。赵世炎乘敌探正忙于翻箱倒柜寻找证据的瞬间，悄声将正在上海的中共中央秘书长王若飞的住址告诉了夏子栩，要她尽快设法向党组织报告。赵世炎被捕后，先拘押在英租界的临时法院，7月4日晚即被解到龙华淞沪警备司令部军法处，7月19日，被杀害于枫林桥畔。

1928年2月16日，省委组织部长陈乔年在英租界北成都路刺绣女校秘密主持召开各区组织部长联席会议。同日，上海总工会也在酱园弄召开各区特派员和各区总主任联席会议。由于原浦东区委秘书唐瑞林叛变告密，租界巡捕突然包围了这两个会场，陈乔年和郑复他、许白昊等十一名负责干部全部被捕，被关押在英租界新闸捕房拘留所。次日，即被引渡到上海龙华国民党淞沪警备司令部看守所，拘押在天字监一号牢房。6月6日，陈乔年、郑复他、许白昊在龙华牺牲。

"皖水龙山出俊豪，陈门两代逞天骄；长兄慷慨油汤赴，大弟从容烈火蹈。"值得我们永远记取和缅怀的是，陈延年、陈乔年系一门忠烈，陈延年为陈独秀长子，陈乔年为次子，出生于安徽安庆。受父亲影响，兄弟二人走上了共产主义道路。

陈延年、陈乔年被杀后，国民党当局严令不准收尸。惨烈之状，难于言表。

陈原道报到时才知道，中共江苏省委宣传部部长竟是任弼时同志。

还有一件非常非常巧合的事，让陈原道又惊又喜，这就是先期回国的莫斯科中山大学校友刘亚雄也在宣传部担任干事。

江苏省委宣传部设在旧弄堂一座石库门的二层楼房上，红砖外墙，坡形屋顶带有老虎窗，弄口有中国传统式牌楼，是上海最具代表性的民居建筑。

这种石库门建筑起源于太平天国起义时期。当时，兵革互兴，虫沙猿鹤,江浙一带的富商、地主、官绅纷纷举家涌入租界寻求庇护。外国的房产商乘机大量修建住宅,于是,这种石库门住宅应运而生。围合仍是它的主要特征,但不再讲究雕刻,而是追求简约,多进改为单进,建筑时,保持了中国传统建筑以中轴线左右对称布局的特点,大量吸收了江南民居的式样,以石头做门框,以乌漆实心厚木做门扇。

宣传部所有人员均以秘密身份与居民杂居在一起,隐蔽而又安全。

任弼时的工作千头万绪,经常忙得不可开交,每周来听一次工作汇报,行踪也严格保密。任弼时不在部里时,作为宣传部秘书长的陈原道便责无旁贷地承担起了部里日常工作主持重任。此时的上海,形势和全国的斗争形势一样,政治黑暗,统治腐败,反革命气焰嚣张,稍有不慎,就有可能全军尽没。陈原道带领着刘亚雄等几个同志按照党的指示精神,大胆而又谨慎地打拼着。

接到弟弟陈元仓不约而至的消息时,陈原道刚刚散会。

——由于环境险恶和工作繁忙,陈原道回国后一直没能回家探亲,只是去了一封信,通知家人他已到上海工作。

常言说:儿行千里母担忧。不管陈原道信中怎样说,做父母的,不亲眼看见总是放心不下。元仓就是受父母之托,来探望陈原道的。

由于保密制度,陈原道不便将陈元仓往省委机关驻地带,便乘坐黄包车赶到宾馆与之相会。

谈话过程中,陈元仓无意间发现哥哥身边的箱子里装的全是钱,遂说:

"哥,今年家乡干旱,颗粒无收,生活无以为继,父母马上连糠菜都吃不上了。你手里有这么多钱,你看能不能筹措几个钱,帮助家里度过灾荒?"

陈原道斩钉截铁地说:"这可不行!这些钱都是公家的,是我们的活动经费,分文都不能动!"

"哥,我知道你这些年在外边做的是大事,难道,做大事就可以不顾爹娘吗?"元仓陌生地看着陈原道:"你拍着胸口想一想,当初,家里人是怎么待你的?"

听见元仓的话,陈原道的眼睛一点一点变红,一点一点湿润,头也一点一点地埋了下去——

当初,为了供自己上学,全家人那真是节衣缩食。元仓早早地就辍了学,挺着幼小瘦弱的身躯,肩挑箩筐,从家乡贩鸡蛋到邻县去变卖,攒够了点钱就送到芜湖,为自己交学费。为了自己的前程,父母兄弟含辛茹苦地支撑着,这种浓浓亲情怎么能忘怀呢?那都是他的亲人,至亲至爱的人,他们的血就是一条连在一起的河啊!此时此刻,自己是腰缠万贯,可那里面没有一分一毫自己的。全都是党的经费。作为一名党的干部,能为一己之私去损害党的事业吗?不能,万万不能啊!

陈元仓看哥哥低着头,半晌不说话,迟疑地伸出手,去摸哥哥的脸。

陈原道仍然埋着头。

陈元仓缩回手,摊开,只看见手心里,全是泪……

陈元仓不知所措地说:"哥……"

陈原道悄悄擦干眼泪,仰起头,盯着眼前波浪样拥挤着、追逐着的高高矮矮的房子,沉默了一会儿,说:"元仓你看这些屋子,屋里面那一方天地,无论多大,它都只能叫家,只有屋外,这个变化万千的大千世界才能称之为国。无国乃无家。如果哪一天国不在了,你和我,还有天底下的所有黎民百姓,我们何以为家呢?自古道:忠孝难以两全。作为一个革命者,我只能这样理解:为国尽忠,就是为家尽孝了!"缓了缓,又道:"这样吧,等我有时间去翻译一部书,稿费拿到手,我全部寄回家接济你们。"

陈元仓似懂非懂地点点头,怀疑地问道:"哥,你们这样偷偷摸摸的,将来能成大事吗?"

"眼下还不行。"陈原道信心百倍,"哥今年 28 岁,等到哥 38 岁的时候,你再看!"

作为一个无产者,陈原道在金钱和物质方面实在难以惠及家人,但在精神生活方面,始终没有放松对弟弟以及亲友们的关心。早在二农学习期间,他就专门为弟弟订了两份杂志,一份是商务印刷馆出版的《少年》,一份是中华书局出版的《小朋友》。此外,他还不断地给弟弟以及儿时的私塾同窗们寄回一些陈独秀、鲁迅等进步人士的书籍,让大家传看。到了上海,他还是经常将《新青年》以及自己主编的宣传革命道理的小册子寄回村里。为了躲避当局的查禁,每次邮寄时,他都要将所寄的书刊进行"改头换面",重新包装。陈泗湾村老人陈友仁,几十年过后,还对陈原道寄书寄报寄杂志记忆犹新。有一次,陈原道从上海寄来一本《红拂夜奔》。那年月,像《红拂夜奔》这样的书,不说随处可见吧,却也没紧张到要千里迢迢从上海邮寄的份儿。一翻开书,大家都笑了。原来,里面全是介绍上海工人运动的文章。随风潜入夜,润物细无声。在这些进步思想的影响下,弟弟陈元仓、堂弟陈元泉后来都跟随他到了上海,参加了为中共秘密组织印刷宣传品的革命工作。钱学文、钱学义、陈友仁等一批村里的热血青年,也都先后投身革命。

在任弼时同志的领导下,陈原道、刘亚雄的工作能力和马列主义水平有了很大的提高。面对白色恐怖,陈原道勇挑重担,不避杀身之祸,像一头骆驼那样不知疲倦地工作着。他也不讲究吃穿,比一般党员、工农还清苦,大家都说他是一位革命的"苦行僧"。

就在陈原道干得顺风顺水风生水起时,事情突然起了变化——

中秋节说着说着就临近了。

这段时间,陈原道从沪东到沪西,从纱厂到钢厂,从商场到店铺,不知疲倦地进行调研,广大失业工人要求复工的呼声此起彼伏。他筹划着,准备在中秋节前,搞一次能够真正触及国民党反动派灵魂的罢工行动。

凌晨两点,陈原道拖着疲惫不堪的身躯返回。

他发现,自己房间的灯还明晃晃的。

"都怎么这么晚了,谁还守在自己的房间里?"

陈原道迟疑了一下,遂放轻了脚步,蹑手蹑脚地向房间走去。还没到近前,只听"吱扭——"一声,门开了,接着,任弼时同志的身影出现在门口。

"是原道同志回来了吧?"

"是我,弼时同志,你怎么还没有休息?"

任弼时哈哈一笑,"我不是在等你吗?"

"等我?"陈原道一怔,"弼时同志有事?"

"来,屋里说吧。"任弼时将陈原道引进屋里。

看见陈原道在他对面坐下,任弼时收敛起脸上的笑容,盯着他的眼睛,说:"原道同志,组织上又要给你安排新的工作岗位了。你不会有什么意见吧?"

陈原道一愣,仍然微笑着,笃定地说:"我没有意见。党叫干啥就干啥,一切听从党安排。"

其实,从选择这条道那天起,他就已经身不由己了。

任弼时满意地点点头,"中央决定调你到河南省委去工作。"

"河南?"

"是啊。"任弼时说:"大革命失败后,河南省委和江苏省委一样,也是连续遭到严重破坏,为此,中共中央不得不被迫暂时取消河南省委组织,各中心县委直属中央领导。半年来,全省党的组织及工作已开始恢复。为适应革命形势发展的需要,加强对全省革命斗争的领导,中央决定重新恢复河南省委。你这次到河南的主要任务,就是和中央巡视员童长荣、郭树勋等同志一道,担负起恢复和重建河南省委的重任。新组建的省委常委有三人,童长荣同志担任省委书记,宣传部长一职也由长荣同志同时兼任,你的具体职务是省委组织部长兼秘书长,另一同志徐兰芝任工委、农委书记兼郑州市委书记。你——"

任弼时似乎还想说些什么的,突然又刹住了话头。

陈原道望着任弼时欲言又止的样子,坦诚地问道:

"弼时同志是不是还有什么话要嘱托?"

"对你的工作能力和拼命精神,我没有什么不放心的。只是——"任弼时踌躇了一下,脸上的笑容开始消失,两只眼睛透过镜片直视着陈原道那双深陷的眼睛,话题一转:"你也知道,这些年,我们党内连续出现'左'倾错误,且一次比一次厉害。第一次,是1927年至1928年间,国民党在全国进行大屠杀,一次就杀了31万人。在这种情况下,党内就出现了第一次'左'倾错误,即'左'倾盲动主义错误。它最明显的标志是,在全国各地,不顾当地的主客观条件,都要求起来暴动,谁不暴动谁就是机会主义,而且认为党的任务就是最后在全国实现总暴动。其结果是,在敌我悬殊的盲动斗争中,大革命中保留下来的一点儿革命力量再一次遭受重大损失。党的六大以后,由于贯彻了大会的正确路线,各地党组织在领导农民的斗争中,逐步形成了开展游击战争、土地革命和建设农村革命根据地等一整套办法,使红军和农村革命根据地不断巩固和扩大,在全国范围内出现革命走向复兴的局面。然而,随着局势的好转,那股'左'的狂热病又热了起来。特别是共产国际的来信,更是火上浇油。认为中国革命和世界革命都到了大决战的前夜。中国革命一爆发,就有掀起全世界的大革命、全世界最后的阶级决战到来的可能。其明显特征就是脱离客观实际,单凭主观愿望或想象,急于求成。"说完这番话,任弼时把眼镜从脸上摘下来,用手帕仔细地擦拭了一会儿说:"中国共产党这一路走来,真的走了太多的弯路。有人说,如果历史可以重写,如果我们这一路一直笔直前进,那中国将发展到何种程度? 历史没有假设,也没有如果,更不可能重来。我要说的就是,作为一名真正的共产党人,不论到任何时候,都要倍加珍视历史的经验教训和深远影响,认真地分析研究马克思主义,对什么是马克思主义、如何运用马克思主义解决中国的实际问题,即马克思主义中国化等诸多问题进行思考,确保不走弯路,或少走弯路。"

"弼时同志尽可以放心,原道会这样做的!"陈原道神色凝重地点了下头,郑重其事地问道:"我何时动身?"

"越快越好。"

"我知道了。"

承载着陈原道的那辆列车,喷着长烟,在铁道线上费力地奔跑着。陈原道扭头向外张望时,列车已经进入河南地界了。

再有几个小时,就到郑州了。

一路上,陈原道的脑海里一刻也不停地翻转着。寥寥中原,赤地千里,饿殍遍野,民不聊生,悲惨的景象,让陈原道的心头万分难受。

火车又哀鸣了一声。

陈原道闭着眼,躺在卧铺上,"哐当、哐当"的车轮声,犹如压在他身上一样。

老何仰面躺在陈原道的对面——他是负责护送陈原道的地下交通员,正百无聊赖地看着一份临上车时在站外购买的当日的《中国日报》。一路上,他已经来来回回翻看好几遍了。人说:一心不可二用。他却一点儿也没有忘记自己的职责,一双眼睛骨碌碌转,警惕地注视着来来往往的旅客。

距离郑州愈来愈近,陈原道的心愈加忐忑。对自己将要奔赴的新的战场,陈原道满怀期待,同时,对那股持续已久的"左"的狂热病对党的重点工作的干扰又心怀隐忧。

据任弼时介绍,与自己一起同赴重任的同志大都是身经百战的年轻的老革命者,特别是省委书记童长荣同志,虽说比自己还年轻几岁,却也是一位资深革命家。1922年,安庆各校进步学生集会成立社会主义青年团,童长荣是第一批团员之一,参加过安庆"六二"学潮和驱逐省长李兆珍的斗争。为反对直系军阀曹锟贿选,童长荣亲带游行队伍捣毁接受贿赂的安徽国会议员张伯衍、何雯的住宅,遭到通缉。

避居上海期间，组织安徽流亡学生"反对贿选团"，并与蔡晓舟、王步文等人主办《黎明周刊》，继续进行反封建军阀斗争。1925年东渡日本时加入中国共产党，1926年被选为中共旅日支部领导成员。1928年5月，日本在中国制造"济南惨案"，激起中国留日各界的义愤，童长荣积极领导留日中国学生和旅日华侨进行大规模的反日爱国斗争，被日本当局逮捕，遭受严刑拷打并驱逐回国。来河南前，童长荣任中共上海沪中区区委书记和宣传委员。

从童长荣的经历来看，与陈原道真是有颇多相似之处：他俩都出身于安徽贫困农民家庭，都领导和参加过包括"六二"学潮在内的各种学生运动，同于1925年入党，分别在日本和苏联留学深造，回国后又都在上海从事党的地下工作……也许是工作性质和工作重心不同，此前，两人一直未能谋面。

陈原道正苦思冥想着，这时，突然从车门口处传来了一位妇女撕心裂肺般的哀嚎声："求求你了，求求你了，把孩子给我留下吧！我的孩子没有死……孩儿，你快醒醒吧，你快醒醒啊！"

接着，一个男人狂吼道："滚开！放开你的手，把孩子给我，别在这儿污染车厢！"

陈原道一惊，站起身，伸伸胳膊，活动下蜷缩了一夜的筋骨，自言自语道："喝点水真是麻烦，一会一趟厕所。"然后，不动声色地向厕所走去。

在路过那位嚎啕大哭的妇女身边的时候，陈原道有意地放缓了脚步。

女人还在哀求那位身穿黑色制服的列车巡警："求求你，这孩子真不是传染病，这孩子还活着。你瞧，你瞧，这孩子睁眼了。"

原来是妇女怀里的孩子因为饥饿昏迷过去了，这位列车巡警不知从哪儿听说了，非说这孩子有传染病，硬要给扔到车下去。妇女掐了会孩子的人中，旁边的好心人给孩子灌了点米汤，总算是醒过来了。

跟前的人也都跟着附和：

"放过这孩子吧，这孩子真睁眼了。"

"这孩子没有死，就留下吧。"

"是的，这年月，兵荒马乱的，谁没有个难处。行行好吧！"

巡警伸过头，瞅了瞅瘦骨嶙峋的孩子，不知是怕触犯众怒，还是动了恻隐之心，没再说什么话，慢慢吞吞，一步三摇地走了。

陈原道吁了一口气。

陈原道回到座位上时，从口袋里摸出两块大洋，默不作声地和小桌上的两块饼放到了一起，然后，若无其事地将脸转向了车外。

老何明白陈原道的用意，赶紧起身给那位妇女送了过去。

"先生，郑州到了，我们下车吧？"老何转回来时，列车已经进站了。老何低下腰，小声道。

陈原道站起身，对着车窗玻璃，整理整理头发、衣着，将眼镜扶正，旁若无人地走下车，随着熙熙攘攘的人流，向站外走去。老何提着箱子、行李，一路小跑地跟在后面，活脱脱一副下人模样。

"欢迎、欢迎、欢迎，欢迎陈原道同志来河南工作啊。你一来，我们河南党的工作可就是如虎添翼了！"陈原道一进门，不待老何介绍，西装革履的童长荣就一步跨上前去，使劲儿地摇着陈原道的手，满面春风地说道。

童长荣个子不高，长条脸，瘦瘦的，脸色苍白，鼻梁上架副眼镜，一头乌发梳理得一丝不苟。听老何说，童长荣喜欢喝红酒、抽雪茄，还喜欢听交响乐，喜欢听京戏与下围棋，有时还会在房间里用日语吟诵日本俳句。

陈原道觉得不可思议，童长荣经年累月在风口浪尖上带领着学生和各界人士从事革命运动，把无数的热血青年培养成了无产阶级的革命斗士，而自己却始终像个优雅的绅士。

陈原道的脑海里突然地蹦出了这样一幕镜像——

1922年11月，共产国际四大时，拉狄克当着好多人的面，毫不客气地训斥文质彬彬、西装革履的陈独秀："放弃你那孔夫子式的象牙之塔,走出孔夫子式的共产主义书斋,到群众中去。"陈独秀被训得面红耳赤哑口无言。

拉狄克的话,既表达了共产国际要中国共产党积极开展工农运动的良好愿望,也反映了共产国际对中共领袖学者气息太浓的不满。

确实,当时的共产国际对中国共产党的成分很不满意:大多数党员出身于小资产阶级,而大批劳动者却没有被吸收到共产党的队伍里来,或没有训练无产阶级的干部。共产国际因而质问:这样一个党,如何能实现无产阶级的绝对领导权?

望着眼前仪表讲究、皮鞋锃亮的童长荣,陈原道突然想:如果让共产国际来组合河南省委班子,他们会任命童长荣担当省委书记吗?不会。听说任省工委、农委书记兼郑州市委书记的徐兰芝同志原是陇海铁路工人,共产国际一定会以貌取人,由徐兰芝取而代之。

陈原道摇摇头,谦虚道:"童书记谬赞了,河南工作要靠党中央的领导,还要靠同志们齐心协力。"

"坐吧。"童长荣大模大样地往旧沙发上一仰,随即右腿麻利地跷在了左腿上,惬意地摇晃着。"老何,倒水。"

"不用不用,我自己来。"陈原道赶紧起身谦让。

老何已习以为常,客气地道:"远来为客,还是我来吧。"

"哪来的什么客?都是自己同志,一家人。"

童长荣道:"别争了,让老何倒吧。"

陈原道在童长荣对面的一张椅子上坐下。

童长荣呷了一口老何递过来的水,说:"你没到时,我们已经开了一个会,按照中央要求,对当前工作进行了一下分工。由于我还担负着中国左翼作家联盟的发起工作,经常要到上海去,不是为了等你,昨天就该动身的。另外,郭树勋同志主要在豫南巡视指导工作,徐兰芝同志出狱后,赴上海党中央汇报工作迟迟未归。这样,临时省委的日常工作,指导各中心县委,整顿和恢复各地党的组织,发动和争取群众开展以反军阀战争为中心的革命活动等工作,就要落到你的肩上了。你看有什么困难没？"

"没有困难，我听从长荣同志和省委的安排。"

"那好，"童长荣满意地点点头，"为了方便工作，使你能够尽快熟悉情况，进入角色，省委决定，由谷子生同志具体协助你工作。"童长荣吩咐站在门外的老何道："老何，去把谷子生叫过来。"

不一会儿，谷子生的身影就出现在童长荣的办公室里。

童长荣指着谷子生对陈原道说："原道同志，你可不要小看这位谷子生同志，也算是一位老革命了。1925年还在开封上学时就加入了中国共产党，还担任过县委、特委书记和省委秘书，对基层情况相当的熟悉和了解。"

陈原道点点头，"那我得好好地虚心向谷子生同志请教了啊！"

谷子生赶紧摆手，"哪里，哪里，顶多顶多是互相学习。"

"子生啊，这位是咱们新来的省委组织部长兼秘书长陈原道同志，最近这段时间，就由你来配合陈原道同志工作，原道同志的生活起居、衣食住行也都交给你了。给我记住，照顾不好原道同志，我可要拿你是问啊！"

童长荣说这番话时，完全是一副半认真半谐谑的口吻，谷子生却不敢跟领导打哈哈，他一本正经地道："请领导放心，一定照顾好原道部长，保证让他毫发无损！"

陈原道说："我没有什么需要照顾的，咱们一起工作。"

童长荣却不愿意，"这不行！工作是工作，该照顾还得照顾。"说罢，不待陈原道回答，便吩咐道："子生，带原道部长去休息吧。"

陈原道没有休息，一到任就以一种忘我的姿态投入到了工作中去。

他以上海《申报》记者的身份在郑州巡视，听取郑州中心市委书记曾昭示的工作汇报，要求示威积极整顿和恢复党组织，发动组织工人群众的革命活动，同时，加强对下辖郑州郊县和许昌特支的指导，切实搞好郑州中心区党的各项工作。他还同刚刚出狱的市委委员马少卿（马绍琴）亲切交谈。得知这位京汉路工是1922年入党的"二七"大罢工斗争的骨干，曾任河南省委候补委员，与谷子生同在豫中特委工作，对其深表信任，勉励其加强学习，多深入基层，积极开展群众工作。

接着，陈原道又马不停蹄赶赴开封。恢复和重建共青团河南省委组织，由徐兰芝任书记，张建南、来学照、陈云登、张炳昌、王伯阳等为委员。机关设在开封。陈原道要求积极整顿和恢复全省各级团组织，分头巡视各地团的工作，努力开展青年学生运动。陈原道还通过各种渠道，调查了解军阀战争形势下的社会状况、群众的生活及情绪。同中共开封中心市委书记杨建民（杨子建）、市委常委王长保接头面谈，听取工作汇报，一起研究整顿、恢复党组织，开展工人运动和农民斗争的问题，鼓励他们积极开展工作，在河南反动统治的中心开封坚持隐蔽斗争。同开封省立一中教师潘田言、学生符元亮（均中共地下党员）见面，指导他们发动组织广大师生进行合法斗争。到开封妇女工厂"采访"，了解停产原因和失业女工生活状况，同河南省妇女联合会书记孙敬毅、组织委员刘素清（均中共地下党员）一起研究如何开展党的妇女工作，特别是积极发动失业女工和来汴灾民的经济斗争，进行反动军阀战争宣传活动……

1930年1月初，陈原道与童长荣、徐兰芝一起开会，交流巡视各地工作的情况，总结成立临时省委数月来的工作，一致认为全省党组织得到了一定的恢复，群众的革命情绪高涨，要迅速解决成立省委的问题。陈原道还介绍了党、团省委一些干部的工作、思想情况，提出了对新省委组成人员的建议。会议决定由童长荣去上海向中央汇报工作，请示建立新省委的问题。

微风慵懒地在中原大地上吹拂着，时而暖风煦煦，春意融融，时而寒风阵阵，凛冽刺骨。这是一个春草与雪花相伴、春风与寒冷同在的季节。刚刚透出大地的小草，尽情地舒展着嫩绿的枝芽，顽强地在风中摇曳。 春风轻柔，叶片轻颤，像一只未睡醒的蝶。

"同志们，中央的精神到了！"童长荣风风火火地从外面走进来，满面春风地说："李清照说，乍暖还寒时候，最难将息。 那咱们就开会吧。"

于是，新的中共河南省委在春寒料峭中宣告成立。

新省委有委员八人，其中常委三人：童长荣任书记兼宣传部长，陈原道任组织部长兼秘书长，徐兰芝任工委、农委书记兼郑州市委书记；候补常委二人：王长保、马少卿；委员三人：郭树勋（巡视河南、豫东南）、谷子生（省委秘书）、张建南（主持团省委工作）。 根据省委常委会议的决定，陈原道千方百计调配干部，抓紧建立省委机关。 陈原道对一些同志说，新省委的建立，是为了适应反军阀斗争的形势，促进革命斗争的发展，加强党的集中统一领导，全面推动河南工作，我们一定要加倍努力，团结一致，克服困难，搞好工作。

为了加强党的军事工作，根据陈原道的建议，省委成立了军事委员会，由邹均任军委书记。

河南省委第一次全体会议上，童长荣传达了党中央给河南的政治指示信，认为"右倾危险在河南特别严重"，要求"党的策略必须由防御转向进攻"。

陈原道在会议上回顾了全省"二七"纪念周的工作，总结了经验教训，肯定了河南党组织"数月来，在恢复工作上有相当的结果"。 在讨论省委目前工作计划时，他明确指出："进攻不是脱离群众的拼命主义，发动大的战争，不一定就要放弃日常斗争的领导，走公开的群众路线，更不是放弃党的秘密战线。 目前全省党的组织基础非常薄弱，下级组织还在恢复和建立之中，摆在我们眼前的迫在眉睫的事情，是怎样发展和壮大党组织，进一步积聚革命力量。 同时，省委还应该尽快地和东南红色区域建立正确的经常关系。"

细心的人都注意到了，陈原道在讲这一番话的时候，童长荣的脸板了起来。 他环顾了下与会人的面部表情，然后，慢慢地将目光移到了左侧的那面墙上,那里有一扇透明的窗子。透过玻璃,童长荣心绪不宁地看着西天上的残阳。

在省委常委会议讨论工作部署时就发生了争论。童长荣只重视郑州、开封两地中心城市的工作,认为豫南等地农村不甚重要,不必派人去巡视指导。

陈原道不觉一怔:"长荣同志,这样安排……似乎不太妥当吧?"

童长荣看了陈原道一眼,说:"城市不可能和农村平等,在这个时代的历史条件下,农村也不可能和城市平等。城市必然要带领农村,农村必然要跟城市走。问题仅仅在于,城市阶级中的哪个阶级能够带领农村,能够担当这个任务,以及城市对农村的领导采取什么形式。这句话是列宁说的。一切斗争,只有工人先起来,才能谈到工人领导农民。即使农民运动形势较好的地方,也要等工人起来后再说。"

陈原道苦口相劝道:"工人领导农民,并不是次序的先后,而是通过政治上、思想上、组织上来实现,这是列宁主义的理论。干革命不能厚此薄彼,郑州、开封要去,但偏远地区也不能偏废。大别山区的鄂豫边和豫东南两块革命根据地均已建立,红三十一师、三十二师也有较大的发展,豫南地区的革命形势很好,省委不仅应该重视和支持该地区的人民武装斗争,同时还要派出大批骨干力量深入各地巡视工作,加强对人民群众斗争的领导。"陈原道顿了顿,又道:"这让我想起了古代希腊神话中的一个著名的英雄安泰,他是海神波赛东和地神盖娅的儿子,大家公认的天下无敌的英雄。没有哪一个英雄能同安泰势均力敌。他的力量存什么地方呢?他的力量就在于,每当他同敌人决斗而遇到困难时,便往地上一靠。就是说,往生育和抚养他成人的母亲身上一靠,就取得了新的力量。可是他毕竟有弱点,就是怕别人用什么方法使他离开地而。后来有一个敌人利用了他的弱点,战胜了他。这个敌人名叫海格立斯。他把安泰举到空中,使他无法再靠近地面,这样就在空中把安泰扼死了。我们共产党人就像希腊神话中的英雄安泰,所以强大,就是因为我们始终同自己的母亲、同人民保持着血肉联系。只有紧紧地团结和依靠人民,我们才不可战胜。"

会议最终接受了陈原道的正确意见,把大部分人力和财力都用在巡视指导全省各地工作上面。

会议一结束,陈原道便到各地检查指导去了。

陈原道再次陷入到繁忙的事务中去。

在谷子生的有力协助下,陈原道风雨兼程、风餐露宿,往返河南各地进行调研、巡视、考察,指导各中心市委、县委整顿和恢复党的组织,发动和争取群众开展以反军阀战争为中心的革命活动。

陈原道化装成工人来到洛阳矿工中间,和大家拉家常,讲革命道理。他跟着矿工一起到井下挖煤时,看到一位矿工的肩上、臂上及至满身全是伤痕,情不自禁地问道:"这位兄弟,身上咋的有这么多的伤?"

那位矿工望着他,无可奈何地道:"你说还能咋的?工头打的呗。"

"这得打多久才能打出这累累伤痕?"陈原道轻轻地抚摸着那位矿工的脊背。

"只要来出工,就没有一天不挨打,谁还能记得清被打了多少次?"

陈原道义愤难抑,"那就任由他们打骂?"

矿工摇摇头,长叹了一口气,道:"这是没办法的事,端谁的碗就得服谁的管。已经习惯了。"

"你错了,不是资本家养活了我们,而是我们养活了资本家。你这话整个儿说反了兄弟。"陈原道循循善诱:"表面上看来,我们劳动一天,资本家付给我们一天的报酬,交易公平合理。这恰恰就是资本家的狡猾之处,他们轻而易举的就用工资的形式把其剥削的本质给掩盖住了。大家可能有所不知,资本家每天强迫工人劳动十多个小时,有时还要无偿再加班,生产旺季时甚至没日没夜劳动。其实,我们工人只要每天劳动几个小时,就足够抵偿资本家所付的这点工资了。多出的劳动时间和劳动价值全都被资本家给剥削了。否则,资本家肩不扛、手不提,成年不劳动,凭什么财富却越来越多,每天骑在工人头上作威作福,过着花天酒地、腐朽糜烂的生活?你拍拍脑门想一想,到底是我们端的资本家碗?还是资本家端的我们自己的碗?"

矿工恍然大悟,"你这一说,还真是。怎么过去就没有人给我们讲这个道理的呢?"

"想过好日子,过得有尊严,就只有一个办法,那就是工人兄弟团结起来,拧成一股劲,齐心协力与资本家作斗争。我看,从今天开始,咱们就开展斗争,简明扼要,就叫'反打骂斗争'。"

为了避免遭到敌人镇压,陈原道安排支委会按照传统方式组织"朋友社",把工人中最讲义气、最有胆量、和资本家有深仇大恨的那些人都吸收进来,作为党组织的外围力量。朋友社有自己的任务和斗争方向:朋友社的成员,要同甘苦共患难,要扶弱锄暴,团结工人,反对资本家的打骂,决不贪生怕死。

就在朋友社方兴未艾之时,这天,矿上两个监工喝醉了酒,无端把一名工人打了一顿。朋友社决定给他们一点颜色看看。于是,趁一个月黑风高夜,把那两个监工一口气打了个半死。这一下,监工们再也不敢欺压工人了。工人们一看朋友社真能为工人撑腰,要求加入的人越来越多。

朋友社成立的消息像长了翅膀,很快传遍了全矿,不少工人主动找上门来要求参加。党支部分析了客观情况,决定继续扩大组织,一次发展到了近三百人,并召开了隆重的成立大会。参加大会的除了朋友社的成员外,还有附近好几百农民。

地下党员老纪原就是本地人,平时敢说敢当,在群众中威望很高,他挑头在会上说:"兄弟们,俗话说得好,孤树不成林,孤雁不成群。咱们穷人抱不住团,资本家才敢随便打骂我们。我们团结起来,百根麻线拧成一股绳,他们敢欺压咱,哼!就跟他干……"

工人和农民都频繁点头,说:"对,穷人就是要抱得紧,再不起来就不得活命了。"

陈原道正在筹划着一场大规模的罢工斗争。

罢工前,陈原道和老纪等反复商量,分析可能出现的问题,发动朋友社的社员充分做好宣传鼓动工作。积极分子连日来写了大量"打倒刮民党(国民党)及黄色走狗工会"、"工农联合起来"、"红军万岁"、"欢迎红军"等各种标语,每张标语上都画着镰刀锤子。一夜之间贴满了大街小巷。资本家看了这些标语十分恼火和惊慌,赶紧命令矿警撕掉。第二天早晨,同样的标语又满街都是。罢工的前一天晚上,社员们到各村进行了联系,各村的骨干都积极做了准备,忙碌了一夜。

罢工是中午以后开始的。

午饭后,就再没有一个工人下井。朋友社几十个人,手持大刀、长矛,站在井口。资本家闻讯赶来,指使矿警把为首的朋友社社员抓了起来。几百名矿工像潮水一样涌向井口,把矿警队团团围住,用石块猛砸,打伤好几个矿警。几个高个工人乘机冲上去,把被抓的工人兄弟抢了出来。

傍晚,所有在井下挖煤的矿工全都升到了地面。

罢工全面展开。

凌晨,附近厂区、村庄的工人、农民像赶庙会一样,三人一群,五人一伙,拿着长矛、大刀、锄头,沿途散着传单,涌向井口,为矿工兄弟助威。

中午时分,突然有人来报,矿门口来了两辆大卡车,车上都是穿军装的人。陈原道赶忙赶到矿门口,果然是国民党部队来了。

陈原道悄悄给老纪递了个眼色,老纪心领神会,立即带领群众山呼海啸般的怒吼起来:

"穷兄弟不打穷兄弟!"

"不给有钱人当炮灰!"

"我们为了要欠的工资!"

天上的闷雷已经整整响了一个上午了,浓墨一般的云越压越低,仿佛只要站在原地伸手轻轻一跃,就能摸到云端一般。一名当官模样的人从副驾位置伸出头,看看黑云压顶的天空,又看看群情激昂的人群,轻轻咕噜了几句什么,卡车调回头,扬长而去。

无论是得意的矿主,还是愤怒的群众,看到这一幕无不目瞪口呆:这演的是哪一出戏啊!

后来,老纪才得知,原来是党组织做了工作,部队很不情愿地回去了。

第三天上午,矿主安排人找到老纪求和,卑躬屈膝地说:"都是乡里乡亲的,别闹腾了,赶紧复工吧。你们有啥要求直接说,啥都好商量。"经过谈判,日工资由四角增加到了五角,罢工斗争初战告捷。

陈原道离开洛阳前,专门在煤矿开了一个现场会,老纪按照陈原道的要求,专门在会上介绍了把"朋友社""兄弟会""同盟会"等发展成赤色工会的经验。

谷子生来找陈原道告诉他方略到了郑州的时候,他刚刚从一家纱厂回来。

"子生,有事?"

谷子生认真地道:"是的,原道同志,有点事。"

陈原道打开门,将谷子生让到屋里,关上门。"说吧。"

"方略和郑宝忠同志到郑州来了。"

"这么巧?我正四处找他,他却自投罗网来了。"陈原道喜出望外地说:"这真是踏破铁鞋无觅处,得来全不费工夫。"

在洛阳时,有天夜间,陈原道在和谷子生分析地方武装力量时,谷子生灵机一动,脑海中一下子蹦出了方略。他向陈原道介绍说:方略是曾经助蒋(介石)反冯(玉祥),后又投冯(玉祥)反蒋(介石)的洛阳警备司令万选才手下的一名副团长,是一名有着多年党龄的中共地下党员，多年来，一直坚持不懈地潜伏在万部秘密地进行策反工作。

"事不宜迟，我们现在就去见他。"陈原道说着，立马站起了身。

谷子生笑了，"你看看现在是几点？你不睡觉人家不睡觉了？再说了，这个点，别说进兵营了，还没贴着营房的边呢就被当作奸细抓起来了。"

陈原道看看手表，已经是凌晨三点多了。

他不好意思地也笑了，自我解嘲道："睡吧，睡吧，就听你的，明天一早再说。"

谷子生说："哪还有明天？现在就已经是明天了。"

"说的一点儿不错，现在就已经是明天了。赶紧眯一会吧。"

天一亮，陈原道就爬起来了，催促谷子生道："赶紧起，咱们到万选才的部队去探探虚实。"

没曾想，扑了一个空：万选才的部队两个月前就移师保定了。

返回路上，陈原道一直郁郁寡欢，深以为憾。

哪曾想，落寞未尽，方略自己就送上门来了。

谷子生说："万选才的部队是昨儿到的郑州，方略同志今天就跑来与我们接洽关系，怕我们不相信，还专门持了一封顺直省委的介绍信。你看……"

"他们在哪儿了？"

"刚刚到，在我那儿坐着呢。"

"这个点了，方略同志肯定还没有吃饭，我请他们吃饭。"陈原道抬起头看了看天，"这样吧，你先带他们到桥头饭店去，我收拾下随后就到。"

谷子生点点头，去了。

陈原道和方略真是大有相见恨晚之势，一见面就聊上了。

方略告诉陈原道，兵营的党组织发展还算径情直遂，由原来的两人已经秘密发展到了25名共产党员，这些人中，有师部参谋、团副、连排长、教官、司书和士兵,还有"把兄弟会"等群众组织的人。

陈原道高兴地握着方略的手,"你的工作卓有成效,感谢你们。不过,不能骄傲,还得继续努力。我们的目标是做到整支队伍都变成我们共产党的。"

"我们是为了这个目标努力的。"

这顿饭,与其说是请吃饭,真不如说请聊天更恰如其分。从饭菜还没上就开始说,到离席了还在说。先是陈原道问,方略回答;说了一会儿,就变成了方略问,陈原道回答。往后就没有固定套路了,谁想起来什么谁就问,谁想起来什么谁就说。

倒是谷子生中间催促了几次,"先吃饭吧,瞧,都凉了。"

陈原道与方略相视一笑,仓促扒几口饭,没等吞咽下去,话匣子又打开了。

谷子生见劝也劝不住,干脆就不劝了,任他们说去吧。

与方略同来的郑宝忠却不能不管不问,他看天色越来越暗,担忧地说:"老方,我们该回去了,太晚了怕他们起疑心。"

一句话提醒了方略,他赶紧站起了身,"你看光顾着说了,连时间都忘了。"

"哪里是仅仅连时间都忘了,是连饭都忘记吃了。"谷子生说。

陈原道和方略都笑了。

"不吃了,下次一起吃吧。"方略主动跟陈原道握手。

陈原道攥着方略的手,语重心长地道:

"组织上非常理解你们的难处和苦处,但眼下的情况要求你们必须百折不挠地坚持下去。一方面,要取得国民党方面的信任,表面上忠心耿耿地替国民党办事,另一方面还要在险境下完成党组织交给的任务。希望你们忠心耿耿为党干事,坚决把自己的安危置之度外,用生命和智慧和敌人周旋,不辱使命,保家卫国。"一席话,说得方略和郑宝忠两位同志心潮澎湃,连连点头。陈原道又嘱咐道:"要扩大战果,首先要扩大队伍。不能总是一味地逞一己之勇,要大胆、谨慎和广泛地在进步士兵和下级军官中秘密发展共产党员,让更多的人来跟我们一起开展党的兵运工作。"

方略久久地握着陈原道的手,相见恨晚。"真是听君一席话,胜读十年书啊！ 跟原道同志说了这么多话,觉得心里敞亮多了。 请原道同志和省委放心,不论有多大的困难,我们都会把工作坚持不懈地开展下去。 不达胜利,决不罢休！"

陈原道握着方略的手,欲言又止。

"部长同志似乎有话要说,但讲无妨。"

陈原道踌躇了下,"方略同志,如果——我说的是如果,组织上将你调出来,有没有人能接手你的工作,策反工作会不会受到影响？"

方略一怔,立马说道:"我个人服从组织的一切决定,至于工作,先前都是与郑宝忠同志一起做的,没有问题,工作决不会受到任何影响。"

"好吧,我知道了。"

此时,一个大胆的布局已经在陈原道的脑海里初步形成。

一周后,方略离开万部就任省委士兵运动委员会书记。

方略的到来,让陈原道茅塞顿开。

方略一离开,陈原道就吩咐谷子生道:"子生,赶紧召集人,咱们要趁热打铁,运筹演谋,排兵布阵,想尽一切办法向冯玉祥第八方面军的樊钟秀部、国民党第十七路军的杨虎城部及有'倒戈将军'之称的石友三部渗透,建立中共地下组织,秘密开展兵运工作。"

工作开展起来以后,同志们忙,陈原道一样,一刻也不闲着。

陈原道先是和省军委书记邹均化装成万部军官跑到了郑州"西北军战地学校",以会老乡、见朋友的名义,把地下党员王超、陈立和徐淑等组织到一起,听取他们开展兵运工作情况的汇报,将其编为一个地下党支部。 陈原道谆谆告诫道:"在战乱兵灾的动荡岁月和白色恐怖的险恶环境里,党的兵运工作是在敌人眼皮底下活动,众目睽睽,非常艰险。你们要在党的领导下，争取士兵群众和下级军官，既大胆又谨慎，秘密发展党员，搜集军事情报，准备士兵暴动。"次日，又和方略跑到许昌樊钟秀的建国豫军军官学校会朋友，将该校教育长姚亮、会计姚达智、大队长张经武等编为一个地下党支部，指示他们积极开展兵运工作。陈原道还见了许昌、洛阳特支书记，听取了他们的工作汇报，商讨将许昌作为全省重点，特支改组为中心县委、洛阳特支改组为洛阳中心县委，把洛阳西厂和巩县兵工厂的党支部建设成河南党的中心支部。

"树勋同志就要调离我们河南了，原道同志听说了吗？"回郑州路上，省军委书记邹均小声问道。

"你说郭树勋？"陈原道一怔，"没听说，你知道的，我这段时间一直在外面。去哪儿？"

"为了把革命力量紧密结合成一个整体，进一步发展根据地，中央决定成立鄂豫皖特委，将湖北的黄安、麻城、孝感，河南的光山、固始、息县以及安徽的六安、寿县、颍上、合肥等县划为鄂豫皖边特别区，在湖北省委领导下，建立中共鄂豫皖边特委，树勋同志任特委书记，将活动于这一地区的红三十一、三十二、三十三师组建为中国工农红军第一军。"

"鄂豫皖特委、特苏的建立，是鄂豫皖边区革命斗争发展重要里程碑的决定啊。"陈原道由衷地赞叹道："从根据地发展来看，它使鄂豫边、豫东南、皖西三块根据地结成一个整体，在特委、特苏的统一领导下，整个鄂豫皖边区的革命斗争，能够更好地互相配合和支援，并利用有利地势和反动统治者之间的矛盾，逐步发展这块位于津浦路、平汉路、长江、淮河之间，以大别山山脉为中心的革命根据地。"陈原道想了想，又道："邹均同志，你自己回省委吧，我要到信阳去一趟。"

邹均愕然地望着他，"你又想起什么了？"

陈原道笑笑，"你先回吧。"

陈原道想起的是省立三师的事：三天前，三师党支部组织学生罢课，反动当局派大批军警到校，将学生会八名党员负责人全部逮捕，强迫学生上课。校长马德山身兼国民党信阳县党部训练部长，十分反动。

陈原道一到，立刻听取了信阳中心县委书记贾子玉的汇报。

陈原道沉吟了下："我们要针锋相对地予以反击，守株待兔，等国民党反动派自己觉醒是不现实的。我的意见是，立刻组织学生小分队，走向工厂、街头、商店和田间地头，向广大工人、农民、市民、军警人员揭露国民党的种种暴行，请求援助。如果大家没有意见，我们就于4月12号蒋介石反革命政变这日，在信阳车站和一些工厂门前举行游行示威。"

"我有一个想法，你们看这样好不好？"贾子玉显然是深思熟虑地说道："游行示威能否改在4月13日，因为，这天是礼拜日，便于学生、工人群众出来参加。另外，就是将'反对国民党'的口号改为'反对国民党县党部训练部长'，虽然就是几字之差，但这样一来，能有效消除大家心理上的一些不必要的顾虑，更有利于发动群众。"

陈原道当即表示赞同，"你考虑得很细致，我完全同意。"

4月13日。

这一天，是注定要写进信阳乃至整个河南革命斗争史的。

这一天，整个信阳都陷入了一种前所未有的狂热之中。

在陈原道亲自指导下，这天，信阳中心县委组织铁路工人二百多人、店员一百多人、信阳三师学生五百余人，其他各校学生三百余人，在火车站广场举行了声势浩大的集会。高高举起的条幅标语，随处可见的彩色传单，一浪高过一浪的振臂高喊，无不在传递着这样一个信息：这是一个充满了怀疑、躁动、喧嚣与焦虑的年代……

傍晚，国民党信阳县党部训练部长马德山垂头丧气地出现在广场上。夕阳打在他的脸上，他的脸显得惨白、呆滞、落寞和狰狞。

马德山无可奈何地答应：立刻释放被捕的八名学生会负责人。

这次政治示威，扩大了共产党的政治影响，激发了共产党员和群众的革命情绪,打击了统治当局的反动气焰。

贾子玉望着西天上的一抹斜阳,"我们胜利了!"

陈原道点点头,道:"历史大潮浩浩荡荡,汹涌东去,势不可当,即使拐了几道弯,但直泻东海的大势是任何人也改变不了的!"

那几位刚刚摆脱了欲加之罪的学生干部听说陈原道要急着赶赴郑州,纷纷跑来跟他道别。

陈原道一看就知道,这几个学生在里面肯定是受尽了百般折磨,一个个面黄肌瘦气竭形枯。

看着他们惊魂未定的样子,陈原道心疼地与他们一一握手,勉励道:"天雨虽宽,不润无根之草;佛法虽广,不度无缘之人。不是所有的挫败都是成全,在困顿或困境中,为自己建立一个之为折腰的精神坐标,才不枉苦难的磨砺。巴尔扎克说过:人类的智慧可以归结为一句话——希望与等待。真心希望你们,守住本心,积蓄力量,直到最后目标的达成!"

一席话,说的大家眉扬目展神飞气扬。

贾子玉握着陈原道的手,悄悄道:"别回去了,就在这儿带着我们干吧!"

陈原道望着贾子玉,戏谑道:"这事儿我做不了主,你得去问长荣同志。"

在信阳期间,因交通受阻,未能进入到豫东南苏区。他和中央巡视员张若臣召开了信阳中心县委会议和固始、潢川等四县工作委员会议,听取工作汇报,研究有关问题,交接组织关系,对今后工作作了重要指示。张若臣离开信阳时"将调查得到的材料详细地告诉原道","对于信阳工作路线,已经有决定,原道在那里必得督促执行。"陈原道不辞辛苦,对信阳各基层党支部和返郑途经的几个县,深入调查了解实际情况。他不仅看到了豫南革命形势日益发展的事实,而且发现了存在的严重问题。他向各级党组织传达了河南省委第一次全会和有关《通告》的精神,要求采取正确斗争的策略和工作方式,组织发动党员群众的革命活动，积极支持、配合红军和根据地的斗争。

通过巡视工作，深入了解各地的实际情况，加强了对工农群众的直接指导，进一步恢复和发展了各级党组织，有力地促进了各项工作的发展。到四月底，省委与各地直接发生关系与指导的有郑州、开封、洛阳、信阳、南阳、许昌、彰德、卫辉、焦作等九个中心县委和豫东特委及其下辖的一些县，全省党员有一千七百余人（不含豫东南和没联系上的县）。另外，万选才和杨虎城部队均成立中共军委。从二月到四月，陈原道"可以说完全在外面巡视指导工作"。

关于这一时期的工作，省委书记童长荣5月17日给中央的报告指出：原道常在外巡视，"省委巡视工作做得比较充分，开封巡视三次，豫西二次，豫北有专人巡视，西南已派曾昭示去巡视，豫东有专人巡。省委和各县委的关系已逐渐建立起来了，大多数党部能向省委作书面报告。"他还向中央提出："我在河南工作已经一年多了，认识我的人太多，我希望离开河南。原道对河南情况已很熟了，我走后，原道可负责，有在省委领导工作的能力。"

童长荣对省委和陈原道的工作成绩给予了充分肯定，对陈原道本人也表现出了高度信任。

陈原道一回到郑州，立刻躲进小楼，鸢肩鹄颈奋笔疾书，根据省委干部巡视的情况和各地党组织的工作情况，撰写上报党中央的《河南省委第一次报告》、《河南省委关于党组织现状给中央的报告》，分析了河南的政治经济形势和群众运动的状况，肯定了恢复和发展全省党、团组织的成绩，查找了省委工作中存在的不足。

革命的道路从来都不是一帆风顺的，时时伴随着矛盾、曲折和风险。

随着全国革命局势的好转，党内的"左"倾急性病又卷土重来——

一个阴雨绵绵的日子里，中共河南省委第二次全体会议在郑州召开。会议讨论了中共中央第七十号通告《目前政治形势与党的中心策略》。该通告认为"一省或几省首先胜利的前途，特别是武汉及其邻近的省区表现着更多的可能"；党最迫切的任务是："促进和准备武装暴动直接革命形势的到来"，"要变军阀战争为国内阶级战争，推翻国民党统治，建立苏维埃政权"，要求各级党组织"集中力量积极进攻"，组织罢工、地方暴动和组织兵变。

在这种"左"倾思想的影响下，童长荣亲自起草的《河南省政治决议案》全盘接受了中央《通告》的精神，并得到省委二次全委会的通过。

陈原道忧心忡忡。他看着窗外那场越下越大的雷阵雨，忽然长长地叹了一口气，像似怕冷一样，陈原道伸出手抱紧了自己。

童长荣若无其事地横了他一眼，"原道同志是不是又有话要说？"

"是，我是有话要说。"陈原道点点头，深思熟虑地说："我以为，长荣同志提出的平汉、陇海两条铁路和各中心城市产业工人同盟政治罢工条件之成熟，全省各地农民不断的斗争、兵士不断的兵变，是过高地估计革命形势，是言过其实。"

陈原道将由他起草的《河南省委组织问题决议案》一一分发给与会人员。在这份《组织问题决议案》中，陈原道实事求是地指出了革命发展中组织问题的重要性，肯定了河南党组织上的进步，又具体切实地找出组织工作中的严重缺点。他从河南实际出发，提出了加紧发展工农分子入党，吸收新干部，加强党的政治思想教育，发展各种群众组织，建立健全组织生活，组织群众武装等十四条正确的意见。

陈原道又拿出他和邹均、方略起草的《河南省委士兵运动决议案》，他和徐兰芝起草的《河南省职工运动决议案》。这两份《决议案》正确地分析了形势，如实地指出了河南兵运、工运的成绩和存在的问题及开展工人运动的九项任务和措施。陈原道自始至终都没提"革命高潮就要到来""河南几十县的胜利就在目前"之类的"左"的口号。

童长荣的脸在陈原道滔滔不绝地侃侃而谈时已经变得铁青，待大家为陈原道的这三份《决议案》一致叫好时，他的脸就更难看了。但他始终没有说话。

他的眼睛一直盯着窗外那场越下越大的雨。

这天，省委全会还通过陈原道提出的将全省各地党组织重新布局的方案，即划分为11个中心县委，即郑州、洛阳、开封、归德（今商丘）、许昌、信阳、南阳、潢川、彰德（今安阳）、卫辉（今新乡）、焦作，每个中心县下辖若干县。

5月1日到6月7日，童长荣到上海向中央汇报工作，陈原道主持河南省委全面工作。此间，陈原道从河南的具体情况出发，以省委名义起草并先后发出了13封给各地的指示信和3份通告，其中有一些"左"的口号，但对"左"的错误又有一定程度的抵制。他通知各地党组织负责人到郑州，听取工作情况汇报，进行认真讨论和具体布置，给予亲自指导；或者派出省委巡视员到各地帮助工作，加强指导。对于地方暴动或游击战争，省委内有人认为"条件已经成熟了，要马上举行"，陈原道明确指出"决不能无条件地乱动，只有在条件渐渐成熟后，游击战争才易于发动而不至一时失败。"在《关于麦收斗争的路线和策略的通告》中，陈原道指示各地根据自己的情况，提出符合实际的口号。如在革命基础较强的豫南、豫中等地区是由武装抗租而变为游击战争；在革命力量较弱的豫北、豫东地区是以减租抗租而扩大农民组织。在策略方面，"麦收时节，要以不还债、不交租为中心口号"，"麦收斗争要与春荒斗争联系起来"，"提出分粮或借粮以鼓动斗争"。但陈原道并没有把这个《关于麦收斗争的路线和策略的通告》当做不可变更的教条，而是要求"各级党部、团部，接此通告后，要具体讨论本地发动麦收斗争的计划，定出具体口号，公开去组织群众，夺取麦收斗争的胜利"。在《省委拥护苏维埃和"五卅"工作的布置》中，陈原道明确提出"要抓住拥护苏维埃与扩大红军工作"，搞好宣传，组织九个中心县的党员群众代表到豫东南参观慰问。

陈原道和各地党组织认真总结工作的失误和教训，继续努力整顿、恢复、发展党的组织和群众组织，处理那些被捕入狱或牺牲的同志们的有关事宜。同时，在省委内坚持自己从斗争实践和教训中得来的正确意见，努力团结大多数干部，切实搞好党的工作。

兵临城下的危险仿佛是突然之间从地下蹦上来的。

陈原道从许昌返回，距省委机关还有几十米的路上就感觉到有点儿不太对劲儿。门前什么时候平添了这么多莫名其妙的摊点和莫名其妙的人？这里既不是繁华街道，也不是市民集中居住区，一天满打满算也就进出个二三十人，设一个摊点都难以维持生计，一下子冒出这么多，没理由啊！

陈原道装作漫不经心地一个摊点一个摊点地转着、瞧着，没走几步就发现了问题：这根本就不是老百姓挣钱摊点，一个一个全是穿着商贩外衣的的敌人的眼线！

不好，省委机关这个联结着全省各级党组织和全体共产党员的大联络点暴露了！

陈原道当机立断安排谷子生到前面的路口去阻拦不明就里前来省委接头的同志，而他自己则毫不犹豫地从后门钻了进去。

此时，刚刚从上海返回的童长荣还毫不知情。

"长荣同志，我们省委机关已被敌侦探监视了，不能再用了，必须立刻转移。"

"转移？转移到哪里？"

陈原道没料到童长荣会这样问，一时间怔住了，想了想，说："为保证万无一失，我的意见是迁到开封去。"

"危言耸听了吧？我怎么没感觉到？"

陈原道拉着童长荣的手，走到窗前，"你想想，总共才十几米长的一条巷子，竟然摆了三个馄饨摊，五家包子铺，还有其他小吃。这条巷子每天通过多少人，他们卖给谁？这些摊点为何以前没有，突然之间密集而来？你再看看那一个个做生意的人，看他们的装束、神情、眼睛，哪一点像那些为生计发愁的小商小贩？"陈原道一脸严峻，说：

"长荣同志,郑州大军云集,侦探遍布,白色恐怖严重。革命斗争愈益发展,统治阶级镇压革命的阴谋手段也会更加严厉,不能掉以轻心啊!"

"那也不要怕,斗争就是了。"童长荣仍不以为然:"只有逃避主义才会害怕,要跑到开封去。"

"正好长荣同志和原道同志都在,我刚刚通过内线打听了,我们省委办公地点已经暴露了。"二人正说着,谷子生慌慌张张跑了进来,说:"他们最先发现的是兰芝同志,顺着他发现了长荣同志,随后又发现了原道同志。省委好多领导同志都上了他们的黑名单。之所以迟迟没有动手,是想等待时机,企图将我们一网打尽。长荣同志,我们已经四面楚歌了。"

童长荣似有所动:"只能这么办吗?"

陈原道斩钉截铁道:"十万火急,必须痛下决心了!"

"好,就这么办!"童长荣毅然决然道。

陈原道与童长荣握手言别:"你们现在就走,到开封后赶紧选择地方,同时想方设法通知中央和各地组织。我和子生同志负责收拾这里的尾巴。这里工作做完,我们还要再去一趟许昌,然后就去开封找你们。"陈原道想了想,又道:"开封也不是世外桃源,据说整个郑州的便衣侦探只有四五百人,而一个开封就多达七八百人,长荣同志到那里一定要小心再小心!"

童长荣又笑了:"这就不需要交代了吧,我不是小孩子!"

陈原道没想到,童长荣在开封立足刚稳,他人还在许昌,童长荣就迫不及待地召开了省委扩大会议,传达实际主持中央工作的李立三提出的一系列"左"倾冒险主义的观点和主张。同时,对他前阶段主持省委工作时没有发动一些中心城市的同盟罢工和农村暴动及兵变,"犯了严重的右倾错误","把持了右倾的省委"的行为进行了严厉的指责。

陈原道还在许昌就听说了会议精神,一回省委,就主动地去找童长荣交换意见。

看见陈原道进来，童长荣坐着没动。脸色阴沉地说："你想说什么，我都清楚。你说吧。"童长荣的眼睛里充满了挑衅。

陈原道仰头吐了一口气，在童长荣对面坐下，"那我就开门见山了。"

陈原道一张口就直言不讳地批评童长荣过高地估计了河南的革命形势，认为只要客观形势好了，一切都不成问题，主观力量也不成问题，无同志也可以立即发动同盟罢工。这是非常错误的。陈原道苦口婆心地说："长荣同志，我们要科学地估量革命形势，要坚持从河南的实际情况出发。革命的发展是不平衡的，全国的革命发展不平衡，就是一个省内不同地区的发展也是不平衡的。咱们河南省在这个时期只有鄂豫皖苏区的豫东南属于小块红色区域。在这广大的白色区域中，党的组织及其所领导的工农运动有较大恢复和发展，但整个说来还是十分薄弱的，全省党员仅有一千七百余人，团员近千人，其中工人成分尚不到十分之一，政治教育又差，组织系统也多不健全，工农群众和士兵暴动的条件还相当不成熟。我们不能忽视革命需要主观组织力量的充分准备，不能脱离实际，脱离群众。"

"你说完了吗？"趁着陈原道喘息的空当，童长荣皱着眉插话道。

陈原道实话实说："还没有。"

童长荣站起身，拉开门，手把门闩，"说完没说完都到这里了，我还有很多事情要做，没时间在这里听你纸上谈兵。"说完，轻轻地拉开门走了出去，反身又把门带上。

陈原道叹了一口气，无力地闭上了眼睛。

成立省暴动行动委员会的消息决定犹如一缕春风，让已经许久未能品尝到胜利滋味的童长荣倍感兴奋，喜悦之情久久难以平复——

党中央决定将各省党、团省委及工会组织合并组成领导全省暴动的省行动委员会。整个中国都在闻风而动，河南当然不例外。

河南省行动委员会由童长荣任书记，陈原道等为执行委员。

"同志们：中国革命的形势，正在突飞猛进地向前发展，已经显然表示着到了历史上伟大事变的前夜。中国革命当前的任务，已经显然是推翻统治阶级与建立苏维埃政府，这使得中国共产党的任务也更加重大。在目前形势之下，不仅要有健全的党的领导机关，还要有全党同志的动员，自上至下的总动员。整个党的组织需要军事化，要更集中与严密的指导。"成立大会上，童长荣意气风发地说："中国革命正遇着整个帝国主义之政治经济的大恐慌，军阀统治之急剧的崩溃，阶级斗争之极端的尖锐化，土地革命的深入与发展，苏维埃区域的扩大和中国工农红军之迅速的发展，这些条件决定了中国革命与我们党的任务——全国武装暴动。正因为如此，所以在今天伟大政治罢工还没有爆发的时候，我们便需要积极地准备武装暴动。不仅在政治上要准备，并且要在组织上、技术上准备。若是现在不知道预先准备，一定要到总政治罢工实现以后再去准备，那么，我们便会完全丧失对革命的领导。准备暴动马上便要积极地进行，要以准备武装暴动为动员群众的中心口号，不然，伟大事变的到来，将使我们措手不及。"

童长荣的脸微微上扬着，眼睛始终凝视着屋角的一张漏洞百出的蛛网，已经说完好久了，还依然保持着说话时的姿势。

童长荣似乎被自己预想的革命形势陶醉了。

"我不同意长荣同志用'左'倾冒险主义路线来布置全省的革命斗争。"陈原道旗帜鲜明，毫不隐瞒自己的观点，"1915年，列宁在批驳考茨基所谓的马克思主义'制造出一个革命，实行社会主义'的谬论时就曾指出：革命是不能制造出来的，革命是从客观上（即不以政党和阶级的意志为转移）已经成熟了的危机和历史转折中发展起来的。当前，河南全省的革命形势才是刚刚开始复兴，远没有达到成熟的复兴时期。党的路线不应该是进攻路线，也不应该是取消派所主张的退守路线，而是准备进攻。如果严重脱离群众，脱离实际，一味盲动，其结果必然导致党的组织和群众斗争被破坏无余，招致革命的失败。"

童长荣毫不示弱,"对我们共产党来说,冒进一点儿并不可怕,可怕的是党内右倾机会主义。党必须集中火力去对付右倾危险。比如陈原道同志吧,一贯否认中国革命的新的高涨,否认积极准备武装暴动和组织革命战争的路线。同志们,我们要要清醒啊,警惕啊,全党同志必须坚决实行党内两条战线的斗争,加紧反对右倾和加强右倾立场的'左'倾,集中火力对付右倾的主要危险。"

"长荣同志先不要扣帽子。"陈原道据理力争:"列宁同志说过,除了革命客观条件具备,还要加上革命阶级的主观努力,才能掀起革命。但这种主观努力不仅仅是来自先锋队,还包括整个革命阶级,以至于革命群众的。中国革命形势发展不平衡,是中国革命的普遍特点,也是弱点。目前,按照列宁提出的革命高潮发生应具备的三个基本条件,河南均不具备。河南农民生活极其惨苦,而他们的斗争却处于抗款斗争的低级自发阶段,尚未上升到土地革命和建立政权的自觉斗争的高度。斗争的领导权,大多还在富农和豪绅的手中,农民斗争的浪潮远没有和工人运动汇合成一股强大的政治力量,所以革命高潮的形势并没有到来。同时,从全省范围来看,我们的党团力量相当薄弱,人数不足一千,而且组织涣散;我们的基本依靠力量工人不过二百,士兵仅五六百,农民两千。在这种形势下,我党在河南斗争的总策略只能是首先健全发展党团组织,形成坚强的领导核心,同时要特别注意农民问题,结合经济斗争,以切身利益推动农民运动的蓬勃发展,并使之和工人运动汇合起来,进行更有力的政治斗争,为促进革命高潮的到来准备必要的条件。还有——"

"好了,你不要再说了!"

陈原道话还没有说完,就被童长荣给打断了。

童长荣根本就不给他说话的机会。

童长荣变了,变得自负,变得疯狂。

"我们已经到了历史上之大转变的前夜,到了中国革命之最紧张的关头。我们必要使全党的同志都认清目前这一政治形势,认清党的任务的重大,将全党同志都动员起来,在一致的战斗的精神之下,领导伟大的中国革命。"

然而,这场"伟大的中国革命"被一件意想不到的事情给耽搁了——

由于开封白色恐怖极为严重,省军委机关的情报网在一天时间里遭到了严重的破坏,反动派们挖地三尺地满城大搜捕。那些天里,不分白天黑夜,不知哪会儿就会有枪声响起,不是有人被国民党行刑队枪毙,就是有人被便衣特务暗杀。闹腾得人心惶惶。

省委机关被迫回迁郑州。

腥风血雨,丝毫没有浇灭童长荣的革命狂热。

在动荡和不安中,童长荣亲自起草的《接受中央6月11日政治决议案的决议》出台,确定了"武装暴动,争取河南全省与武汉配合的首先胜利的总路线":"三个人也要示威,一个同志没有的地方也要派人去立即组织暴动。只要一暴动起来,就能号召起广大士兵群众,使冯(玉祥)军倒台"。

陈原道当即就发表了不同意见:"长荣同志,这样做不行的,什么叫'三个人也要示威,一个同志没有的地方也要派人去立即组织暴动'?这是拿革命当儿戏啊!"

童长荣面无表情地说道:"是不是儿戏,不试怎么能知道?"

"等到木已成舟,就晚了三秋了!"

"你为什么总把革命看得这么悲观、这么消极呢?"

"问得好,我也正要问你呢,你的自信是从哪儿来的?谁给你的自信?"

"你是不会想到的。"童长荣发出一声冷笑:"我的自信来自于对党的忠诚。忠诚,你懂吗?"

"忠诚?"陈原道笑了。

忠诚真是一个有趣的字眼,谁抢到了这个制高点,就可以肆无忌惮地去压制不同的意见,打别人的棍子,扣别人的帽子。由此可见,它对一切想在思想领域里巧取豪夺的狂妄者们有着莫大的诱惑力。

陈原道脸上的笑容消失了。"我不怀疑你对党忠诚,但我要对你说的是,忠诚不是狂信,也不是不理智!"

童长荣愤怒了,"陈原道同志,你的表现让我很失望,非常非常失望。你对革命的这种态度,这种热情,我不能放心的把党的事业交到你的手里。还有,说你这个富农奸细对党忠诚,我表示十分怀疑!"

陈原道像胸口被重重地击了一拳,脸色一下子变得苍白。他一动不动地呆坐在座位上,他没有发现童长荣和与会的同志是何时离去的,也没有发觉自己那些凝结在脸颊上的泪痕。

夜幕降临的时候,陈原道对着空荡荡的屋子仰天长啸:

"童长荣,我对党的忠诚日月可鉴!"

桐柏起义,陈原道是三天以后才听说的——

桐柏县位于河南省南部,南阳盆地东源,桐柏山腹地,豫鄂交界处,素有"宛东咽喉"、"信西屏障"之称。桐柏县委下辖两个区委,有党员不足百人。按省行动委员会计划,起义分三步进行:第一步夺取县公安局的武装,占领县城;第二步里应外合打下金桥镇;第三步将起义部队开赴西区鸿仪河一带,汇入中国工农红军。

第一步非常顺利。起义当晚天突然下起了雨,百余名党员和积极分子在"推翻桐柏旧政权,建立由老百姓当家作主的新政权"的精神指引下,兵分三路,与桐柏县警察局里的地下党员里应外合,顺利进入了毫无防备的警察局和保安大队的驻地,夺取长短枪123支,俘虏敌警察二十多人。与此同时,负责外围的地下武装还收缴了部分地主豪绅的散枪。

遗憾的是,起义人员没能做到除恶务尽。桐柏县长、反动武装头子、警察局长趁着混乱之机藏匿了起来,起义人员没有一追到底,只是草草地打扫了下战场,便匆匆忙忙向金桥镇进军了。

金桥镇是个土围子,周围耸立有七八个炮楼,易守难攻。

按照原来计划,起义部队一到,里边的同志就占领炮楼,内外夹攻,占领金桥镇。但是,当起义部队攻打金桥镇时,里面的同志不知是何原因,迟迟没有行动起来,攻镇受挫。

那天夜里,天空的闪电,像一把利剑,从云间一路奔下,直劈到天的边缘,铜钱大的雨点像天塌了似的铺天盖地从天空中倾泻而下,地上水流成河。

退守在金桥镇夏家祠堂里准备伺机再动的起义人员,眼看着雨越来越大,越来越急,越来越斜,一个个刀枪入库,酣然大睡。

陈原道就是在这时听说了桐柏起义之事。

陈原道立刻启程从开封赶到郑州,紧急约见童长荣。

"长荣同志,听说桐柏起义计划实施受挫,要赶紧停下来。"

童长荣的目光在那一瞬间一下子变得锐利,直视着陈原道:"停?怎么停?箭在弦上,已经是不得不发了。再说了,我们河南也需要有声势浩大的暴动。"

"几十人困在一间祠堂里,太危险了!"

"这是在卧薪尝胆积蓄力量,怎么能叫做困在祠堂里呢?"

"如果走漏风声怎么办,你想到后果了吗?"

"如果都像你一样畏首畏尾瞻前顾后,那我们就不要干革命了!"

"我想的是同志们的安全。"

"你最应该想的是你的身份,等你做了河南省委的一把手再来这样跟我说话吧。"童长荣板起脸,毫不客气地下了逐客令,"请回吧,我还有事。没时间跟你进行这些无谓的争论。"

陈原道饭也没吃就步伐踉跄地回到了住处。他拉起窗帘,直挺挺地躺在床上,睁大眼睛,出神地望着黑乎乎的屋脊。

不知为何,他总有一种不祥之感。

不幸的是,这个不祥的预感被不幸地验证了——

在这个雨流如柱的夜里,桐柏县地主武装头子方振东纠合全县反动武装一百多人，向夏家祠堂发动了疯狂反扑。起义部队在没有察觉的情况下被敌人合围，仓促应战中，三十多名同志壮烈牺牲。桐柏县委委员桂仲锦已经冲出了敌人的包围圈，又返回援救其他同志，不幸中弹负伤，被敌人逮捕。

方振东用枪指着桂仲锦，说：

"桂委员，一向安好啊，你说做人是不是有因果报应？昨夜，你带人端了我的老窝，幸有老天爷保佑，我方某人有惊无险。今夜你又被我端了老窝，你就没有我的幸运了。我来给你补一枪，送你去极乐世界吧。"

方振东手一抬，桂仲锦应声倒下。

当陈原道听到起义失败，三十多人因之牺牲时，一下子，就像被抽干了血一样，无力地倒在了床上，蜷紧了身体。

天一亮，一脸倦容的陈原道就悲愤交加地走进了童长荣的办公室，他的两只眼睛里，纵横交错地布满着血丝。

"暴动失败了吧？几十条鲜活的生命就这么无辜地牺牲了，你满意了吧？"

童长荣揉着太阳穴，脸上毫无惊慌之色："革命者马革裹尸，他们永远活在我们心中。"

"你说得就这么轻巧？"

"这没什么值得大惊小怪的。死人的事情，是经常发生的。要奋斗，就会有牺牲。"听到陈原道的指责，童长荣睁开眼，冷冷地瞥了陈原道一眼："要想避免流血，避免牺牲，妙计不是没有，有。那就是像乌龟一样，缩着头躲在家里，啥也不做。可那还要我们共产党人干什么？"

"我们不是怕牺牲，我们是要避免那些无谓的牺牲。如果不是我们的轻举盲动，这几十条生命会这么轻易地就丧失吗？我说句话，你也许不爱听，从某种意义上说，恰恰是我们的冒险主义害了他们，让他们做了中国革命的替死鬼。"

"陈原道,我再次警告你,你这种论调是很危险的!"童长荣拍案而起:"正如你会为你的这种论调付出代价一样,做任何事情,都会有代价,比起我们要争得的新中国来讲,这几十条生命又算得了什么?"

"你说什么? 几十条生命算得了什么?"一丝寒意直钻脑门,他一下子就睁大了布满血丝的眼睛。"是的,确确实实,在史家的笔下,在将军的眼里,包括在你童长荣书记的嘴里,这几十条生命,也许,只是冰冷冷的数字,小到可以忽略不计。 但对于失去他们的亲人来说,那却是一切!"

"陈原道同志,请你不要再拿那些骇人听闻的词句来故作惊人之语好吗? 你怎么就不能变得务实一点儿呢?"

面对由中央到省行委汹涌而来的"左"倾错误主张,陈原道表现出一个地方党的负责人政治上和思想上的成熟和清醒。 一方面,他必须在组织上服从中央的决定;另一方面,他还要忍辱负重,顾全大局,以党和人民的利益为出发点,不辞艰险,风尘仆仆地到各地巡视指导工作,在实际工作中尽量减少革命事业的损失,尽可能地避免和纠正"左"的错误。

由于"左"倾冒险主义路线在河南的贯彻执行,使得河南刚刚集聚起来的革命力量遭到很大损失,工农群众的斗争情绪低落下来,党在河南的地方组织受到不同程度的破坏。 9月中旬,开封陇海铁厂反动厂长勾结军队镇压工人,逮捕工人领袖凌必应和全国铁路总工会视察员周启敦等。 接着,省行动委员会书记童长荣等也在郑州被捕入狱。 陈原道虽被敌侦探监视,但毫不畏惧,镇定自若,一方面机智甩掉敌人,巧妙地隐藏;另一方面继续坚持工作,并组织营救童长荣等同志出狱。

此间,省委机关再迁开封。

雪上加霜的是,由于陈原道坚持对"左"倾错误进行抵制和斗争,中共中央北方局对他作出了"一贯右倾机会主义""小组织活动"以及

"富农奸细"的定论,并取消了他在河南省委的工作。 接着,中央下达了"告全党同志书",宣布给陈原道以留党察看三个月的处分,言之凿凿指责陈原道是"破坏党的无原则的派别"。

在这沉重的压力下,陈原道虽忧心如焚,但没有消极,始终坚信真理能够战胜谬论。 先是奋笔疾书写就了《陈原道关于河南形势及党内倾向与反倾向斗争问题给中央的报告》,全面报告了河南省委工作情况,实事求是地总结了工作成绩及经验教训。

随后陈原道又写就了《河南工作中的立三路线》(刊登在当年12月21日出版的中央机关刊物《实话》第五期上),此文从理论与实际的结合上,全面清算了河南工作中的立三路线错误,正确地指出了立三路线的执行者对河南革命形势的分析和对河南工作的部署,是"盲目主义与机会主义"。

陈原道又写了《关于河南路线争论问题给中央政治局并转共产国际的一封信》,就河南问题,实际上是中国革命的一系列根本问题,阐明自己的观点。 他在信中尖锐地指出:河南省委主要负责人首先在认识形势、制定政策和建党原则上,严重脱离实际、脱离群众,犯了"左"倾盲目主义错误,其结果必然要导致党的组织和群众斗争被破坏无遗,招致革命的失败。 他着重指出:中国革命形势发展不平衡,是中国革命的特点也是弱点。 目前,按照列宁指出的革命高潮发生应具备的三个基本条件,河南均不具备。 离开这些基本条件,只能是"唯心主义分析",脱离河南的实际,自然导致"极端错误的估计与应用"。 他还就土地革命和无产阶级如何领导农民问题,就革命失败后中国革命的经验教训阐述了自己的意见。

陈原道的这封信,是一篇重要的马克思主义文献,也是对当时的河南革命斗争的科学总结。 他在信里提出的几个重大理论观点是相当精彩和深刻的。 半殖民地半封建的中国,农民占绝大多数,无产阶级领导农民革命并不是追求工人成分的领导,而是要用马列主义的建党思想和正确理论去武装那些绝大多数来自农民的党员,这是毛泽东在古田会议决议中所阐明的建党理论,是毛泽东在艰苦的革命斗争中为中国民主革命所寻找到的被历史证明是正确的道路。读陈原道信中的上述论述,可以说,他在这些重大问题上和毛泽东的思路是一脉相承的。须知,此时还是1930年底,毛泽东还转战在江西、福建的中央革命根据地中,还在遭到"左"倾错误的批评和打击,他的许多正确思想还未被全党所接受。

所以,数十年后,陈原道狱中难友、老一辈无产阶级革命家薄一波,谈起这段经历,仍还禁不住由衷称赞。薄一波说:"在当时的情况下,原道同志能够提出这些意见,应该说具有相当高的马列主义理论水平,他对中国革命的斗争实践及其发展规律的分析是正确的。"

"哎,你怎么突然来了?"

当刘亚雄突然出现在陈原道面前时,他一下子怔住了,大喜过望道。

"怎么,我不能来吗?"刘亚雄看着他,"你要是不欢迎,我可以立刻就走啊。"

"不是,不是,你别多心,我只是有点儿喜出望外。"陈原道赶忙解释,"怎可能想到你会专程来看我。"

"谁专程来看你啊?我只是取道郑州,组织上安排我到陕西省委联系工作呢。"刘亚雄笑了,说:"临行前,周恩来同志专门交代我,一定要到河南来看看你。"

陈原道这才想起,刘亚雄早已不在江苏省委宣传部了,眼下就在中共中央组织部部长周恩来手下工作。

"请转达我对周恩来同志的谢意,真没有想到,周恩来部长工作这么忙,还牵挂着我的事。"

刘亚雄点点头,用一种宁静的目光看着陈原道,"周恩来部长嘱咐你,黑云压城只是暂时的,党一定会拨开迷雾驱散乌云的。他希望你不论到什么时候,都要站稳立场,明辨是非,始终保持清醒的头脑,战胜困难，经受考验，始终走在时代的前列。"

"水到绝处是风景，人到绝处是重生。请恩来同志放心。马克思说过：如果我们选择了最能为人类福利而劳动的职业，那么，重担就不能把我们压倒，因为这是为大家而献身；那时我们所感到的就不是可怜的、有限的、自私的乐趣，我们的幸福将属于千百万人，我们的事业将默默地但是永恒发挥作用地存在下去，而面对我们的骨灰，高尚的人们将洒下热泪。"

"大丈夫得其时则驾，不得其时则蓬累而行。你能这样想，周恩来部长就放心了。"

刘亚雄与陈原道并肩而行，边走边说。

"人生不如意事十常八九，遇到事情就要学会调适自己。生命已经够苦了，我们再把不如意事总和起来，一定会使我们举步维艰。"这时，两人恰好走到一棵草木葱茏的老树下面。刘亚雄刹住脚步，指着盘虬卧龙的树干，说："你看这树木，冬天到了，叶子都落尽了。看上去，一点儿生命力都没有了。那么破败、那么凋零、那么丑陋。可是，你想到了吗？等春风又起，所有枯枝都会重新绽出新芽。那时，鲜花绿林又会围绕着我们。这个世界还是美丽的。只要你用心期盼来春的降临，就完全能够忽略冬天的寒冷，太阳也自然而然会照进你的心里。一个人，有什么样的精神状态，就会产生什么样的生活现实。"

陈原道目瞪口呆地望着刘亚雄，"这真是士别三日当刮目相看啊，你什么时候变成了哲学家了？"

刘亚雄莞尔一笑，"这不能告诉你！"

1930年10月，奉中共中央指示，曾带着满腔的期盼和热情来河南工作的陈原道，带着一颗伤痕累累的心转战河北。

第四章
顺直曲折

对今人来讲,"顺直",可谓是一个久违了的词语了。

"顺直"是一个地理名称,大致相当于今天的河北和天津、北京一省两市的区域。由于清时顺天府、直隶省均设立于此,所以,人们常用"顺直"来称呼这一地区。

上世纪二十年代末,中共中央曾于此建立"顺直省委"。

顺直省委是中共中央在北方建立的第一个省级机构。其重要任务是,贯彻党中央的决议,整顿党组织,恢复与各地党组织的联系,指导各地工作。然而,顺直省委的成长并非顺风顺水，和全国大多数党的工作机构一样，顺直省委自成立之日起就命运多舛——

1927年4月，北方奉系军阀在北京逮捕并杀害了李大钊等20名共产党员，疯狂镇压中国共产党及其领导的革命活动，中共北方区委遭受严重破坏。据统计，从1926年11月至1928年1月，仅中共天津地方党组织就连续九次遭到破坏，一百多人被捕，二十多名共产党员和革命志士惨遭屠杀。

1927年6月，为了继续领导北方党的工作，中共顺（天）直（隶）临时省委在天津秘密组建。8月1日，中共顺直省委在天津正式成立。顺直省委是中共中央在北方建立的第一个省级机构，其工作范围不仅包括北京、天津、河北，还增加了山西、陕西、绥远、察哈尔、东北三省以及河南北部和山东西部等地区。

1928年上半年，在中国革命处于低潮的大环境下，北方党组织和革命工作也遭受到了严重挫折，加之曾任中共顺直省委员会书记的彭述之等人的右倾机会主义错误，北方党的工作一度处于停滞状态。八七会议后，中共中央派王荷波、蔡和森等来天津，建立了以王荷波为书记的中共中央北方局。9月22日，根据党中央的指示精神，蔡和森主持召开了顺直省委改组会议。这次会议深入批判了省委特别是彭述之的机会主义错误，选举产生了新的省委领导机构，确定了实行土地革命、打倒新旧军阀、建立红色政权的北方工作方针。改组会议使顺直党的右倾错误得到了纠正，但同时也把八七会议上出现的"左"倾错误情绪带到了北方，导致顺直党内在思想、政治、组织上依然陷于严重混乱状态。

为迅速扭转这一局面，中共中央指定陈潭秋、刘少奇等人为中央特派员，赴津具体执行顺直省委的改造任务。1928年7月22日至23日，在陈潭秋、刘少奇主持下，顺直省委举行扩大会议。这次会议重新制定了党的政治任务及工作方针，在一定程度上纠正了顺直党组织历史上特别是一月改组以来的错误倾向。

党的六大以后，中央政治局召开会议，决定派政治局常委、中央组织部部长周恩来到顺直巡视，传达六大会议精神，解决顺直党内存在的问题。1928年12月11日，周恩来化装成商人，从上海乘轮船来到天津。周恩来到津后，听取了省委主要领导人的汇报，参加了区委和支部的会议，接见了各地党组织的负责人，广泛听取了大家的意见，做了很多深入细致的工作。12月下旬，中共顺直省委在天津法租界张庄大桥附近大吉里（现天津国际商场）召开省委扩大会议。参加会议的有天津等地党组织的代表、省委常委及在北方工作的六大代表共43人。会议由刘少奇、陈潭秋主持，周恩来在会上作了题为《当前形势和北方党的任务》的政治报告，传达了六大会议精神，阐明了中国革命的动力、对象、前途等一系列问题，提出"积蓄力量，以待时机，争取群众，开展斗争，迎接革命新的高潮"的方针。报告对于顺直党内的矛盾作了历史的和实事求是的分析，指出了产生矛盾的根源和正确解决的办法，指明了改造顺直省委的正确途径。在为期四天的会议期间，周恩来用了三个半天的时间在会上讲话和解答问题，陈潭秋、刘少奇也分别做了报告。会议改选了新的省委常委，由韩连会任书记、陈潭秋任宣传部长、柳直荀任省委秘书长，成立了职工、农民、军事、妇女四个工作委员会，从而为北方党组织建立了一个健全的领导中枢。

为进一步加强党在北方的领导力量，发展北方革命形势，周恩来返回上海后，中央又先后从上海调毛泽民、胡锡奎，从山西调张友渔、薄一波，从陕西调刘天章等人来到天津，从事报刊出版、宣传、工运、特科等工作。此时的天津，已经成为我党领导北方革命运动的重要基地。顺直省委还决定不再设立天津市委，由省委直接领导天津党的工作，由傅茂公（彭真）等人组成天津工作办事处，具体负责指导天津各区委的工作。由于领导力量的加强，使党在天津的工作迅速恢复与发展，天津党的组织进一步扩大，至1929年4月，天津地方党组织已发展到了三个区委、十四个基层党支部，党员数量达一百二十余人。

顺直省委扩大会议是党的历史上的一次重要会议，党的六届二中全会对这次会议给予了高度评价。这次会议比较彻底地解决了大革命失败后顺直党内的矛盾和问题，使顺直党内澄清了思想，化解了矛盾，纠正了错误，实现了党的组织的巩固和发展，堪称加强党的自身建设、正确开展党内斗争的典范，是党在北方和天津开展国民党统治区斗争的里程碑。

前进的征途从来就不是一马平川。正如毛泽东所说：革命的道路从来不是一帆风顺的，是在曲折中前进的。党的六届四中全会后，中国共产党内再次出现了严重的混乱和分裂的局面。

危难之际，陈原道受命来到"顺直省委"。

此时，"顺直省委"已改称"河北省委"。

——1931年1月7日，中国共产党扩大的六届四中全会在中央特科所在地——上海武定路修德坊6号（今武定路930弄14号）秘密召开。参加会议的有中央总书记向忠发、中央军事部部长周恩来、中央宣传部部长瞿秋白、中华全国海员总工会党团书记兼主席陈郁以及罗章龙等22名中央委员和中央候补委员。中华全国总工会党团、共青团中央、"苏准会"及白区党组织代表陈绍禹（王明，中共江南省委书记）、秦邦宪（博古，共青团中央宣传部长）、何孟雄（中共江南省委委员）、陈原道等15人列席了会议。

这次会议是由共产国际东方部部长米夫一手策划和操纵的。米夫为了将得意门生王明等"左"倾教条主义者送进中共领导核心，在会前精心挑选了会议代表，对有可能反对王明上台者直接就不通知与会，致使参加会议的正式代表连法定人数都不到。

唐宏经是东北早期工人运动领导人之一，曾任满洲省委工委书记，罗章龙任北方劳动组合书记部主任时，他是领导成员，与罗章龙关系密切。六届四中全会召开前，中央通知满洲省委让唐宏经到上海开会。当时唐宏经正在哈尔滨工作，满洲省委从沈阳去信，要他急速回省，到上海开会。

接到通知，唐宏经立刻从哈尔滨坐车回沈阳。在车站内，省委同志将路费和接头时间、地点等一并交予他。唐宏经如期赶到上海，住进了指定的旅馆——四马路日升客栈。可一连住了五天，都没有人来接头。第六天早上来了一个人，问："你是来参加会议的吧？"唐宏经点点头。"参加什么会知道吗？"唐宏经摇摇头："不知道。"来人说："你是参加四中全会的，会已开过了。回去吧。"作为中央候补委员的唐宏经，虽然按时按约到上海参加中央会议，但由于他与罗章龙的密切关系，就被视为不同政见者而被拒绝出席会议。

有这种遭遇的中央委员和候补中央委员其实并非唐宏经一个，徐兰芝则干脆就没有被通知参加会议。

徐兰芝时任全国铁路总工会的负责人，系党的六大中共中央候补委员。按理应通知与会，因他赞成全总党团书记罗章龙的观点，也被拒之于门外。全会召开那天，徐兰芝偶然得知消息，气愤地闯入会场，质问向忠发道："你们开的什么会？"有人替向忠发回答："六届四中全会。"徐兰芝拍着桌子大声责问："我是候补中央委员，为什么不通知我来参加？"问得向忠发张口结舌。王明站起来，拍着徐兰芝的肩膀，把他拉走了。

会上，米夫利用手中的权力，干预中央委员、政治局委员的选举，允许列席代表行使表决权。最终，迫使会议通过了其事先拟定的补选中央委员和中央政治局委员名单，打着"反对立三路线""反对调和主义"旗号的王明，被直接增补为中央政治局委员。党的六届四中全会开创了共产国际代表粗暴干涉中国党内事务的恶劣先例，也开创了我党历史上违背党章和破坏民主集中制的先例，激化了党内矛盾，引起了党内纠纷和混乱，加剧了党内斗争与分裂，为王明"左"倾错误路线统治中央达四年之久开辟了道路。

米夫凌驾于组织程序之上，肆意践踏党的组织原则和党内民主的做法，激起罗章龙、何孟雄、陈郁等从事革命实际工作的代表的强烈不满。陈郁返回海总机关后，率先发表了反对四中全会的声明。紧随其后，中华全国总工会、上海工会联合会、中华全国铁路总工会、中华全国济难互济总会及上海反帝同盟党团，"苏准会"上海办事处，中共天津市委，上海闸北、沪中、沪东、法南区委，江南省委外县工作委员会等也都相继陆续发表了反对四中全会的决议案及声明。

面对一场突如其来的党内斗争，以周恩来为代表的党中央多数领导人采取了"相忍为党"的态度，想尽一切办法维护党的团结和统一。然而，王明为了树立个人威信，竟以米夫为靠山，打着共产国际的旗号，对何孟雄等人实行"残酷斗争，无情打击"。米夫也亲自出马，要求罗章龙等人必须拥护四中全会，支持王明，否则将视为反共产国际，予以党纪处分。

米夫、王明等人的强硬做法犹如火上浇油，非但没有解决问题，反而使党内的矛盾进一步加剧。

1月17日，罗章龙掌控下的中华全国总工会在上海召开党团会议，通过了《全总党团对于四中全会扩大会议决议案》，要求共产国际"撤换负四中全会主要错误责任的代表"。会议宣布成立了由罗章龙任"书记"的"临时中央干事会"（此即后来人们通常所说的"第二中央"）。

地方党组织的"分裂"活动首先在华北进行——

共青团河北省委书记曹策、京东特委书记李友才、河北省委秘书长吴华梓等成立了"河北省紧急会议筹备处"，要求废止四中全会一切决议，重建中央领导机关。不久，罗章龙派遣韩连会、袁乃祥和原中共顺直省委书记张金刃赶赴天津，与曹策等人联合组建了"第二河北省委"，由张金刃任"书记"，韩连会、曹策分管"组织"和"宣传"，任命反对四中全会的赵作霖、袁乃祥分别为北平、唐山市委书记，明目张胆与党中央和河北省委分庭抗礼。

河北省委工作因之陷于瘫痪，省委与中央和各地的联系也被阻断。

陈原道迎着风,沿着千里冰封的海河匆匆地向天津火车站方向行走着。 他惯常的姿势就是双手插在大衣口袋里。

瀚海阑干百丈冰,愁云惨淡万里凝。

虽说已经是二月的天了,天气依然异常冰冷,寒风萧瑟,百木凋零,毫无回暖的迹象。 凛冽的西北风呼呼地吹着,刮到脸上刀割一样疼。

但这丝毫不影响街市上车水马龙,达官贵人招摇过市。

天津,作为北方重要交通要塞,民国初年起,就在政治舞台上扮演着重要角色。 其时,数以百计的下野官僚政客以及清朝遗老进入天津租界避难,并图谋复辟。 其中就包括民国总统黎元洪和前清废帝溥仪。 它的东面塘沽是重要出海口,与东北军事港口大连隔海相望,东北中东铁路与津浦铁路也交汇于此,是北方政治、军事以及工商业重镇。

一阵凉风吹来,陈原道觉得头皮有些发麻。

其实,是他的心头有些萧瑟。

——在中央的关心支持下,苦难深重的河北临时省委终于顶住了来自方方面面的压力和波折顺利地成立了。

胜利来之不易,然而,维系胜利的果实更是难如登天。

绾在陈原道和中央代表团心头的那道结还没完全舒展开来,新的危机又铺天盖地般的压了下来:临时省委工作人员张开运和新工会工作人员韩麟符在下乡巡视时被捕并叛变投敌。

就是从张开运的身上,大家领悟到了什么是"不打自招"。 据传出的消息说,张开运没等特务发问,就迫不及待地将省委秘书长安子文和主管河北省委与中央各地交通联络的省委委员周仲英抛了出来。 韩麟符比张开运稍好点,但也没有坚持到用刑。 负责审讯的特务们就纳了闷了:这两人到底是不是共产党员啊? 这也太孬了吧! 若干年后,共产党锄奸队挖地三尺追踪到张开运,他恬不知耻地为自己开脱道:"我之所以供出安子文和和周仲英的住处,是为了保护更多的同志。你想,如果我被打个半死,把顺直省委给供出来了,那后果不就严重了?"

安子文和周仲英对外的身份是天津垦业公司职员。

宪兵包围了安子文、周仲英的住所。安子文当场被捕,周仲英因外出未归,躲过一劫。但也仅仅两日,在张开运的指认下落入敌手。

那些日子,张开运整天带着宪兵特务游荡于街头巷尾,抓捕共产党人。

消息传来,同志们心中一片悲凉,仿佛赶上了一场"倒春寒"……

天津,到处笼罩着白色恐怖。

紧急关头,党中央为加强河北党的力量,委派刘亚雄到天津,接替身陷囹圄的安子文出任秘书长,参加河北省委的重要领导工作。

接到通知,陈原道欣喜若狂。

当年,在莫斯科,在上海,在河南,陈原道与刘亚雄似乎都说过有朝一日并肩战斗的话。其实,说那话的时候,彼此心里都清楚,所谓"并肩"就是一句戏言,当不得真。

没想到,"当不得真"的一句戏言居然就变成了现实!

陈原道感觉压抑在他心头多日的那块石头顿时轻了许多。

所以,陈原道谁都没有安排,自己就接站来了。

陈原道边走,边回想着来天津后的日日夜夜——

以陈原道为首,由徐兰芝、贺昌等人组成的中央代表团是1931年1月下旬陆续抵达天津的。

陈原道一行一到驻地,立即听取了在省委坚持工作的秘书长安子文、天津市委书记张友清等同志的汇报,同时和所谓"筹备处"负责人曹策及参加"筹备处"的省委机关秘办科、铁总党团、天津临时市委的同志也都进行了谈话。

作为代表团主要负责人之一,陈原道不顾白色恐怖,日夜奔走于各级党组织之间调查了解情况,宣传党的组织纪律。

在掌握了大量第一手材料的基础上,陈原道向徐兰芝建议召开一次会议。

徐兰芝满口答应:"好啊,你认为该开咱们就开,都有哪些人参加呢?"

"代表团全体,河北省委和天津市委的有关负责同志。"

徐兰芝闭着眼想了想,"那……'第二河北省委'的曹策和张金刃等同志还参加吗?"

陈原道诧异地说:"怎么可能通知他们参加? 我们开的就是研究解决他们的问题的会。"

"好,你认为需要谁参加就通知谁,我没有意见。"

"那就好。"

"慢着原道同志。"陈原道刚要转身,徐兰芝突然喊住了他。

陈原道转回身,看着他。

徐兰芝说:"有件事,我拿不准是该庆祝呢,还是该骂娘呢?"

陈原道笑了,"什么事啊这么复杂?"

徐兰芝说:"就在昨天,中央政治局召开会议,通过了《中央为解决河南争论问题及取消陈原道等同志处罚决议案》,取消了你在河南省委工作期间,因反对'左'倾冒险主义而受到的错误处分。"

这个消息似乎早在陈原道的意料之中,他笑笑,淡然地说:"飞来山上千寻塔,闻说鸡鸣见日升。 不畏浮云遮望眼,只缘身在最高层。"

徐兰芝错愕地看着他,"啥意思?"

陈原道答曰:"就是不骂娘,也不庆祝。"

这是一次特殊时期的特殊会议。

会议开始后,代表团的同志希望地方上的同志先讲,以便多了解些情况,所以都不张口。 地方上的同志因为不知道代表团都掌握了哪些情况,不敢贸然开口。

会议就这样僵持下来了。

会场气氛显得有些沉闷、紧张、压抑，甚至有些悲壮。

这也正常，因为这原本就不是一个令人欢欣鼓舞的世界。陈原道想。

徐兰芝有些着急："大家说说吧，怎么想怎么说，开诚布公。总这样耗着也不是个事。"

依然没有人吭声。

有人提议："再没人说就点名，点到谁谁说，不得推辞。"

"好吧，既然没有人说，我就来打个头炮吧。"

一阵沉默后，一位工人打扮的中年男人清了清嗓子，开口说。南腔北调的，让人一时半晌地辨不出是哪儿口音。

陈原道莫名其妙地看着发言这位，小声向坐在自己旁边的安子文打听道："这是谁啊，我怎么没见过此人呢？"

安子文悄声告诉陈原道：这位就是河北省委的主要负责人，就是他对"筹备处"睁一只眼闭一只眼，听之任之，才有了今天这一发不可收拾的局面。

"我的意见很简单，可能会和与会的其他同志都不一致，但作为一名共产党员，首先就要做到，对党襟怀坦白，直抒胸臆，有什么说什么，怎么想就怎么说。事情发展到今天这一步，我们河北省委有着不可推卸的责任，我们不推脱，也不解释。你们愿意批评就批评，愿意处分就处分，开除党籍都行。"这位负责人摇着头，慢条斯理道："但我要说的是，对'筹备处'，郑重其事是必要的，但不要夸大其词，草木皆兵，无限上纲，把并不重要的事情说成是重要的事情，或者说把局部重要的事情，说成是全局重要的事情。你管他什么处？他们愿意干，那就交给他们干是了，反正都是党的工作。他们——"

"这绝对不行！"陈原道的脸色早就变了，拳头也已攥出了汗，考虑到这是代表团来天津后召开的第一个会议，才隐忍着没有发作。没想到，"南腔北调"越说越不像话，实在让他"八佾舞于庭，是可忍也，孰不可忍也"！陈原道"噌"地站起身来，语气强硬地打断了他：

"在你发表意见之前,我以为,你最好先厘清干党的工作与打着干党的工作旗号分裂党这两者之间的根本区别。"

"南腔北调"望着突然愤怒的陈原道,毫不示弱。"你是谁? 你有什么资格打断我的讲话?"

没等陈原道开口,徐兰芝已经替他作了介绍:"这位就是陈原道同志,我们中央代表团的主要负责人。"

"南腔北调"仍愤愤不平,"那也应该等我讲完再讲嘛,'代表团'也应该讲规矩嘛!"

"规矩? 你还知道讲规矩? 那么我想请问,"陈原道的两只眼睛一眨不眨地盯在"南腔北调"的脸上,就像要把他看透一样,"曹策等人违反党的纪律党的规定大肆散布反党言论和进行反党活动的时候,你在哪? 你有没有去跟他讲一讲规矩?"

"你怎知我没有去讲?"

"我已经了解过了,从去年起,曹策就已经开始在北方党内散布反中央的舆论。 今年1月3日,在中共天津市委召开的扩大会议上,由于曹策和赵池萍等人鼓动,致使扩大会议变成了临时紧急会议,排斥了天津市委的领导,组成了以曹策为首的临时市委。 5日,在中共河北省委召开的一个座谈会上,曹策等人又故伎重演,强行成立了反对召开六届四中全会的'河北省紧急会议筹备处',组织召开反对中央的河北省紧急会议,更宣言'筹备处'的活动不受中央和河北省委的领导,实际形成了'第二省委',造成河北(北方)党的各级组织处于无所适从,思想状态极端混乱的局面……"

陈原道滔滔不绝,历数曹策等人的反党行为,有根有据,有理有节,与会的同志,包括代表团负责人徐兰芝都禁不住大吃一惊。 陈原道的调查,太细致太缜密了,好多情况,特别是曹策等人的一些真实目的,连有些"筹备处"的人员都不掌握。 由此可以看出,这些天,陈原道是下了一番真功夫的!

陈原道义正辞严地质问"南腔北调"道:"对此,我们既可以和他们一道自问,也可以就革命的本质向他们发问:曹策的种种举动干的是我们党的事业吗? 批评他们'背离中央''另立省委'是夸大其词,无限上纲吗? 一个省级党委被他们搞得乌烟瘴气乌七八糟,工作陷于瘫痪,这还不够骇人听闻吗? 这是把并不重要的事情说成了重要的事情,把局部重要的事情说成了全局重要的事情吗? 他们早已偏离了党的工作方向,在革命的征途上岔了道。"

在陈原道咄咄逼人的连声追问下,"南腔北调"面红耳赤,理屈词穷地低下了头,再也不说话了。 直至散会,都没有吭一声。

本来,还有一部分人对中央派代表团来河北的做法不太理解,认为有点儿小题大做。 对代表团的工作部署也是阳奉阴违,说一套做一套。

陈原道一番话,一下子就让大家意识到了问题的严重性,纷纷点头称是。

陈原道面色严峻地道:"由于'紧急会议筹备处'欺骗性大,所以我们在方针策略上,既要对非组织的小派别阴谋活动进行斗争与揭露,又要团结其中受蒙蔽的多数同志,教育他们分清是非,团结在党中央的周围,共同战斗。 这是克服目前混乱状况的两个关键,也是解决党内混乱状况的正确方针。 这个问题不解决,改组省委、配备干部就是一句空话。 我建议——"说是建议,陈原道却用的是不容置疑的语气,说:"立即向中央报告:一、河北省委已经失去了它应有的功能,应立即宣布停止原省委职权,由中央代表团另起炉灶,组成河北临时省委;二、立即停止'筹备处'的一切工作;三、由临时省委负责筹备河北紧急代表大会,成立中共河北省委。 我说完了。"

陈原道的发言刚一落音,会场里立刻响起了一阵热烈的掌声。

徐兰芝赶紧站起身,提醒同志们注意安全。

散会时,天津市委的一位负责同志边走边自言自语道:"真没想到,陈原道同志有这样的说服力。 他讲道理,三言两语,切中要害,让人开窍。 我真佩服他!"

天津火车站出口前，陈原道挤在熙熙攘攘的人堆里，踮着脚尖，伸着脖子，目不转睛地注视着南来北往背着包袱正鱼贯而出的旅客。

难得的阳光从车站候车室的上方直扑下来，打在陈原道的身上，让他右边的半个身子感到暖暖的。想到一会儿刘亚雄就要走进他的视线，走到他的面前，他觉得，从心里往外温暖。

陈原道慢慢地混迹在人群中，脸上目无表情，可他的心里，却一点儿也阻挡不住那些扑面而来的往事——

根据陈原道及中央代表团的建议，中央决定：停止原省委职权，成立河北临时省委。省委成员中除中央指定者外，并吸收原河北省委17人参加。根据中央关于"要使领导干部工人化"的规定，新的省委分工是：徐兰芝任书记，陈原道任组织部长，陈复任宣传部长，安子文任秘书长。

临时省委召开了第一次常委会议。

在陈原道的主持下，会议通过了《解散河北省紧急会议筹备处的决议》及《反对右倾机会主义分子分裂党的组织》的告同志书，召唤大批受"筹备处"蒙蔽的同志重新回到党内来。

树欲静而风不止。

形势的发展并非像有些人所想象的那么乐观。

"筹备处"骨干分子张金刃、曹策、韩连会、叶善枝等根本就不理会河北临时省委决议，继续进行分裂活动，跃跃欲试要召开河北省紧急会议。叶善枝还采取向敌人告密的手段，致使唐山党委组织遭到破坏，一大批党员同志被捕。

一时间，河北党员队伍人心思危、人心思乱、人心思变……

关键时刻，陈原道力挽狂澜。

半夜里，陈原道敲响了徐兰芝的门。

徐兰芝正躺在床上抽烟，说："进来吧，门没闭。"

"敌人已经兵临城下了，你还在这里呼呼睡大觉！"陈原道一进门就急赤白脸地喊道。

屋子里光线暗淡,一股烟酒混合的气味扑面而来。

"睡啥睡,抽烟呢。"徐兰芝仰在床头上,不紧不慢地说。

徐兰芝留了一个时髦的分头,面容苍白而消瘦。

"兰芝同志,听我一句,不能再睡大觉了。再听之任之说,我看连我们临时省委都要自身不保了。我不是危言耸听,对他们心慈手软就是坐以待毙。"

徐兰芝从嘴里吐出一口烟,懒洋洋地坐起身。

"没……没这么严重吧? 不然,等等我再和他们谈谈?"

"还等? 再等我们都要成为他们的阶下囚了。原河北省委是怎么瘫痪的? 他们的意图很明显,就是不顾一切地要另立省委、另立中央!"陈原道不满地白了他一眼,"与他们和谈,就是与虎谋皮。"

"那你说咋办?"

"将他们开除出党,同时,再次号召在'筹备处'蒙蔽下的同志承认自己的错误,回到党内来。"

徐兰芝睁大了他那双不大的眼睛,踌躇了下,"好吧,就按你说的办。啥时候?"

"当断不断,反受其乱。我们要当机立断,就现在。"

"现在? 这三更半夜的,"徐兰芝外头看着窗外的满天星斗:"你也太急性子了吧?"

"那就天亮以后。"陈原道便起身边说:"我去布置一下,天亮就开,决不能再等了。"

望着陈原道匆匆忙忙的身影,徐兰芝摇了摇头。

晨光透过窗棂的缝隙照进来时,临时省委的紧急会议已经快接近尾声了。

根据中央政治局关于开除罗章龙、张金刃党籍的决议精神,临时省委紧急作出了《关于开除张金刃、韩连会、叶善枝、曹策四人党籍的决定》。 为了将斗争继续引向深入,临时省委还作出了《关于开除吴华梓党籍的决议议案》《关于改组铁总党团的决议案》《河北临时省委第一次全体扩大会议政治决议案》和河北临时省委给全省各地党组织《关于右派小组筹备处问题紧急通知第一号》等决定。

　　随着一系列文件的发出及罗章龙、张金刃,原"筹备处"的领导者、组织者们被开除出党,广大党员对"筹备处"分裂党的活动的严重性和危害性认识得更加清楚了,各地党组组和绝大多数党员实现了思想转变,重新回到了党组织的身边。 涓涓细流,终于演变成了一泻千里的湍流、奔腾不息的大河、排山倒海的洪涛。

　　河北省委整顿工作暂告段落。

　　然而河北敌我双方的斗争激烈程度却没有丝毫减弱。

　　刘亚雄一来,必然将陷入纷繁而又复杂的矛盾和斗争的漩涡中去。

　　从上海发来的客车早就到了,那些动作快、出站早、住家近的旅客估计有的都已经到家了,这边连刘亚雄的影子都没瞧见。

　　陈原道心里不禁有些焦急。

　　突然,"砰"的一声枪响,将陈原道从忧虑中硬生生地给拉了回来。

　　陈原道看见,一辆卡车戛然而至,停在了车站的出口处,把本来就狭小的通道堵得严丝合缝,水泄不通。 犹如一群丧心病狂的狼闯进了羊群,几名穿黑色衣服的便衣特务揪着一个浑身是血的汉子,气势汹汹地从车站里面闯了出来。 顿时,人群惊慌失措起来,慌不择路地四处逃窜着,让本就杂乱无章的车站变得有些失控。

　　或许,这就是人们常说的"炸营"吧。 陈原道想。

　　那个被揪着的人的两个眼眶都肿起来了,额头和面颊都结了血痂,嘴里也是血肉模糊。 他的腿似乎也被打断了,站不起来,那伙人便拖着他,脚踏过后的路上,留着一条发黑的血线。 在靠近车子的那一瞬间,那个人突然看见了陈原道,眼睛霎时就睁大了。 显然,他认出了陈原道。 他的喉咙咕噜咕噜地翻滚着,想要说什么,却没有说出来,然后,怪异地笑了笑,冷不防地挣脱黑衣人的手,重重地撞向汽车挡板下的角铁。 只听得"噗"的一声,就见一道红光——其实,是一道血光,冲天而起。 接着,那人的身体便萎缩下去,像一只被榨干了水分的南瓜。 几名便衣特务面面相觑,一言不发地提起那人衣角扔进了车厢,特务们也纷纷跳上车,车子疾驶而去。 黑衣人像风一样地刮来,又像风一样地刮走了。 车站又恢复了它的拥挤与喧嚣,如同什么事情都没有发生过一样。

刘亚雄就是在这个时候,站到了陈原道的面前。

刚刚毛骨悚然的一幕,就是倏忽之间。 然而,却犹如一根针扎进了陈原道的心头,痛得要命。

疼痛,冲淡了重逢的喜悦。

陈原道紧握着刘亚雄的手,说不出话。 他觉得自己的呼吸已经停止了,就连心跳仿佛也都快要没有了。

"久别重逢竟然是这么个场景,真没有想到。"

良久,良久,陈原道才面色沉郁地说道。

刘亚雄也是半天不知说什么好,一瞬间,有种热泪盈眶的感觉。

"每每看到自己的同志就牺牲在我们的面前,而我们却只能袖手旁观,置身事外,真是比自己遭了不幸还让人难以承受。"太阳从刘亚雄的背面斜射过来,她的脸上一片幽暗。

陈原道显得窘迫无奈地点点头,想了想,叹了口气,说:"无动于衷也是没有办法的办法,我们的任务,不是为了挽救某一个人的生命,而是要去挽救更多人的生命,挽救全中国人的生命!"他抬起头,看着火车站候车室的塔形屋顶,"这时日不会太久了,蒋介石从背叛革命之日起,它覆亡的命运就注定了,墓已经挖好了,何时下葬,只是时间问题。"

陈原道的眼神坚定不移,语气不容置疑。

刘亚雄顺着陈原道的目光,也看向塔形屋顶。

"惟愿这一天早日到来!"

又往前走了几步，刘亚雄说。

春天仿佛是一夜之间生出来的。

刘亚雄觉得，这是她印象里最和煦的一个春天。

虽然她的工作依然很忙。每天，除了处理省委机关的日常工作以外，还要早出晚归忙于上至中央、下至各县的联络工作，凭着高度的政治警觉和灵活机敏的应变能力，出色地战斗在敌人的心脏里。由于刘亚雄积累有中央联络工作的丰富经验，和中央往来及秘密接头工作，自然而然地就落到了她的肩头。对充满艰险的新工作，刘亚雄做好了充分的思想准备，新的工作、新的岗位和新的环境，也激发了她新的力量和新的使命感。

然而，最让她倍感踏实的还是能够在陈原道身边工作。

刘亚雄手里拿着一只包正要外出。中央联络员还在天津，今天就要回去，有些工作还没有交接完。刘亚雄要过去一趟，顺便送送他们。

刚要出门，就看见陈原道步履匆匆地走进院来，刘亚雄就在廊檐下站住了。

这时，陈原道也看见了刘亚雄。院子里的油菜花开得正艳，金黄色的笑容，就绽放在了陈原道的脸上。"怎么，要出去啊？"

"是，要出去一趟。"刘亚雄微笑着，说。

"哦。晚上能赶回来吗？"

在长期的革命工作中，陈原道与刘亚雄已结成了深厚的革命友谊。

刘亚雄用一种诧异的眼神望着他，"什么事？神神秘秘的。"

"有事。回来说。"陈原道脸上挂着掩饰不住的笑意，可依旧守口如瓶。

"那好吧，我回来找你。"说完，走了两步，又回过头来，说："不会太晚的。"

傍晚，当刘亚雄重新出现在陈原道面前的时候，大喜过望的陈原道只说了一个字："走。"

然后，拉着刘亚雄的手就往外走。

刘亚雄莫名其妙地看着他，"干嘛啊？到底什么事，你说啊！"

"别说话，跟我走。到地你就知道了。"陈原道眉开眼笑地说。

初春的傍晚，远处一重一重灰色的云，油画似的蜷曲。陈原道兴高采烈地拉着刘亚雄的胳膊，七拐八拐，横穿了好几条马路。刘亚雄觉得差不多快把整个天津城的的马路都给踏破了。浮云在天空不停地变换着，一会儿是这种图案，一会儿又是那种图案。刘亚雄歪着头，望着天空，感觉天上的浮云像极了地面的人生，扑朔迷离，变幻莫测。

在大同路南洋百货商店的背面，陈原道带刘亚雄穿过一条窄长的巷子，来到了一座僻静的四合院前。

"看，到了，就是这里。"陈原道指着一间窗户上搭着一块铁皮的租屋，说。

这天是一个晴天，没有雨。可刘亚雄看到白铁皮的时候，莫名其妙地突然就想起了雨。她很想问：如果这雨淅淅沥沥落个不停，"噼里啪啦"打在铁皮上的声音会不会很响？可她没有问。

不知怎么，陈原道却似乎看出了她的疑惑，说："一点儿也不吵人，反而会让人感觉到很安宁。"

刘亚雄安静地坐在这间"让人感觉得很安宁"的租屋里，默不作声地看着陈原道忙里忙外，忙进忙出。她的一只手弯曲着放在桌子上，桌上放了一台美国七灯交流电子管收音机。尽管如此，刘亚雄还是觉得，这简陋的房间与陈原道的西装革履有点格格不入。刘亚雄伸出手去，将收音机的开关拧开。顿时，一段好听的女人的歌声，清泉似的，倾泻而下。那是一首陈原道和刘亚雄都耳熟能详的俄罗斯民歌《三套车》。

刘亚雄的心情很好。她的嘴唇，微微翕动着，似乎在跟着收音机的旋律轻轻地哼唱。笑意，在她的脸上微微地荡漾着。

陈原道把几样带过来的熟菜一盘一盘端上桌，又从包里摸出一瓶红酒，这才招呼刘亚雄道："饭菜都上齐了，请大小姐入席吧！"

"真够丰盛的啊！"刘亚雄由衷地赞叹道。然后，端起杯子里的红酒，跟陈原道碰了碰，深深地抿了一口。

陈原道不说话，刘亚雄似乎是在憋着劲儿，也一言不发。屋子里，只有杯盘碗筷碰撞的声音不时地响起。

陈原道吃着吃着就把手里的筷子放到了桌上，歪着头，诧异地看着刘亚雄。

刘亚雄停下手里的筷子，"怎么了？我有什么不对吗？"

"是有点儿不对。"

"怎么不对？"

"你为什么不问一问我为何把你带到这儿来呢？"

刘亚雄笑了，"你要想说，不问也会说；不想说，问了也是白问。所以，干脆不问。等你想说的时候啊，自然会说。"

"现在就到了想说的时候了——"陈原道激动地捧起刘亚雄的脸，仔细地看着她的眼睛，又笑了，说："我要告诉你一个振奋人心的消息，组织上批准了我们的结婚申请，我们是夫妻了！"

刘亚雄感觉甜蜜而淡然的空气就一下子弥散开来，暖洋洋地洒满了整个屋子，让呼吸到的人都倍感欣然与亲切。

"我说要嫁给你了吗？"刘亚雄故意把这份甜蜜的感觉藏得深深的，轻轻推开陈原道的手，说："我还没想好呢。"

陈原道咧着嘴，笑道，"这可由不得你了，组织上已经批准过了，你啊，嫁也得嫁，不嫁也得嫁。"

"好像没有这么一说吧？我们党历来提倡结婚自由。"刘亚雄忽闪着那双乌黑的眼睛，巧言善辩道："当事人是否结婚，与谁结婚，是其本人的权利，任何人无权干涉。"

"那总得给我一个能解释得通的理由吧？"

"理由？有啊。"刘亚雄站起身，透过窗户，她看到了院子上空挂着一个被屋角遮掩住一角的月亮。转过脸，望着陈原道，说："有个男人，他把这么一个天大的喜讯憋在肚子里一天，就是不告诉我。你说，我能嫁给他吗？"

"山有木兮木有枝，心悦君兮君不知。这你可是冤屈他了，"陈原道拉着刘亚雄的手，情意绵绵道："他哪里是故意要瞒你，他是想把悬念造得大大的，好给你一个从天而降的惊喜！这样的男人，你不愿意嫁给他吗？"

刘亚雄的泪水，就是在这一刻盈满眼窝的，她实在难以表述自己的感动和冲动。"愿我如星君如月，夜夜流光相皎洁。"刘亚雄一往情深地看着陈原道，说："这样的男人天下难寻，我怎能舍得不嫁呢？要嫁的，一定要嫁的！"

在这个凛冽的寒夜里，刘亚雄的声音，在《三套车》旋律里，像春风一样拂面。

陈原道脸色红红的，苦笑着，说："只可惜，乱世荒芜，兵戈不绝，我既不能许你荣华富贵，也没有嫁衣红霞。"

"我不要你荣华富贵，也不要你嫁衣红霞。"刘亚雄摇摇头，缓缓走到陈原道身前，把一只纤秀的手插进陈原道茂密的头发里，轻轻地抚摸着，像抚摸着一个乖顺的孩子。一边抚摸着，一边喃喃自语："我什么都不要。有你，一切都好！"

陈原道将脸紧贴在刘亚雄的胸前，低语道："上邪！我欲与君相知，长命无绝衰。山无陵，江水为竭，冬雷震震，夏雨雪，天地合，乃敢与君绝！"

吉仙里26号。

河北省委的一个秘密据点。

新省委成立后的第一个省、市、地方党委负责干部的联席会议即将在这里召开。

鉴于前一段党的工作混乱，党领导的河北工农革命处于停顿状态。新省委为了彻底扭转这种被动局面，进一步统一党内思想，端正党的斗争方针与策略，形成协调的行动步骤，省委决定召开一次省、市、地方党委负责干部的联席会议。届时，全省党的干部将会师天津。

关于这次重要会议的安全问题，省委曾经进行过多次研究，预测可能出现的严重危险性。但是革命工作的现实形势要求，又不能不及早地把党的领导力量统一起来纳入正轨。

陈原道一直对这地儿心怀隐忧。虽然说不上疑在何处，又忧在何处，反正就是对这一块不放心。

徐兰芝听了哈哈大笑："原道同志，我看你是一朝被蛇咬十年怕井绳，小心过头了吧？怕死就不干革命了？"

"小心驶得万年船。风声鹤唳，稍有疏忽，都有可能导致全军覆没，我们不能不慎重行事。绝不能让我们辛辛苦苦费尽心机建立起来的新省委断送在我们自己手里！"

"放心吧，安全保卫的事，我亲自过问。"徐兰芝拍着陈原道的肩膀，将他送出房间。"小心是对的，但不能草木皆兵，自己把自己给吓死了。我都说过了，我亲自过问。要是还不放心，那就交给你负责。你看中不中？"

话都说到这个地步了，陈原道还能说什么呢？

会址就这么毫无悬念地设在了吉仙里26号。

吉仙里26号是一个独门独院，里面有两栋楼房，两楼内部有门相通，一栋为省委办公和工作人员住所，一栋是省委接待各地负责干部的招待所。为减少目标，两栋楼房都交由蒲秋潮一人负责。

蒲秋潮早在学生时期就秘密加入了中国共产党，曾和刘和珍、刘亚雄、赵世兰等一起参加过女师大的"逐杨风潮"，及史称"三一八惨案"的那场反对段祺瑞政府的学潮，是与刘亚雄、郑德音、雷瑜等一起被北洋军阀教育部通令全国所有高等学校都不许招收的学生之一。蒲秋潮对党忠心耿耿，工作经验也非常丰富。最难能可贵的是工作还特别的仔细认真，所以，省委文件、刻印宣传品等工作都由她兼管着。省委在天津火车站设立的一个秘密联络箱，也由她专门开启。

仿佛是为了验证陈原道的担忧，仅仅过了一天，刘亚雄在去与李大章和刘宁一接头的路上，就遇到了危险——

李大章和刘宁一是受党中央指派由上海来天津参加河北省委工作的，刘亚雄奉命去与他俩对接。

细碎的阳光跌落在暗流涌动的水面上，折射上来，落到了刘亚雄的脸上，有些闪烁不定。刘亚雄走得很慢，脸略略上仰着，显出一种高傲的姿态。

天津的闹市有点儿像上海的南京路，两边都是风格各异的建筑和鳞次栉比的商店，唯一不同的是，不像南京路上有那么多的人，人头攒动，踵接肩摩。也不像南京路上的那些男男女女，花枝招展，趾高气昂。

一走上金刚桥，刘亚雄就觉得情况有些不对，身前身后总有些人形迹可疑。

刘亚雄没有惊慌。

一辆黄包车从她身旁轻轻滑过，她叫住了黄包车。她看见，"尾巴"也上了一辆黄包车。走了一段路程，刘亚雄看见路边有家小铺，刘亚雄让车夫停下了车，拿出一块钱到路旁小铺换找零钱。那辆紧紧追随在她身后的那辆黄包车也在不远处停了下来。那个衣冠楚楚的特务看见刘亚雄望过来并不躲闪，皮笑肉不笑地跟她对视着。刘亚雄知道自己遇到麻烦了，她不紧不慢地跳上车，车辆继续前行。刘亚雄从从容容打开梳妆镜，看见"尾巴"也锲而不舍地跟随而来。

"必须取消与李大章、刘宁一的接头，必须赶紧想方设法将随身携带文件处理掉，决不能落在敌人的手里！"

面对这种突发情况，没有人可以商量，所有的决策都只能由自己一个人当机立断。任何一个疏漏都有可能导致自己甚至整个组织万劫不复。

所以，必须慎之又慎。

刘亚雄装作万分紧张地跟车夫说："大兄弟啊，你看见后面一直跟着咱们的那辆车了吗？ 那是俺男人的仇家。 我看他是想在俺身上使坏，逼俺男人就范。 俺可不能落到坏人的手里，你得帮帮俺啊！ 咱也不管去哪了，你爱走哪走哪，只要能甩掉那坏人就中！ 放心，俺不会亏了你的。"

车夫其实早就发现了不对劲。 可他看见刘亚雄和后面车上的那个男人的穿戴都绫罗绸缎，一看就是大户人家的人，辨不清两人是啥子关系，就没敢多嘴。 这年月，兵荒马乱的，能少一事是一事。 刘亚雄这么一说，他就明白了，大声说："中！ 瞧俺的。"说着，脚下生风似的，拉着刘亚雄大街小巷猛钻乱转起来。 但那"尾巴"显然也是训练有素的，刘亚雄快，他也快；刘亚雄慢，他也跟着慢。 仿佛被黏在了一起，怎么都甩不掉。

刘亚雄焦急万分。

就在这时，正前方向一面"来福浴池"的招牌映入眼帘。

"有办法了！"刘亚雄回过头，看见跟踪的黄包车尚未拐入街角，从口袋里掏出一张大票塞给车夫，叫他加速前行，然后毫不迟疑地跳下车，一转身闪进浴池里去。

刘亚雄要了个单间女盆堂，借洗澡的机会，将文件撕成碎片，用水冲进下水道。 刘亚雄做得不慌不忙。 她在澡堂里足足呆了七八个小时，直到日落黄昏，才安然返回住处。

一到省委驻地，刘亚雄立刻找到徐兰芝，将当天的遭遇一五一十原原本本地说了个透彻。

"好！ 做得好，机智过人。"徐兰芝正将脸贴在收音机上听评书，心不在焉地道。

"搞地下工作，胆量和见识都是靠时间和经历堆出来的，哪有什么机智过人，不过是见多识广而已。"刘亚雄莞尔一笑，机锋一转，道："兰芝同志，我要说的是，我刚到天津不久，一切都还是陌生的，甚至连省委机关的有些同志都还不认识我，怎么就引起了敌人的注意呢？我觉得，今天的事情没有那么简单……"

徐兰芝看见刘亚雄惶恐不安的样子，不以为然地打断她。说："你觉得复杂在哪里？"

"这……我还没有想明白。"刘亚雄没料到徐兰芝会这样说，一时间，有点儿语塞。想了一会儿，又道："我想，我们这里，也许已经不安全了，天津到处都潜伏着敌人的鹰犬，省委和同志们随时都有暴露的危险，环境凶险万分，我们不能掉以轻心。新省委成立后的第一个省、市、地方党委负责干部的联席会议就要召开了，我们是不是可以考虑换个地方，起码也要赶快研究对策。"刘亚雄焦思苦虑道。

"真是不是一家人，不进一家门。"

刘亚雄迷惑不解地问："兰芝同志是什么意思？"

"我是说你和陈原道同志不愧为夫妻，都是个急性子。"徐兰芝打了一个浓重的酒嗝，一股酒糟味酸臭扑鼻，刘亚雄皱了下眉头。徐兰芝看在眼里，可他并不在意，他喝了一口茶，在嘴里"咕噜咕噜"漱了几口，吞进肚里。漫不经心道："亚雄同志，你反映的情况很重要，我会高度重视的，待我找个时间和几位同志一起研究一下对策。但是，同志们也不要杯弓蛇影草木皆兵，自己把自己给吓破胆了。这个情况你跟陈原道同志也沟通一下，怎么说他也是我们省委的负责同志之一，他也守土有责啊！好不好？咱就先说到这里。"

说完，没等刘亚雄搭话，他早已经把耳朵贴到收音机上去了。

刘亚雄忧心忡忡地退出屋子。

从徐兰芝那不痛不痒的态度里，刘亚雄看得出，徐兰芝对自己的虎口脱险并没有像他自己所说的那样"高度重视。"徐兰芝这种熟视无睹漠不关心的态度，不能不让她顾虑重重忧心如焚。

她想告诉陈原道，让他赶紧拿个主意。可是，这些天，陈原道一直在下面调研。根本就见不到面。

会期一天天逼近，刘亚雄一天天不安。

"陈原道,你倒是回来啊!"刘亚雄在心里千遍万遍地呼唤着。

1931年4月7日,这一天,是代表们报到的日子。

北平、保定、唐山等地区、县党的负责干部陆续秘密地来到天津,住进吉仙里,不外出、不会客,安安静静准备第二天开会。

这一天,也是蒲秋潮预定应去火车站联络箱取件的日子。

站在二楼的阳台上,刘亚雄看见,一场雨在午后飘落下来。雨,落在了屋檐上,落在了院子里那些粗粗细细的树木上和五颜六色的花草上。

隔着厚重的雨帘,刘亚雄又看见蒲秋潮撑着一把伞,走出了院门。

风有些斜,所以,雨也有些斜,斜雨打湿了蒲秋潮的墨绿色的裙裾。蒲秋潮开始小跑,像一片欢快的荷叶,在雨中急急地移动着。细细密密的水滴,"噼里啪啦"地落到地上,又飞溅而起,在风中,形成一团团、一团团浓浓的水雾。

蒲秋潮光惦记着繁忙的会务了,急着赶路,平常紧绷着的神经,不知不觉地松弛下来。不知何时,她的身后多了一条"尾巴"。不幸的是,天,薄雾冥冥,蒲秋潮又眼睛高度近视,对尾随身后的特务自始至终浑然不觉。

当她返回到吉仙里26号的时候,天,出人意料地晴了。蒲秋潮仰起头,眯起眼睛看了一眼耀人眼目的太阳,在心里长长地吁了一口气。蒲秋潮没看见,那个从头到尾如影随形地跟在身后时时窥伺着她的那个狡猾的特务,跟她一样,也长长地吁了一口气,笑了。

天津的夜,静得很,有一种与世隔绝的静。

在夜色的掩护下,一辆卡车悄然而至,满满一车荷枪实弹的巡捕。兵特务们蹑手蹑脚地跳下车,蹑手蹑脚地潜进院子,蹑手蹑脚地上楼。先期到达的十几位与会的同志,在睡梦之中被惊醒,然后,像梦游似的被捆了个严严实实。

这一切，全都发生在悄无声息之中。

隔壁"玉楼春"的那几个扭着蛮腰在街上风情万种地跟嫖客们打情骂俏的女子都丝毫没有觉出异常。

只有月亮不离不弃地追逐着他们。他们到西楼的时候，月光追到了西楼，他们到东楼的时候，月光又跟到了东楼。当宪兵特务们掩藏进树丛和楼道的时候，月光似乎感觉到了无趣，眨巴了几下眼，跟那几个女子一起，一扭一扭地走了。

那晚，刘亚雄本来已经睡下了，突然想起印刷厂还有份会议材料没取回来。赶忙又起身穿衣，匆匆忙忙赶往印刷厂。因此，躲过了一劫。

不论头天夜里发生在这里的那个画面多么惊心动魄，当太阳重新出来的时候，一切，都逃遁得无影无踪。

第二天，当陈原道、刘亚雄、徐兰芝及各路代表沿着青石板路，迈着悠闲的步子，踩着琐屑的阳光陆续赶到时，敌人已经严阵以待，进来一个，落网了一个……

在英租界工部局的囚室里，陈原道还不知道这次逮捕的全貌，但从自己身陷囹圄的阵式看，损失不会小。整整一天一夜，他都为其他同志的安全担心。当然，这些人里也包括自己时时惦念着的新婚妻子刘亚雄。不知刘亚雄此时此刻，身在何处，安危如何？

真是太粗心大意了！危险随处不在，怎么就没能预见到，从而采取妥善措施，防患于未然呢？

深深的自责感乌云压顶一般，向着陈原道的心头袭来。

黎明，监门"哗啦"一声，打开了。

一队巡捕凶神恶煞般地吼道："出来，都出来，到院子里排队照相。"

一迈进院落，陈原道的心一下子就揪紧了。在荷枪实弹的巡捕包围圈中，徐兰芝、刘宁一、郑倚虹、李德标、刘亚雄等三十多名共产党负责人全在其中。

刚刚成立不足一月的河北省委再次遭到了毁灭性的破坏！

1931年9月，陈原道、刘亚雄等一批共产党人被解往北平，先是关押在张学良的"海陆空副总司令行营军法处"，不久，又被集中关押到"北平军人反省分院"，也就是人们常说的"草岚子监狱"。

在北京市大大小小四千多条胡同中，"草岚子"其实是一条很不显眼很不显眼的小胡同。

草岚子胡同位于西安门大街的刘兰塑胡同与天庆胡同结合处，东西走向，宽不过五六米，长不足百米。据《京城五城坊巷胡同集》记载，元代此地属积庆坊四铺，明清时属皇城西苑范围，多是为宫廷服务的设施和仓储之地，故有御马仓草栏等地名，"草岚"也就由"草栏"谐音而来。"草岚子胡同"成名于民国初年，而真正声名远播则是在二十世纪三十年代初。始末缘由，皆因国民党在草岚子设立了一座专门关押"政治犯"的特种监狱。

草岚子胡同19号，原是北平司法部门的一个临时看守所，1932年3月改称"北平军人反省分院"。

所谓"军人"，就是由军队管辖监狱，不按一般法律程序行事，可以随意对政治犯进行迫害。而"反省"，就是要革命者"悔过自新"，改变政治信仰和立场，变节投敌。

草岚子监狱分为"南号""北号"，亦称"南监""北监"，各有24间牢房，中间是走道。陈原道等男犯被关在南监，刘亚雄等女犯人被关在北监。牢房面积很小，且阴暗、潮湿，整天弥漫着一股刺鼻的霉味。进门是一步宽的狭窄走道，跨过走道就上了二尺来高的木板炕。每间房住五六个人，犯人在窄小的木板炕上蹲坐或睡觉，男政治犯还要戴一副12斤重的大铁镣。每天中午和晚六点各"放风"一次，时间是半个小时。当地老住户讲，每当放风时，几里路都能听到"哗啦、哗啦"的脚镣声。监狱当局怕犯人互相通气，便规定分批吃饭、分批"放风"，防范甚严。谁要是触犯了"院规"，轻者住独居室，不让放风、写信，重则加戴大镣或严刑拷打。监室外的走廊里，日夜都有持枪的看守不间断地巡视、张望，每扇牢门的上方都有一个小方孔，供看守窥视监督犯人的一举一动。

监狱有一对坐南朝北的黑色大铁门，进出、探监或对犯人行刑，均出入此门。在监狱的西墙上开有一小门，是专为"监毙"出尸用的。院墙用旧城砖垒砌而成，墙头布满电网，四角设有比监房高出一倍还多的瞭望岗楼。

整座监狱犹如幽冥地府。

草岚子监狱完全由东北军控制，他们同南京国民党的关系，尽管在争夺领导权和地盘方面存在一定矛盾，但在反共层面上则是狼狈为奸沆瀣一气。北平宪兵司令部司令邵文凯纠集了一批共产党的新老叛徒组成审讯团，专门对付共产党和进步人士。

陈原道等刚进监狱，还没容喘口气，刑具就已经伺候好了。

反省院院长颜文海亲自向陈原道宣布"反省政策"，要陈原道放弃共产主义思想，接受三民主义思想，否则，颜文海"哼"了一声："那可是要拉出去枪毙的啊。"

陈原道大义凛然，"那就别再浪费口舌了，直接拉出去吧。"

颜文海一怔，"可是我不愿意那么做。我能看得出来，你和他们虽然都是一路人，可你们实际并不是。我的话，你懂吗？"

"你还是不要玩文字游戏了吧？想说什么话，直来直去好了。"

"很简单，我这里有一份信仰三民主义、脱离共产党组织的声明，你只要在这上面签上你的大名，就高枕无忧万事大吉了。"

"我不懂你的话。"陈原道装作莫名其妙地说："我就是跟着游行，抵制日货，就把我抓来了。我哪知道什么三民主义、共产主义啊？"

颜文海收敛起脸上的微笑，"《五灯会元》里有句话，叫做'佛也打，祖也打，真人面前不说假'。我苦口婆心好言相劝，而你却在跟我绕圈子，这未免有些太不厚道了吧？这一点，陈部长远不如你们的傀儡书记，我们的合作那叫一个珠联璧合相得益彰。"

"我越听越糊涂了,哪儿来的陈部长和你说的傀儡书记?"

"这我就明白了,为什么你虽不当家却做主,而徐兰芝先生当了家却仍做不了主。"

陈原道一怔,脸色起了些微妙的变化。"得即高歌失即休,多愁多恨亦悠悠。今朝有酒今朝醉,明日愁来明日愁。身逢乱世,做主如何,不做主又如何?别说做别人的主,到头来,连自己的主都做不了。"

"识时务者为俊杰,昧先几者非明哲。这一点,你就不如徐先生活泛。"

"木讷一点,也没什么不好。唯愿孩儿愚且鲁,无灾无难到公卿。"

"话恐怕不能这样说。徐先生聪明一世,眼下正纸醉金迷花天酒地,你糊涂一时,则就前途未卜、生死攸关。"

仿佛是为了证明自己并没有欺骗陈原道,颜文海开始述说徐兰芝叛变后的种种得意,陈原道却抬起手止住了他。

陈原道用一种深邃而坦然的目光看着他,说:"有些路,选择了就没得回头,人生就是这样的难以捉摸。没必要去怨别人,做好自己就可以。人人都有自尊,人人都有苦衷,人人都有自己的想法。信仰不同,选择就不同,于是活法也就不同。"

"听徐先生说:无论是在河南也好,在河北也罢,都是看你的脸色说话,唯你马首是瞻。但不论怎样,省委书记是他,而不是你。作为一堂堂共产党省委书记,一堂未过就直接地弃逆归顺了,你不觉得奇怪吗?"

"正常。一个混世俗人,即使入得仙山,终究还是俗客。下山对于徐兰芝来说,只是时间问题。"陈原道冷静地道。

"民以食为天。俗客也好,仙人也罢,一日三次都是免不了的。陈先生何不以他为榜样,安享荣华富贵锦衣玉食?"

"那你可要失望了!对我来说,什么都可以灵活多变。唯有信仰不能变！"

"我知道，猛然间让你改变你的信仰、你的主义，很难很难，你会一下子接受不了。"颜文海的脸色惨白惨白的，他咬着牙说："但我也有我的苦衷，我是军人，军人以服从命令为天职。我得履行我的职责。"

"鬼蜮除尽成仁去，我死可换后人活。你要做什么，尽管来吧。不要给自己找借口。"

那天，体无完肤奄奄一息的陈原道是被两名狱卒拖到监号里去的。

两名狱卒将他往地上一扔，看都不看一眼，就转脸走了。

狱友们——甭管是相识的还是不相识的，"呼啦"一下子全都围了上来。有的掐他的人中，有的轻揉他的胸口，有的往他嘴里喂水……折腾了老半天，陈原道才缓缓睁开眼睛。

陈原道慢慢地打量着大家，当他看见省委委员周仲英时，他的眼睛一下子就亮了。他向周仲英眨了下眼睛，周仲英会意地将耳朵贴在陈原道的嘴边。

"赶紧通知所有与我们一同被捕的同志，包括徐兰芝有可能认识的同志：徐兰芝叛变了！如遇徐兰芝当堂指认，只能承认自己是共产党员，决不能牵连别人！"

后来的事实证明陈原道的担忧不无道理。

俗话说：东方不亮西方亮。敌人在陈原道这里碰了个硬钉子，而在有些人那里还是取得了意想不到的成果。为数不少的意志薄弱者，没经受住考验，紧步徐兰芝后尘，投敌叛变了。

像寒风呼呼刮过屋顶一样，草岚子监狱里漾起了一股叛变的逆流。

陈原道是在放风时见到薄一波、殷鉴、孔祥祯等人的。

故人相见，言谈甚欢：

"啊，原来你也在这里！"

"嗬，你也来了啊？"

那情景，就像相见在人声嘈杂的酒肆里，相见于熙来攘往的小巷中。

唯独不像在狱中。

一旁虎视眈眈的狱卒们看在眼里，禁不住心生奇怪：这些人有意思，都到这关口了，还有这份闲情！

陈原道小声问："你们的情况怎么样？"

"让殷鉴同志给你介绍介绍吧。"薄一波道。

"好吧。"殷鉴点点头，"被关押在狱中的政治犯很多，情况也很复杂。除了在天津、北平被捕的顺直省委的党员干部外，还有'九一八'事变后陆续被捕的一批党、团员，以及一部分青年学生。这批人，爱国热情没得说，但缺乏政治斗争经验。敌人不仅对共产党员实行残酷的法西斯迫害，还使用软化思想等'新办法'，达到被'感化'者进行'悔过''反省'进而自首、叛变的目的。这就是敌人的'反省政策'。目前，最可怕的是这股'叛变逆流'，在被捕的同志中，已经如水赴壑难以遏止。"

"涓涓不壅，终为江河。这样下去，迟早要被他们各个击破。水势再险我们也得砥柱中流力挽狂澜！"陈原道严肃地道说"敌人不会轻而易举地把我们放出去的，今后的斗争，必然是十分严峻和长期复杂的，我们必须尽快地建立起狱中党的秘密组织或狱中党支部。只有建立起党的组织，形成了坚强的战斗核心，才能更好地团结一切革命同志，反击敌人的'反省政策'，粉碎敌人的阴谋。我们要动员所有政治犯都参加到政治、经济斗争中来，把敌人的监狱彻底变成我们锻炼、学习的'红色党校'，确保所有党员同志都扛着红旗出狱。"

薄一波说："我同意陈原道同志的意见。"

孔祥祯也表示赞同。

只有殷鉴没有吱声。

陈原道望着殷鉴，"殷鉴同志的意见呢？"

"这样当然好,只是做下去可能会有一定难度。"殷鉴说:"在狱中建党不是件很容易的事,不仅因为有敌人的压迫和监视,还因为被捕的党员中,许多人原来并不互相了解,有的甚至连面都没见过,凭什么相信我们? 谁知是不是国民党设的一个圈套、一个陷阱? 所以,工作起来会有一定难度。"

殷鉴的话不无道理。一番话,让大家都不同程度地意识到了工作的严峻。

"你们看,这样行不行?"陈原道想了想,说:"狱中党的组织必须成立,而且,刻不容缓。咱们变通一下,开始时,我们先在可靠的和熟悉的党员中进行串连和酝酿。我大致看了下,草岚子里的许多党员都是曾经在白区并肩战斗多年的同志、战友,又经过宪兵司令部和军法处两段时间的考验,彼此都相当熟悉和了解。我们就先在这部分同志中工作。星火燎原,待我们成熟和壮大了,再遍地开花。"

殷鉴、薄一波、孔祥祯都同意陈原道的意见。

陈原道还想说什么,"放风"时间到了。

"好吧,下次再说。"

狱中党支部终于建立了,在薄一波的提议下,陈原道被推选为第一任党支部书记。

薄一波说:"原道同志是四中全会后中央派来顺直省委主持工作的,有一定的影响力,而且对这一块的情况和人员又比较了解和熟悉,我认为,由陈原道同志来担任狱中党支部书记最为合适。"

薄一波的提议,得到了全体党员的一致同意。

让陈原道愁肠百结的是,第一次支部大会,讨论的内容竟然是如何遏制叛变的逆流。

陈原道盯着众人,把胸中的那口气全部吐出来,才缓缓地说:"人各有志,我们做不到去阻止一些人的叛变行为。但我们可以未雨绸缪,提前做一些预防工作,不悔过、不反省、不反共、不接受国民党的领导! 过堂的时候,第一,绝不讲反对共产党的话;第二,各人讲各人的事情，不要涉及旁人；第三，只承认自己是要求抗日的工人、学生。 如此'约法三章'，如何？"

监狱里有规定，放风时不准多人聚众交谈。 大家就边走边说，或一起接水，一起上厕所，花样翻新。

支部初建，仅有十多位委员，他们抓紧每一次"放风"的机会，秘密碰头，研究被捕党、团员的政治表现、思想动态，并根据实际情况，安排教育计划，对表现坚强的同志给予支持和鼓励，一批青年团员在狱中也被转为共产党员。 党支部把可靠的党员每3个人编成一组，采用军事组织形式，上面一人，下面两人，下边两人不发生横向关系，以保证对敌斗争的绝对秘密性。 作为陈原道最亲密战友的刘亚雄也是在出狱后才知道陈原道在狱中党支部所担负的重要责任。

在狱中党支部的领导下，大家很快稳定住情绪，叛变逆流被果断堵住。

草岚子监狱之所以对外号称"反省院"，就是因为"反省"是他们最大的"特色"。

"反省院"里，"犯人"们的学习是受到严格的控制的，只准看对反动统治无碍的老古文和做教科书用的英文、数学之类的书籍，有关时事和政治理论的书报，无论其内容如何，一律不准看。

没有米，就四处找米下锅。 陈原道、薄一波、安子文通过与看守交朋友、拉关系，用高于市场的价钱请他们把报纸和英、俄、法文版的马列主义著作买进来——看守们正好也把这看作是生财之道，然后再由他们把重要新闻剪摘下来，在监房里传阅。 杨献珍和廖鲁言懂英文，陈原道、殷鉴懂俄文，李楚离懂法文，外文版的书籍就由他们负责译成中文，然后再由韩钧、傅雨田、朱则民等用工整的小楷在麻纸上抄写出来供大家阅读。 传阅完了由杨献珍负责收回，用水浸泡搓烂后端到厕所倒掉。

杨献珍是陈原道等同志被捕后，奉周恩来之命专程来天津配合陈赓等同志负责营救工作的,没承想,在到北平送情报时不幸也落入魔爪,被关到了草岚子监狱。

在狱中搞翻译是相当不易的。狱中条件艰苦,连一张简陋的桌子都没有,陈原道等负责翻译的同志,凭着对党的赤诚之心,强忍着脚戴沉重铁镣的痛苦,趴在炕头翻译。为了躲避看守的监视,有时就趴在被窝里偷偷抄写。尤其是杨献珍,他的脚上戴着的是12斤重的大号脚镣。

一次放风时,陈原道笑着跟大伙说:"没办法,翻译的工作,只能由我们来承担了。谁让咱们又吃过洋面包又喝过洋墨水的。你们说是不是啊?"

旁边的杨献珍、廖鲁言、殷鉴、李楚离等都笑了。

这期间,狱中党支部收集和翻译了大量的马列主义经典著作,其中有恩格斯的《反杜林论》,列宁的《卡尔·马克思》《社会主义与战争》《国家与革命》和《帝国主义论》,斯大林的《马克思主义与民族问题》《列宁主义问题》以及《大公报》《华北新闻》《布尔什维克》(俄文)《国际通讯》(英文)等,秘密送到各监号传阅,不懂的地方由高水平的同志负责讲解。

在学习马列主义基础知识的同时,狱中党支部还要求大家每人必须学一种或两种外语。学会外语,狱友们之间的交流就更方便也更隐蔽了。刘澜涛和唐方雷两人就拿着粉笔在石板上用世界语讨论问题,敌人看不明白,也奈何不得。为了配合学习,狱中党支部还办了一个名为《拉丢》(英文"无线电"的译音)的刊物。但只传了几个牢房,就被看守发现没收了。后来,杨献珍、胡锡奎编写的《红十月》刊物,在监狱里也是轰动一时。

为了保证学习的正常进行,狱中党支部规定:狱中一切学习资料,都属秘密文件,在单人号房,只阅不读;多人号房,只能由一人低声读,而不再传阅。学习时,必须保持高度警惕,时刻严防看守发现。那些打通关节的看守倒无所谓,他们已经从中得到诸多好处,也担心东窗事发，城门失火必然殃及池鱼。有时，即便发现了"犯人"们正在学习，也装聋作哑，视而不见。但对那些还未打通关系和新来的看守以及那些死硬的特务就得另当别论了，一旦被他们发现，后果就会不堪设想。于是，全监统一暗号：举起拳头，表示有人来了；以屈着的指头连续敲墙壁，通知住在隔壁的难友，有人来了；用拳头在墙壁上重捶，告知隔壁，来人走了。每次集体学习一开始，住单人房的"重要犯"就负责站岗，站在炕上盯住前院。正在学习的人，获悉暗号，立即收起正在阅读的书刊文件，在面前摆出准许读的课本、旧书装样子，"警报"解除，学习继续。

除了白天学习，每晚九时熄灯以前，还要进行小组讨论。多人号房，由狱中党支部指定一人作学习讨论小组组长。小组长根据党支部草拟的大纲组织讨论发言，并将难友们在讨论时提出来的各种问题，交上去集中、综合，上面作出结论后，再带回来，交难友们传阅或传读。住单人号房的"重要犯"则自己学习，独立思考。狱友们抓住日间的两次放风时机，喝水散步时，边走边谈，互相交换对有关学习的意见，统一认识。

马克思主义理论武装了狱中同志们的头脑，也坚定了大家的斗争信心，锻炼了大家的革命意志，学习成了大家在监狱斗争生活中最重要的组成部分，对不断提高同志们的思想政治水平、理论水平起了很大的作用。通过学习各方面知识，大家在社会进化、经济学、哲学、革命根本问题及主要策略等知识层面的认识得到了很大提高。通过监狱外面党组织提供的材料，又及时了解了苏区、城乡工人、农民等方面的情况以及当时的政治形势与政治任务。好多难友都说，坐了几年班房，胜似进了几年大学堂。

几十年后，当年的难友们回忆说："狱中的环境异常险恶。要经受住残酷的斗争考验，必须具备坚定的意志。陈原道等领导同志抓紧每一次放风机会，秘密碰头，研究情况，分析被捕党团员的政治表现、思想动态，根据实际情况，安排教育计划。对表现坚强的同志给予有力的支援与鼓励,对少数动摇分子则坚决与之斗争。狱中党团员紧密地团结在党支部的周围,形成了一个坚强的战斗集体。陈原道同志为保存和纯洁党的组织,做出了出色的贡献。"

陈原道认真践行中心原则和斗争策略,不遗余力地领导和参与狱中的各种斗争:

——监狱规定,每月三元的伙食标准,"犯人"每天吃一顿馒头、一顿米饭,实际上连一半都吃不到,大部分被管理人员贪污克扣了。每天只有窝头或发了霉的馒头,馒头中掺有石灰,米饭里夹杂沙子和污物,副食只有咸菜和一碗清水汤。陈原道派代表与狱方交涉抗议,并直接向院长提出改善伙食要求。狱方企图用镇压手段打击斗争,竟把代表们关闭了起来。这下彻底激怒了全体"犯人"。陈原道激励大家说:"同志们不要怕,镇压只能说明他们心虚,只要我们坚持不懈地与他们斗争到底,胜利就一定属于我们!"在以陈原道为党支部书记的狱中党支部的领导下,同志们毫不惧怕,与狱卒们作针锋相对的斗争,"一致要求反对错误处罚,一顿馒头、一顿米饭,处罚宪兵。"最终,狱方被迫公开承认处罚错误,并保证允许大家多吃馒头,不吃坏馒头。狱中斗争初战告捷。

——政治犯刚进监狱的时候,监狱当局不给"犯人"理发、洗澡,有的同志一冬天都没能洗过一次澡,理过一次发,且还规定"犯人"自己出钱理发。陈原道在总结和回顾时曾写道:"在新干会(即党支部)成立之时,即提出要求,结果也胜利了(每月一次,理发也是一次)。"

——监狱规定犯人每天"放风"两次,每次半小时,而且是分批进行。有一次,监狱当局借口围墙倒塌,停止"放风"。针对敌人的故意刁难,大家便向当局提出,夏天酷热,又多人共居一间小屋,实在难以忍受,要求"放风",而且时间要由半个小时延长为一个小时至一个半小时,南北监合放。开始,监狱当局不同意,后来允许四十分钟。党支部号召全体政治犯采取行动,到了"放风"时不管看管人员如何催逼，都不回牢房，自动延长时间。无奈，敌人只好延长时间，并由分批"放风"改为一起"放风"。陈原道在谈起这段经历时，说："总而言之，在干会领导之下，进行的日常斗争，是不断的发展。"

——关于下镣的问题，陈原道说："这斗争是长久的。院长（"反省院"）来要求过一次，其他法官讲演、科长考试均不断要求，文章上写的是下镣，口头说的是下镣，这样的斗争得到的结果是病人普遍的重镣换成了小镣，只是少数人还带着重镣，这也算是部分的胜利。"

——反对虐待、打骂犯人。草岚子监狱的看守们对政治犯肆意地在精神、肉体上侮辱、摧残、体罚和打骂。党支部为了保护人身安全，维护共产党人的神圣尊严，决定遏止这种现象。狱中有个镶金牙的看守，虐待凶残成性，有一次为一个犯人出牢房没关小门就辱骂不止，甚至还动手打人。于是狱中同志借机喊起来："看守打人了！看守打人了！"并把他痛打一顿。陈原道等团结一心联名提出抗议，并在食堂拒食，坚决要求当局处理这个看守。此时，适逢宋庆龄领导的"民权保护同盟"即将来监狱视察，监狱当局怕影响大局，担待不起，就令这个看守来食堂跪在地上赔礼道歉，并扣除他半月薪金。这次斗争起到了"敲山震虎"的作用，看守们再也不敢随意虐待、打骂政治犯了。

监狱对共产党人的"改造"，可谓是招数不断，无孔不入。

陈原道等人进草岚子监狱不久，敌人就开始派军法处法官和神甫、修女来"讲课"、"感化"政治犯，美其名曰："反省"。

"反省"是1931年底南京国民政府军事委员会政训处长刘建群来北平后"创造"的。刘建群说：软硬兼施是政治家惯常采用的一项重要手段，尤其对待"政治犯"，来了硬的后要来软的，来了软的后要来硬的。只有软硬兼施，恩威并举，才能使其归顺。刘建群把对待"犯人"肉体上的摧残、精神上的折磨和思想上的毒害，以及严格限制和不断灌输反动思想，融为一体，称之为"反省"。

由于首都各界进步人士都不屑与国民党为伍，谁也不愿充当国民党反动派的代言人。所以，监狱当局挖空心思安排的"八德"大课，只好由军法处长兼反省院长颜文海本人赤膊上阵滥竽充数。颜文海不学无术，却好为人师，喜欢教训人。来讲课如来视察，前呼后拥，每次都是老生常谈：

"同学们，国家是为了爱护你们，才把你们弄到这里来反省，你们应当幡然醒悟，放弃那个百无一用的所谓共产主义思想……"

狱中不少党员如陈原道、刘亚雄等都是学生出身，有丰富的罢课、闹学潮经验。大家轮流提各种问题，转移课堂主题，耗费时间，一旦对方散布谬论就巧妙地加以驳斥。颜文海讲"民生主义"，大家就提反虐待、改善伙食，讲"民权主义"，大家就要求看书看报、延长"放风"时间。同时提出中国历史、哲学、政治经济学等颜文海不懂或者不好回答的问题，颜文海经常被问得张口结舌面红耳赤。

颜文海给大家讲孔孟之道，还没刚讲几句，刘亚雄就站了起来，问："请问院长先生，用孔孟'齐家治国平天下'的道理能将日本人赶出东三省吗？能制止东三省沦陷和人民不当亡国奴吗？孔子曰，'民为贵、君为轻、社稷次之'怎么解释？我们是爱国青年，是国家和民族的新生力量，应当得到尊重和支持，你们无端把我们关起来，这是为什么？"

刘亚雄话音刚落，其他同学又站了起来，此起彼伏，连番发问。颜文海仿佛不是在讲课而是在接受审问。

颜文海恼羞成怒："你们受共党邪毒甚深，一时无法觉悟。统统回去，各自再好好反省！"边说边拂袖走下讲台，悻悻而去。以后，再也不敢来逞能了。

这天，监狱里出现了一位神甫打扮的男人。

颜文海告诉大家：这是他专门从基督教会请来的神甫，今后，每周都要请一个神甫来狱中讲授《圣经》。

陈原道笑了，想从精神上摧毁被捕同志的革命意志？没那么容易！

"《圣经》是一部'天书'，德国大文豪歌德曾说，'《圣经》是我一生最可靠的雄厚资本，是取之不尽用之不竭的宝库。'信仰基督的人们总能通过圣经找到生命的支点，在圣经中寻获自我，学会超越自我，在圣经中获得前进的力量。国父孙中山十四岁时便养成读《圣经》的习惯，《圣经》对他一生的影响极其深远。辛亥革命成功时他谦逊地说，'革命所以能够成功，乃完全仰赖神的恩助'。"道貌岸然的神甫在讲坛上摇唇鼓舌："人应当爱自己的国家，也应尊重别国的爱国心，应当遵守国家的法律，也应尊重别国的法律。这是神给这个世界所定的秩序，人若都遵循这样的秩序，这个世界就是善美和平的。'在上有权柄的，人人当顺服他；因为没有权柄不是出于神的，凡掌权的都是神所命的'。"

"我有一个问题：1927年4月12日，以蒋介石为首的国民党新右派在上海发动反对国民党左派和共产党的武装政变，大肆屠杀共产党员、国民党左派及革命群众。在事变后三天中，上海共产党员和革命群众被杀者三百多人，被捕者五百多人，失踪者五千多人。这也是神的恩助吗？对这种杀人不眨眼的魔鬼，我们也要顺服他吗？"陈原道慷慨陈词。

可神甫并不理会他。"人还必须爱自己、爱世人、爱神。爱能够产生无限力量，提出以爱为人生的核心正是圣经人道主义精神的体现。爱自己，不管自己曾经怎样软弱；爱世人，不分老幼富贫，就连那老弱病残的都应当伸出援手；爱神，不管人生的道路有多曲折，都决不动摇爱神的心，都执着地跟随神的脚步。爱能够洗去人类的罪性，人若以爱传递神的旨意，便能使这个世界充满温暖。"

陈原道"腾"地站起来，义正辞严地问道："神甫，你讲了这么多人道，那我要问，监狱中生活极其恶劣，监狱当局层层克扣狱粮，狱友们连霉米饭都吃不饱，里面还夹杂着石子、砂子、稗子；开水也不够喝，见不到阳光，呼吸不到新鲜空气，这是爱人吗？看守凌辱妇女，毒打犯人，这是人道吗？ 在我们受苦受难的时候，你那可爱的上帝躲到那儿去了呢？ 你睁开眼睛看一看，看看这监狱，难道这就是你所说的天堂？ 地狱会比这座监狱更差吗？ 你讲错对象了，真正需要接受你的感化和教诲的，需要改过和忏悔的不是我们，而是他们！"陈原道手一指颜文海和他身后的一排站得笔直的狱警，"不推翻你们的统治，今生都活不了，何谈来世！"

"我的孩子，你不要忽略人生中每一个意想不到的时刻，那是你的灵魂摆渡人在向你指引。"神甫满脸通红地强辩道。

可是，他的话早已被山呼海啸般的掌声给淹没了。

颜文海的脸色一下子变得发白，就像被人扒光站在那里一样。 他恨恨地瞪了陈原道一眼，在难友们的哄笑声中跟在神甫后面狼狈逃离。

从此，神甫、修女的身影再没在监狱里出现过。

狱中党支部秘密建立，形成了坚强的战斗堡垒，狱中斗争的局面大有改观，所有的斗争都变得有组织、有计划、有步骤了。

1932年6月，汪精卫粉墨登场，出任国民党政府行政院长。 迫于国内外的舆论压力，也为收买人心，同时也出于与蒋介石勾心斗角的政治需要，宣布施行"大赦"："政治犯"缩短三分之一刑期。 但仍规定"犯危害民国紧急治罪法或暂行反革命治罪法之罪而赦免之人犯，如认仍有危害民国之虞者移送反省院"。 当时，狱中每个人均写文章批评大赦的狭隘，要求当局应当将所有政治犯一律释放。 大家协商一致，统一行动，历经一个月之久，终于使不少三年以下刑期的犯人得到了释放。

陈原道、刘亚雄被释出狱。

第五章
喋血金陵

上海，一座既繁华而又黑暗、喧闹而又险恶的城市。

层层叠叠的高楼接袂成帷，各式各样的汽车、电车、黄包车往来穿梭，五颜六色的旗帜在江风中飘扬。遗憾的是时不时的就有一辆军车呼啸而过，发出刺耳的鸣笛声，煞了不少风景。不过，这丝毫不影响那些那些衣着光鲜的沪上名媛们，穿着细细长长的高跟鞋，虚张声势地依偎在打扮得派头十足的先生们肩头，边操着各种口音的英文叽叽喳喳，边迈着碎步"咔嗒咔嗒"招摇过市。橱窗里的锦罗玉衣、花花绿绿的电影海报,以及大减价的横幅、开张志模的花篮,无不在提醒着人们,作为全国第一个产业区域经济中心,这里,不仅是一个繁花似锦的摩登城市,是一个鱼龙混杂的"十里洋场",是一座名不虚传的"冒险家的乐园",同时,也是帝国主义侵略势力的中心,国民党反动派政治、经济、外交的重要阵地——国民党政府驻有许多军、警、宪、特机关,黑社会势力也相当猖獗。 所以说,这里,更是一个险恶之地。 对战斗在敌人心脏地区的陈原道、刘亚雄等共产党人来说,他们感受到的是时时可能吞噬他们生命和革命前途的血雨腥风。 被捕、牺牲、严刑拷打、被叛徒出卖,随时随地,都可能落到自己头上。

陈原道和刘亚雄跟随着熙熙攘攘的人流缓缓走下邮轮的时候,天上正丝丝缕缕地飘浮着斜风细雨。 雨丝风片发出的如蚕咬桑叶般的沙沙声,跟薄暮暝暝的暗光混合在一起,均匀地铺在路面上。 一脚踩下去,会有朵朵水花轻轻溅起。

陈原道和刘亚雄合撑着一把伞。 风很大,雨滴把刘亚雄的半边身子都打湿了。 他们依然迈着气定神闲的步子,那光景,根本不像是急着赶路的夫妻,更像是一对琴瑟和谐的情人,脉脉含情地在雨中徐行。

重新踏上这片久违的土地,陈原道和刘亚雄禁不住感慨万千。 当年,仓促一别,眨眼间,已匆匆数年。 岁月和经历给他们留下了太多太多的沧桑,不变的是,当初的豪情与壮志。

——陈原道和刘亚雄出狱后,立即找到河北省委,接上了组织关系,汇报了狱中和狱中党支部的工作情况。 刘亚雄经组织批准回山西老家探亲,陈原道则被派往直南(今河北磁县)指导农民运动。 就在他摩拳擦掌,准备大展身手时,突然接到中共中央通知,调他任江苏省委常委兼上海革命工会党团书记,负责组织和领导工人运动,刘亚雄与之同行,出任江苏省委妇委负责人。

本来,陈原道也是准备回老家报一声平安的,没想组织上这么快下达了任务，只好放弃个人的私念，打点行囊，与刘亚雄匆匆南下。

行前，陈原道给表哥程茂如写了一封转给家人的信——

茂如兄：

我的厄运已经脱了。在津小住几日，不久将南下与泉弟见面。希望今后家里的人不要以我的生死为念。

这是一封报平安的家书。

只言片语中，可以清晰地看出：此时的陈原道已经做好了为党、为革命而牺牲的思想准备。

信中提及的泉弟，是此时已经在上海的堂弟陈元泉。

走出码头，陈原道走进一间电话亭，打了一个电话。出来以后，跟刘亚雄说："咱们走吧。"然后，挥挥手，要来一辆黄包车。

陈原道小声跟车夫说了一个地方，车夫说了一声："好嘞！"载着他俩疾驶而去。

黄包车一直将陈原道和刘亚雄拉到圣母院路中段的一栋普通的"石库门"前停住。这是一栋三层小楼，红砖青瓦，门上有拱形水泥制门楣，用隶书体写着："雨果书店"。陈原道发现，这条里弄的建筑样式大都相仿，基本都是清水红砖的三层楼房，弄堂之间的小巷纵横交错，四通八达，外来人走进去仿佛进了迷宫。陈原道抬起头，看了看弄堂上空狭长的铅灰色的云，搀着刘亚雄走下车，向店里面走去。

与其说这是一家书店，不如说，这里更像是一家咖啡馆，很安静的一个地方。购书者可以根据自己的喜好，择一本书，坐在大长桌旁，默默地读上一个上午或一个下午。

眼下，正是正午时分，店里没什么生意，只有一个小伙计，蜷在柜台里打盹。

冰冷的架子上，一本本书倔强地挺立着。

"伙计，请问你这店里有《死魂灵》吗？"陈原道用手指轻轻地敲着台面，慢条斯理地问道，目光漫不经心地在琳琅满目的货架上睃巡着。

伙计一怔，一双睡意蒙眬的眼睛睁得大大的盯着这对天外来客。

陈原道身穿灰色的华达呢长衫，头戴礼帽，手里提着一只皮箱，脸上挂着温和的笑容，像极了远道而来的顾客。刘亚雄则是一条素色的旗袍，一顶戴面纱的帽子，小鸟依人地挽着陈原道的胳膊。

小伙计急不择言地答道："有，有《死魂灵》，是乞乞科夫的吗？"

"不，你错了伙计，是果戈里。"先生摇摇头，"尼古莱·瓦西里耶维奇·果戈里·亚诺夫斯基。"

小伙计红着脸说："这我就不知道了，先生请等一下，我去问问老板好吗？"

不一会，书店老板跟在小伙计身后出现了。

"对不住，对不住了啊！让二位久等了。"书店老板一边偷偷地打量着陈原道、刘亚雄的衣着样貌，一边双手抱拳道，"先生要的果戈里的《死魂灵》，敝店还真存有一套，只是不知是不是先生所要的版本。如不麻烦，请二位移步楼上，亲自鉴别一下可否？"

"好吧，就按你说的，上楼去看一看。"陈原道和刘亚雄对视了一下。

刘亚雄假装不满地嘟噜道："买套书，还要费这么多周折，真是麻烦！"

挽着陈原道的臂弯拾阶而上，给目瞪口呆的小伙计留下了一个郎才女貌的背影。

"是陈原道和刘亚雄同志二位同志吧？终于把你们等到了。"一上楼，老板就转过脸来，紧紧握着陈原道的手，说道："中央发来的关于您来担任江苏省委常委兼上海革命工会党团书记，负责组织和领导工人运动，刘亚雄同志任江苏省委妇委负责人的信函，我们已经收到多日了，真欢迎您们啊！"

"你是……"

"你们就叫我老杨吧，组织上专门安排我在这儿迎候你们的。眼下的上海，特务横行，白色恐怖非常严重，党的工作环境异常险恶，工作和联络地点也是一变再变。"

陈原道和刘亚雄没有说话，微笑着，点点头，表示理解。

"二位一路鞍马劳顿，还没有吃饭吧？我们先吃饭？"老杨征询说。

"不急，老杨同志，"陈原道止住他，"如果方便，我想，不妨请您先把上海的工人运动情况给我们介绍介绍，我们也好心中先有点数。"

老杨挠挠头，"说句实在话，上海这两年的工人运动，真没有什么可圈可点的。"

"老杨同志谦虚了吧？上海的工人阶级运动可是有着光辉而又灿烂的光荣历史的啊！"陈原道说："1921年7月，中国共产党在上海成立，从此，上海工人阶级在党的教育和领导下，通过各种形式组织起来，为争取民族的解放和建立人民的政权，同帝国主义和国内反动势力展开了英勇的斗争。特别是1927年3月21日，上海80万工人阶级及其三千多名工人纠察队员，在中国共产党领导下举行总罢工，开始第三次武装起义。汽笛声和钟声过后，工厂机器停转，水陆交通断绝。起义队伍浩浩荡荡地向指定地域集结，下午一时起，同时对各战区的敌人发起猛烈进攻，整个上海枪炮声四起，喊杀声震天。经过激烈巷战，当天晚上，好像除闸北外其余六个地区全都相继解放。"

"是，闸北是敌人防御力量最强的地区，有多处军事据点。"老杨接着道："武装起义爆发后，攻打闸北的一千四百多名上海工人纠察队员，将敌人压缩在北火车站、商务印书馆俱乐部和天通庵车站三处，起义总指挥周恩来亲临战场，进行指挥，战至22日傍晚，终于肃清了闸北之敌。"

"在中国共产党领导下，无论是在民族存亡之秋，还是历史转折关头，上海工人阶级都挺立中流，前赴后继，流血牺牲，开拓创造，用英勇不屈的精神和彪炳史册的业绩，铸就了上海这一中国工人阶级的摇篮的城市之魂，成为中国工人阶级的领头羊！"

"可惜啊陈委员，您说的这些都是老黄历了。"老杨摇摇头，"就说示威吧，几名工人正干着活呢，谁说了句什么，大家伙头脑一热，走，找老板去！就跑到工头那儿去了。一伙人呼呼隆隆跑到工头门前，你嚷我喊，乱讲一通。工头出来眼一瞪：'何人在此喧嚣？给我轰走！'工人一哄而散。你说，这能叫示威吗？再说暴动，几名工人跑到南京路上先放一挂鞭炮，然后高呼口号，行人是围上来了，但巡警也围上来了。暴动的工人见状，没等行人跑呢，自己就先没影了。这能叫暴动吗？分明就是小孩儿过家家嘛！"老杨同志越说越气愤："这样的示威和暴动，别说去触动国民党反动派的根基，皮毛都触及不了。可有些同志还沾沾自喜，总结起来，如数家珍，组织了多少多少起示威，举行了多少多少起暴动。真不知这种人心里是咋想的。"

老杨正义愤填膺地诉说着，忽听楼下"咚咚咚咚"地传来了一阵结实的脚步声，招呼声也跟着传了上来："是陈委员到了吧？"

老杨看了陈原道一眼，"说曹操，曹操到。"

话未落音，一个油头粉面的男人出现在陈原道面前。

来人双手一揖，讨好地招呼道："陈委员好，刘委员好，在下李芝平。"

陈原道不露声色地打量着对方。

身材瘦瘦长长的李芝平，颧骨高高的，眼睛和嘴都很小，一副小商人的派头，浑身上下，看不出一点儿共产党员的凛然正气。当然，在这种朝不保夕命悬一线的环境里，没有共产党人的气息，说话行事犹如路人，不能不说也是一种自我保护的形式。

行迹猎气息，面目知心相。

以貌取人，差不多是中国的传统。

就如中央特科二科(情报科)科长的陈赓曾忧虑地说"只要我们不

死,准能见到顾顺章叛变的那一天"一样,陈原道第一次见李芝平,就禁不住心里"咯噔"一下:总有一天,上海工人暴动要断送在这个人手里!

李芝平四下瞅了一圈,脸一绷,道:"老杨,这都几点了,怎么还不上饭?"

陈原道忙打圆场:"老杨同志已经安排了,是我们要晚一会的。"

"这不行,这不行。 饥来吃饭困来眠,夏月单衣冬盖被。"李芝平手摆着,"饭是一定要吃的。 陈委员、刘委员远道而来,无论如何要给我们一个机会,尽尽地主之谊。 老杨,上饭,上饭,上饭!"

李芝平说话的时候,他嘴里的一颗金牙,不时地闪烁着暗淡的金光。

说话间,饭菜就端上来了。

李芝平转身从柜子里取出一瓶白酒,"下雨天,喝酒天,渔樵相逢岂偶然;浪花滚滚淘英雄,浊酒一壶付笑谈。 怎么样陈委员,喝杯酒暖暖身子?"

陈原道在一张椅子上坐下,仰面看了李芝平好一会儿,说:"我们不喝酒,所以,我建议你也不要喝。 吃完饭,咱们抓紧把当前上海的工人运动开展情况,还有哪些问题,一起梳理梳理。"

李芝平一怔,皮笑肉不笑地道:"陈委员不愿意喝就不强求了,老杨陪陈委员、刘委员吃饭。 我呢,自斟自饮,咱们边吃边说。 不会误事的。"

陈原道不置可否,看得出,心里不太乐意。

没想到,一杯酒下肚,李芝平竟然上了酒劲,或者说喝得神采飞扬了,开始讲述自己组织工人运动的光辉经历。

李芝平滔滔不绝的样子,让陈原道心生疑窦:这样子的人,会是共产党员?

饭没吃完,陈原道和刘亚雄就起身告辞了。

这段时日,刘亚雄真是感觉到陈原道几乎被自己的身份和工作迷惑了。

上海各厂此起彼伏的工潮,无时无刻不牵动着他的心,他把一条命拴在裤带上,乐此不疲地在腥风血雨的上海滩头摸爬滚打。

地下工作险象环生,稍不留意就会失掉性命。作为妻子,刘亚雄时时刻刻为陈原道揪着一颗心。可是,为了共同的理想,她又不得不压抑着心中的万般情感,与陈原道共同携手,在这条充满黑暗的长廊里奋力前行,只为前方璀璨的光明。

陈原道每天天不亮就离家了,到群众中去调查研究,努力在白色恐怖下有针对性地开展好党的工人运动,经常到深夜才回来。陈原道经常深入到工人食堂、宿舍,与工人交谈,了解他们的生活思想情况,听取他们对工作的意见。他到基层时,总随身带一顶蚊帐、一床薄被,工作到哪里就在哪里吃饭,在哪里工作到深夜,就打开草席在哪里睡,与工人同甘共苦。由于基础薄弱,工作并不是很顺利,受了几回挫,却也切切实实地取得了一些阶段性的胜利。他在四川路一座废弃的库房里,筹办了一所工人补习学校,通过讲课、游艺、谈心等方式,向工人进行马列主义宣传,传播革命真理,号召大家团结起来与剥削者进行不懈的斗争。

陈原道有一个本事,就是再高深复杂的理论,一到他嘴里,立马变得通俗、浅显、易懂起来。给工人上课时,他总是绘声绘色讲故事:

郑板桥闲居苏州时,有年春节,一位姓蔡的州官,约郑板桥外出游玩。出南门不远,二人看见桥边一户人家的门上贴了副对联:上联是二三四五;下联是六七八九。横批:南北。郑板桥看着看着,突然对州官说:"请您稍等片刻,在下去去就来。"不多时,郑板桥气喘喘跑来了。只见他左手拿着几件衣服,右手提着一方肉,肩上还背着一袋米。走到这家门口就敲起门来。不多会儿,一位满脸愁容、穿着破衣服的老者将门打开。板桥赶紧上前把东西送上:"寥寥米衣,暂缓饥寒。"当老者得知送东西的竟是"扬州八怪"之一的郑板桥时,感激的连连趴下磕头，千恩万谢。 从穷人家出来后，蔡州官百思不解，不停地问郑板桥，平白无故怎会突发奇想给这户人家送粮送衣？ 郑板桥见蔡州官满脸疑惑，解释说："你没看见这户人家的那副对联吗？ 上联'二三四五'，单单缺少'一'字，其谐单就是'缺衣'；下联'六七八九'，又恰恰少了'十'字。 乃是'少食'；横批：'南北'，没了东西。 故知这户人家缺衣少食，没有东西。"蔡州官恍然大悟，连声赞曰："佩服！ 佩服！"

接着，陈原道话锋一转，"大家想一想，我们又何尝不是这样？ 我们日夜劳动，却吃不饱肚子，穿不暖衣裳，一无所有。 而资本家什么活都不干，却越养越肥。 有个叫马克思的人说过，在资本主义制度下，工人一天的劳动时间实际上分为两个部分：一部分是相当于为维持工人及其家庭生活所必需的劳动时间，称为必要劳动时间；另一部分是超过必要劳动以外，白白地为资本家劳动而得不到任何报酬的时间，称为剩余劳动时间。 剩余价值也就是工人在剩余劳动时间里所创造的而为资本家无偿占有那部分价值。 资本主义剥削的秘密就在这里，资本家发财致富的源泉就在这里。 所以，大家一定要认清，资本家的一切活动，都是为了榨取工人的血汗，达到赚钱发财的目的。 整个资本主义制度，就是建立在资本家对工人残酷剥削的基础之上。 资本主义制度就是一个人剥削人，人吃人的罪恶制度。 为了掩盖剥削的实质，掩盖剩余价值的真正来源，说什么工人受冻挨饿是由于他们'命苦'，资本家发财致富是由于'勤俭'，这全是骗人的鬼话。 马克思说：资本来到世间，就从头到脚，每个毛孔都滴着血和肮脏的东西。 资本家不拿榔头，不开机器，怎么说得上'勤'？ 他们成天花天酒地，过着荒淫无耻的生活，又怎么说得上'俭'？ 资本家剥削工人的手段是极其残酷的。 这些吸人膏血的东西，在还有一块肉、一根筋、一滴血可以让它吸取的时候，也决不会放手。 资产阶级跟一切剥削阶级一样，都是贪得无厌的豺狼，靠残酷地剥削、压迫劳动人民发财致富；资本主义的道路是少数人发剥削财，多数人贫困破产的道路，这是一条血淋淋的道路。俗话说：'天下穷人是一家''千亲万亲阶级亲'。我们一定要团结起来，为彻底消灭一切剥削制度而斗争！不久的将来，我们不必再打赤脚，也不必再寄人篱下，我们会有鞋子、裤子、褂子、房子、有地、有牛，什么都有，过着丰衣足食的好日子。我们流血牺牲，就是为了这个！"

陈原道一番话，仿佛冬天里的一把火，把上海产业工人的心头烧得滚烫滚烫。

在上海工人中，流传着这样一句话，叫做："工人不出头，出头便入土"。陈原道听了，在黑板上一笔一画给大家演示："大家都来看一看，'工'和'人'两个字加起来念什么字？"

"天！"工人们面面相觑："原来天字是这样来看的啊！"

"是'天'！这个演变告诉了我们一个什么道理？告诉我们，在这个世界上，只有工人才是顶天立地的人，只有工人才是最伟大的力量，工人最有用，最贵重！要想让别人尊重我们，首先，我们要自己尊重自己，努力上进，不要因为社会上有些人看不起咱们工人，就灰心丧气。我们一定要人穷志不穷。"说得工人们纷纷点头称是。陈原道趁热打铁鼓励工人道："大家一定都听说过'十月革命'，我们常说，是十月革命让我们中国终于找到了先进的主义。但是，大家知道吗？马克思主义与其他主义不同，这个主义必定要由工人阶级来承担，只有在工人运动中得以传播，与工人运动结合才有力量。所以，中国人找先进的主义，先进的主义也在找我们中国的工人。"

就在工人们热血沸腾摩拳擦掌之际，人力车工人为反对老板加租自发地组织了一场罢工运动，陈原道得到消息后，立刻化装成人力车工人前去调查情况。

1870年，日本人制造了人类历史上第一辆人力车，不久，即传入中国。短短二三十年时间，这种简单便捷的交通工具便以星火燎原之势风行于上海，到了1930年以后，已发展到了六七万辆，且还继续呈上升趋势。这些人中，绝大多数是乡村来的破产农民，很少城市居民，除双手外，别无长物，受尽了车商的剥削、乘客的欺侮和捕房的虐待，是上海社会各阶层中，受教育程度最低的一个群体，对政治和形势感知迟钝，也缺少参与的兴趣。虽然有时内心深处会萌发一种改变现实与改变自身处境的愿望，但为了自己和全家人能够安稳地活下去，终又心字头上一把刀——忍了。组织上几次欲在人力车夫中开展活动，终因态度消极而作罢。

这一次是官逼民反，民不得不反了。

"不是我们想反，是实在活不下去了！"一位名叫曹富贵的工人告诉陈原道："一辆车子分三班，每班不过五个钟点，生意好，一班可以拉得一块多钱，生意不好，不过几角钱，而每人每日的租钱就要交五角钱。现在，老板还要每班加二角租钱。这样下去，只有不干！"说着说着，泪如雨下。

曹富贵一身褴褛，腰弓背驼，才五十多岁，头发就全白了，像顶着一层雪。

陈原道亲切地拉着曹富贵脏乎乎的手："你不必伤心，我会帮助你们的。第一步，你们找老板直接交涉，向他说理；第二步，到工部局去告他们，把反对加租与罢工的理由向工部局提出来。我们先作合法斗争，看一下情形再定办法。你看如何？"

曹富贵破涕为笑，兴奋地说："陈先生！我们是苦力，谁也看我们不起，你这样热心帮助我们，叫我们更有劲了！世界上真有好人啊！"

"你跟大家伙说，我们一个铜板的租金都不加！老板不同意，我们就罢工到底。"

"那……成吗？"曹富贵忧心忡忡地说："有些工人心里害怕，担心要求太高，会砸了自己饭碗。"

陈原道胸有成竹："大家不要怕，我们横竖是穷人，罢工一天，我们每人只损失两三角工钱，而资本家却要损失几万，他拼不过我们！"

他给曹富贵鼓劲："罢工是我们反对加租的武器，团结又是我们罢工的武器。不论到什么时候，遇到多大困难，大家伙一定要团结，决不能气馁。你有这个把握吗？"

曹富贵似乎受到了鼓舞，信心十足地说："困难不是没有，不过我可以劝告弟兄们暂时咬紧牙关，找点零活，大家相互间也通挪一下，十天八天还不至于发生问题。今天已经是罢工的第三日了，罢工一日，我们的生活固然很困难，车行老板的损失也很大，听说他们很着急。"

陈原道奋笔疾书草拟了一个罢工的宣言和全体人力车工人告各界父老兄弟姊妹书，揭发车行老板联合压迫人力车工人造成罢工的卑劣行径。第二天，上海一家报馆就在显著位置发表了这两篇檄文，其他进步媒体见状也都蜂拥而上，口诛笔伐。像投入死水微澜中的一枚重磅炸弹，文章惊动了车行老板，也在社会上掀起了波澜。

这一来，车行老板不得不同意谈判。巡捕房了解到这是一个劳资冲突，也没有出面对人力车工人施压。虽然车行老板在这次罢工运动中处于下风，但在谈判中锱铢必较，关于租金的增减问题，减一分钱或增一个铜板都争执到一天半天，因此就把谈判的时间拖得很长。直到第九天，才迫不得已地同意取消加租，同时，在原租金内，每日每班每人提出二分钱作为人力车工人的福利费，实际上每日每班每人缴租金四角八分（等于减租二分）。罢工期间，车行老板应负担人力车工人每人每日的饭食费二角，作为资方对劳方的损失赔偿。

初战告捷，人力车工人们欢欣鼓舞，奔走相告，往昔几乎弯到了地上的脊背也因胜利而变得笔直。

望着工人们脸上生发开来的那种由衷的欢笑，陈原道欣慰地笑了。

这次胜利，是大革命失败后，排除'左'倾路线和策略的干扰，充分利用合法斗争方式，制定符合实际的罢工策略，以及利用敌人之间的矛盾、争取大量的同盟者的一个成功范例。同时，广大产业工人也在这次斗争中，洞见了陈原道非凡的组织领导能力、高超卓越的政治远见、机动灵活的斗争策略和敢为人先的革命勇气。

在陈原道艰苦卓绝的努力下，就在敌人的眼皮底下，曾遭受了重大损失和严重破坏的上海工人运动组织，终于又重新建立和恢复了起来。一度停止跳动的心脏，又生龙活虎般的跳动起来了。

这天，一位老家亲戚突然来到上海。亲戚住了几天，见他一天到晚忙得团团转，时而化装成教授，时而化装成商人，时而化装成工人，时而又化装成了叫花子。困惑不解地问："原道，你在上海做的这叫什么事体啊？拍电影啊？"

陈原道笑笑，含糊其辞道："我拍什么电影？这都是工作需要。"

亲戚心里就明白了，"原道，你做的是啥事体，我在家里就听说了。虽然我不知你这样子苦干死干是为了什么？但你个样子下去实在太危险了。还是不要干了吧！"

陈原道严肃道："这事不能不干！你不干，我不干，四万万同胞就没有饭吃，中国就不能解放！"

陈原道一出门就闻到了一股令人不安的气息掩藏在污浊的空气里。

他仰起头，看了看天空，暮色正在围抱这个繁华却不安稳的城市。冬天的黄昏总是那么短暂，你以为它会缠绵一阵子呢，可它眼皮一翻，一下子就跳进了黑夜。天，突然疏疏落落地下起了雨，雨水拍打在他的脸上。他将了一把脸上的雨水，大步流星地走进雨阵，犹如一条游向深海的鱼，不一会儿，就不见了。行色匆匆的陈原道没有发现，险情像一片移动的黑云，正跟随着暗夜鬼鬼祟祟的脚步，悄无声息地向他袭来……

陈原道乘一辆黄包车赶到唐山路颐乐里十六号的时候，街头的路灯，已经亮起来了。因为雨，所有的灯光都变得朦朦胧胧。

有人说，每一个职业里的人都会修炼出特有的直觉。

是的,如果说,陈原道出门时闻到的是一股令人不安的气息,那么,此时此刻,陈原道嗅到的则完完全全是股暗藏杀机的危险气息了——

颇闻棋诀在善守,心细如发才如斗。 站在昏黄且幽暗的路灯下,陈原道凭经验感觉到,十六号已经不安全了,危机四伏。 虽然暂时还没有明确的迹象加以佐证,仅仅就是感觉。 但是,多年在刀尖上舞蹈的生活,已经让他变得冷静和自信。 所以,他有着足够的理由相信,这感觉不会错。

陈原道本可以不让自己陷入险境。 如果想撤离,也有足够的时间和机会。 他的身后,就是一条深深的、被雨淋得透湿的寂寥而又漫长的弄堂,没有一个行人。 他完全可以退进这条深不可测的巷子,就像一滴墨汁汩进黑夜,眨眼之间消失得无影无踪。 可他没有选择回避。因为,这里已经不安全了,可二楼窗台上的那个标示着平安无事的花盆,还打扮得跟个花枝招展的妓女似的,一边用眼神向路人兜售自己,一边跟人打情骂俏讨价还价。 他必须不顾一切地立刻把偷香窃玉的家伙清理掉,以免更多人不明就里稀里糊涂上当受骗。

想到此,陈原道奋不顾身地向里面走去。 他刚刚迈进门,客厅里所有的灯都亮了,亮如白昼,几名特工依次从楼上过道跃下,呈梅花状包围了他。 陈原道不慌不忙地掏出烟盒点了一支烟,狠狠地吸了一口,红红的火星沿着烟身疾速地向他的嘴唇靠拢,陈原道心满意足地吐出一只与特务的队形相类似的梅花状的烟圈。 这时,一名特工突然跨上前去,劈手夺下他嘴里叼着的烟卷并迅速拨开。 登时,一张被拧得跟冬虫夏草似的纸条落到了地上。 特工弯腰捡起并展开,脸上绽出了得意的微笑。

上海公租界巡捕房内,沈凤奎探长亲审陈原道。

"你是1月7号下午在唐山路颐乐里十六号屋内被捕的吗?"

陈原道面无惧色:"是的,但该处门牌号是十四号非十六号。"陈原道巧妙地周旋着。 他故意把十六号说成十四号。 是想告诉国民党,他不是住在十六号的共产党,是来找十四号的朋友的。是被误抓的。

"你居住该处吗?"

"我不住该处,是去找朋友的。"

沈凤奎拿出从香烟里搜出的那张还没来得急烧掉的纸条——这是一位地下党员从狱中转出来的一封求救信。"这张纸条是从你身上搜出的吧? 纸条从何而来呢?"

陈原道坦然地回答道:"纸条从我抽的香烟里搜出是不假的,可它不是我的。至于怎么卷进香烟里去的,我一概不知。"

沈凤奎眼睛一眨不眨地紧盯着陈原道,"那纸条上都写了些什么内容,你肯定是知道的了?"

陈原道摇摇头,"不知。"

"你来上海后,住在哪家旅馆?"

"尚未投宿栈房。"

"你来上海做什么?"

"由表兄招我来沪,预备找朋友介绍职业。"

"年轻人,我劝你还是识相点,招了吧。这样无谓地耗下去,对谁都没有意义。"

"我不明白你要我招什么,我来这里就是来找人。"

"我苦口婆心,你却当成耳旁风,那就休怪我见死不救了啊!"

沈凤奎努努嘴,立刻上来几名巡捕,用绳子将他吊到屋梁上,轮流用皮鞭抽他,要他招供。

陈原道被打得遍体鳞伤,死去活来,要紧的话却始终一句没有:他不是共产党,更不知道共产党是何组织,他来这里就是找人。

沈凤奎突然觉得这个叫"陈伯康"的青年,不是一个好缠的主。即使不是共产党,活着,迟早是个祸害。

但沈凤奎却不打算弄死他。因为,他不想无故杀人。

"把他带下去,先关几天,挫挫他的锐气,再说。"

沈凤奎懊丧地闭上眼睛。

——那日,刘亚雄本来也是要和陈原道一同前往唐山路颐乐里十六号的。

临到出发,刘亚雄突然冷汗直流,脸色苍白如纸,腹部疼痛一阵强似一阵。

"你难受成这样,就别去了。反正就这些事,我自己去就行了。"陈原道关切地说。

刘亚雄摇摇头,双手使劲地压住腹部,强作镇静地说:"不用,我歇一下就好了。再说,你自己去,我也放不下心。"

陈原道倒了一杯热水,放在刘亚雄的面前。"别硬撑了,好好在家歇着吧。我自己去没问题的。"

"要不……你今天就别去了吧。我听说今天的失业工人示威游行又遭到了当局的镇压,同志们被抓的抓,杀的杀。"刘亚雄忧心忡忡地说:"这些日子,那些警察特务跟疯了似的,对每一个觉得可疑的人进行盘查,随随便便就把人抓进去了,每天都有无辜者丧命。生死都变得那么猝不及防,那么无常莫测……"

"干我们这一行,哪有安稳的时候,哪天不是在刀尖上枪口下讨生活?生命对于我们,就像天上的太阳、彩虹、流云、雨露,刚刚还云蒸霞蔚,转眼便黑云压城。从某种意义上说,死在国民党手里都还是能够让人接受的,最难以承受的是,有时,我们甚至不得不用自己的手,来结束自己的生命。"陈原道起身走到窗前,望着冷冷清清的大街,缓慢而坚定地说,"放心吧,我会小心行事的。"

"千万小心!"刘亚雄的脸上露出了一丝无奈的笑容。

陈原道看了看腕上的手表,端起盆去缸里舀水,但没有成功。水缸里结了厚厚的一层冰。陈原道抬起头,看了看灰蒙蒙的天空。"真是怪了,你看今年这天,没风没雨没雪,却冷得出奇。"陈原道说着,举着舀子使劲儿地磕着冰层,费了好半天的劲儿,才好不容易碎了几块。陈原道捡起，放到炉子上去融化、加温。又用这水将脸刮干净，换上礼服。站在屋子中央看了一会，拉开门，向外走去。双脚都已经迈出去了，却突然站住了，就像听到有人叫他那样，回过头来。陈原道从包里掏出一把钥匙，放到刘亚雄的手心里，莞尔一笑："这是家门的钥匙，还是放在你手里吧，安稳。"然后，轻轻关上门，头也不回地扬长而去。

刘亚雄艰难地站起身，跟跟跄跄地走到门边，打开一条缝，像个老人那样，扶着门框，目送陈原道一步一步离去，直到陈原道的身影在拐弯处消失。刘亚雄的眼前，只剩下了墨染的夜幕。她没有想到，黑幕下，她最担忧、最害怕发生的事，也正在居心叵测不怀好意地酝酿着，发酵着。

刘亚雄关上门，躺回到那张藤椅里。她合上门的那一瞬间，密集的雨阵裹挟着潮湿的空气，从天而降。

当晨光透过窗棂缝隙照进来时，刘亚雄还仍然蜷缩在藤椅里，埋着脑袋，乱发将她的眉眼全都遮住了。

哦，已经是第二天了。

雨还没有停。

陈原道也没有回来。

在这个腥风血雨白色恐怖的年代，以陈原道的身份，彻夜不回，终究不是一个好兆头。

国家兴亡，匹夫有责。保护陈原道的安全，刘亚雄同样责无旁贷。如果，国家安危与陈原道安危彼此关联，刘亚雄就更不可能置身事外了。

刘亚雄决定去找他，而且是奋不顾身地去找他。

刘亚雄站起身，洗把脸，从挂在墙角的一排衣服里挑了一件旗袍穿上，照了照镜子，将自己打扮得容光焕发，拿起提包出门了。

刘亚雄一出家门，就如同一步踏入了冰冷的世界里。

大街上，显得异常的冷清与洁净，只有那些操着各地口音的的官员和商人在伞下交头接耳，还有，那些穿着各式制服的军人，以及裹着绑腿的警察，瑟瑟发抖地来回踱步。不时有载着荷枪实弹的士兵的军车吼叫着，穿城而过。

一辆有轨电车像一条滑行在雨中的泥鳅样停在了刘亚雄的面前，刘亚雄毫不犹豫地上了车。电车又启动了，叮叮当当的声音划破了上海清晨的宁静。斜雨均匀地打在车窗上，望着雨水在玻璃上划落的痕迹，刘亚雄在心里长长地叹了一口气，她仿佛听见了正从千里外匆匆忙忙奔来的陈原道的脚步声。

眼下，无论是她的心中，还是她的眼中，都只剩下了唐山路，以及唐山路上那两排枝繁叶茂的法国梧桐。稠密的叶子，密密茂茂，远远看去，像是一大团凝聚在山脚下的浓重的绿色云烟。春夏时，刘亚雄每次来，都要在树木葱茏的梧桐下慢慢行走一会儿。那时间，抬眼望去，每片叶子，都绿得让人揪心。入冬以后，这一切就都不复存在了。那些密密层层蓊蓊郁郁的叶儿早已花自飘零，只剩着赤裸的灰色的枝，像无数条鞭，随风空中飞舞。

沈凤奎又来提审陈原道。

陈原道故伎重演。

沈凤奎就笑了，"陈委员，我们都是老朋友了，就别演戏了吧，你的朋友已经把你隆重推出了。"

陈原道摇摇头，微笑着看着沈凤奎，"这里没有陈委员，你认错人了吧？"

沈凤奎笑了，深吸一口雪茄后，在徐徐吐出的烟雾里说："我们都是有教养的人，受过很好的教育，总是在这么低的层次上交流，未免太无趣了吧？"

"我不懂你这话里的意思。"

"不急，你很快就懂了。"他歪过头，得意洋洋地喊道："丑媳妇总是要见公婆的。出来吧，来跟你的顶头上司再见个面。"

李芝平就是在这一刻,出现在了陈原道面前。

李芝平躬着身子,低头哈腰地看着陈原道,说:"陈委员,您没来上海以前,李某就对你仰慕已久……"

"住口!"陈原道心里面一切都明白了,他愤怒而又鄙视地望着李芝平,"被你这种连脊梁骨都没有的人仰慕,对我来说是一种耻辱!"

"是是,芝平自知人微言轻,不可与陈委员同日而语。"李芝平咧开嘴笑了,再一次露出了那颗闪着暗淡光芒的金牙。"但崇拜就是崇拜,它是一种发自内心的狂热,想不崇拜都不行。 况且,崇拜是不分长幼尊卑高低贵贱的。 陈委员说是吗?"

陈原道鄙夷地瞪了李芝平一眼,厌恶地转过脸去。 他突然想,不知是哪位同志这么不长眼,竟然发展李芝平这样的人加入中共组织。陈原道太了解这种人了。 就如他时刻准备为共产主义献身一样,这种人也时刻为一旦被捕立刻叛变准备着。 什么精忠报国、信仰、主义、目标,都不过是昙花一现的幻影罢了。 于他而言,如何让自己的钱财越积越多,如何痛痛快快过好每一天,如何让自己的妻儿老小过上荣华富贵的生活,这才是他的终极目标。

李芝平躲开陈原道的目光,恬不知耻地继续摇唇鼓舌:"陈先生,共产党没有你想象的那么好,国民党也没有你想象的那么坏。 以您的资历、能力,以及您在共产党队伍里的地位,只要您肯转身,是不愁有一个好前程的。 只能比您在共产党里高,绝不会低。 您还有什么可犹豫的呢? 俗话说,人挪活树挪死。 您——"

"滚! 出卖革命利益的叛徒!"陈原道咬着牙,怒喝道:"你也配谈共产党!"

沈凤奎摆摆手,被陈原道骂得满脸通红汗流浃背的李芝平听话地退了出去。

"真是天下智谋之士所见略同耳。"沈凤奎清清嗓子,微笑着,说:"跟陈委员说句推心置腹的话,对这种奸佞小人,沈某人也一向是冷眼相待的。 今天,他可以为一己之私,出卖自己的组织、出卖你陈委员,焉知有一天他不会再为一己之私出卖我! 你说是不是陈委员?"

陈原道冷笑一声,没置可否。

"看来,陈委员是不想再谈这个人,那咱们就换个话题?"

"道不同,不相为谋。沈探长还是不要枉费心机了吧? 我们本不是一条道,谈到何时,都是话不投机半句多。"

"陈委员的履历,我认认真真地研究了。我要告诉你的是,蒋主席是非常重视人才的,只要你愿意,一定会有着一个灿烂而又光辉的前程的。当然,如果你执迷不悟、顽抗到底的话,结果会怎样,我想,你比我更清楚。"

陈原道冷笑道:"我从来就没对你们抱过任何幻想。"

"陈委员是个聪明人,你应该想想自己的后路。"

陈原道哈哈大笑,"想了,没有后路。"

"告诉我,我想知道的,我会帮着你,实现你想要的。"沈凤奎平静地看着陈原道,那目光黑得几乎看不到一点眼睛的光亮。

"共产党人从来不做交易。"

"陈先生说话未免太绝对了吧?"沈凤奎说:"有人群的地方,就一定有交易。"

"我们干革命靠的是信仰。"

沈凤奎冷笑道:"有信仰的人也要吃饭,要穿衣,要生活。否则,我们之间怎么会有李芝平李先生?"

"李芝平这样的还能算作是人吗?"

"好,不算不算。"沈凤奎尴尬地笑着,反诘道:"那顾先生和向先生总还算人吧?"

沈凤奎所说的"顾先生"和"向先生"是曾被周恩来称之为"中共历史上最危险的叛徒"的中国共产党早期领导人、中共秘密组织中共中央特科的负责人顾顺章和中央政治局主席兼政治局常委会主席向忠发。 顾顺章与向忠发犹如一根绳上的两只蚂蚱：顾顺章锒铛入狱后，叛变投敌供出了向忠发，向忠发身陷囹圄后毫不犹豫地步其后尘投敌叛变。

——四一二反革命政变后，顾顺章转移到武汉从事秘密斗争，负责制裁叛徒和特务。 八七会议后，顾在上海参加中央特委，在周恩来直接领导下的中央特科担任行动科（三科）负责人。 其时，他领导的"红队"（又称"打狗队"）极为活跃，制裁了不少叛徒特务，震慑了敌人，在一定程度上减少了党在白区的损失，顾由此当上中央政治局候补委员。 居功自傲的顾顺章，利用工作的特殊性，日渐腐化，吃喝嫖赌，五毒俱全。 1931年，张国焘赴鄂豫皖苏区，中共中央决定由顾顺章负责护送至武汉。 任务完成后，顾并未立即回上海复命，而在汉口停留下来，以艺名"化广奇"在新市场游艺场表演魔术，并沉湎于醇酒美人之中。 由于叛徒出卖，顾顺章被逮捕并变节投敌，供出了中共驻武汉的地下交通机关——鄂西苏维埃政府和红二军团驻武汉办事处，十多名同志被捕牺牲。

顾顺章被押解到南京的当天，南京、上海的军警宪特一齐出动，大肆搜捕。 为了活命，也为了博取信任，顾顺章亲自带着特务满城抓人，冷酷无情地出卖昔日的同志，其最大"贡献"就是供出了恽代英和向忠发。

许是天佑中共吧，打入国民党中统内部的钱壮飞在第一时间获悉顾顺章叛变的消息，并抢在特务动手之前通知了周恩来，上海的党中央诸要人和中央及江苏省委机关迅速转移疏散……

对于单个的人或单一的事件来说，偶然性可以说无时不在，无处不在。 然而，所有偶然性的东西其实都处于历史的联系之中，处于历史形成的因果关系之中。 试想，如果中共中央没有事先安排钱壮飞打入国民党中统内部，没能截获这份生死攸关的密报，或者没能及时通知到周恩来和中央机关，再或者，其时身在上海的周恩来、张闻天、陈云、李富春、邓小平、聂荣臻等一大批中共要人及中共中央机关身陷沪上，那么，中国共产党的历史真要大大地改写了。

当年也在中央特科工作并参与组织撤退的聂荣臻后来回忆说："当时情况是非常严重的，必须赶在敌人动手之前，采取妥善措施。恩来同志亲自领导了这一工作。把中央所有的办事机关进行了转移，所有与顾顺章熟悉的领导同志都搬了家，所有与顾顺章有联系的关系都切断。两三天里，我们紧张极了……"

恽代英也是在这个时候被邀功心切的顾顺章出卖的。

特务头子徐恩曾听说恽代英就关在南京江东门中央军人监狱，且马上就要出狱了，一头雾水：

"军人监狱怎么可能有恽代英，我怎么没听说过？"

顾顺章说："他在监狱的化名是王作林。"

恽代英确实关在南京江东门中央军人监狱。

——1930年5月6日，在上海任沪东行动委员会书记的恽代英在杨树浦韬朋路老怡和纱厂门前与工人联系工作时不幸被捕。由于恽代英在敌人面前没有暴露自己的真实身份，敌人便以"工人擅自开会有罪"将他判刑5年，先后羁押于漕河泾监狱、苏州监狱，1931年2月转押到南京中央军人监狱。

恽代英被捕后，党组织积极设法进行营救，做了大量而又卓有成效的工作。就在即将大功告成的关键时刻，顾顺章供出了他。

蒋介石知道这一情况，急令军法司司长王震南到狱中核对。

当王震南拿着恽代英在黄埔军校时的照片来到他面前时，恽代英明白了，自己的身份已经暴露了。他轻蔑而又自豪地说："我就是恽代英！"

王震南说："蒋先生还是很看重你的，不然，就不会专程安排我跑这一趟了。"

恽代英不屑一顾。"蒋介石走袁世凯的老路，屠杀爱国青年，献媚帝国主义，较袁世凯有过之而无不及，必将自食其果！"

得知恽代英不肯屈服，蒋介石下令立即就地处决。

1931年4月29日,恽代英从容就义。

刑场上,恽代英慷慨激昂地吟诵道:

"浪迹江湖忆旧游,故人生死各千秋。已擯忧患寻常事,留得豪情作楚囚!"

就在大家在周恩来的指挥下,有条不紊地转移和疏散的时候,有一个人,没有听从中共中央及周恩来的建议和安排,执意留在纸醉金迷的花花世界里冒一冒险。

这人就是中共中央总书记向忠发。

1928年夏,中共六大在莫斯科召开前,共产国际在选拔干部时片面地强调工人成分。当时,向忠发仅是一个工运骨干,并无作为中共最高领导人的资本与才干。但共产国际和王明"左"倾思想都认为,工人阶级要比其他任何阶级更富有革命性和坚定性,必须推举一个纯工人出身的人担任中共的最高领导,只有这样中国革命才有希望。向忠发脱颖而出,当选为中央政治局主席兼政治局常委会主席(党内习惯上仍称"总书记")。将一艘正在波涛汹涌的大海上航行的巨轮,交给一个只会划小舢板、从未出过海的人去掌舵。共产国际这一次真是大错特错了

祸起萧墙之前,向忠发正以古董商人身份与一个青楼女子杨秀贞住在一栋洋房里。虽说杨秀贞有过烟花经历,但与向忠发厮混后却是安分守己死心塌地,让向忠发轻怜重惜,难舍难离。

为安全起见,周恩来将向忠发单独安排住进了自己家里,将杨秀贞与任弼时的妻子陈琮英一道,安置到了一处外国人开设的"德华旅馆"里暂住。在准备将向忠发转移到江西中央苏区时,遇到了一个棘手的问题:向忠发提出,离别前无论如何要与杨秀贞见上一面,并发狠说"不见绝不走!"党中央无奈之下同意了他的这一要求,但明确对其交代:一定不得在杨秀贞处过夜。向忠发当面称是,但一转身就忘到了九霄云外,硬是在旅馆与杨秀贞缠绵了一夜才心满意足地离去。

其时，向忠发的一举一动都在顾顺章的特务网的掌控之下。在静安寺"泰勒"汽车行叫出租车时，向忠发被蜂拥而至的密探逮捕。先被送往法租界善钟路巡捕房，旋即又被押至淞沪警备司令部。

在淞沪警备司令部，卑躬屈膝的向忠发奴颜婢膝地说："你们不要打我，我说，我说，但凡是我知道的，我什么都说！"向忠发第一个就供出了杨秀贞。

当然，供出杨秀贞并非向忠发本意，拔出萝卜带出泥，牵连出任弼时夫人陈琮英，乃至牵连出任弼时、周恩来、瞿秋白等才是向忠发所愿。

与向忠发胆小如鼠贪生怕死大相径庭，杨秀贞被捕后，特务们问她知道不知道向忠发的身份，她摇头说不知道。特务们对她动刑，问知不知道，她还是说不知道。向忠发恬不知耻地说："别硬撑了，我都交代了。他们都知道了！"

目瞪口呆的杨秀贞如梦方醒后，恨由心生，狠狠地扇了向忠发一个耳光。

"共产党队伍里怎会有你这等下三滥！"

周恩来在得知这一幕后，摇着头，说："向忠发的节操还不如一个妓女！"

历史总是惊人的相似——

恽代英即将出狱时，被叛徒顾顺章指认，舍生取义。陈原道就要被释放时，又得叛徒李芝平出卖，生死未卜。

陈原道哈哈大笑起来："这个时候，你提顾先生，不觉得有些搞笑吗？"

"这有什么不妥吗？"沈凤奎迷惑不解地问道。

"当然不妥。因为站在你面前的是一名顶天立地的共产党员。而顾顺章、向忠发是什么？和李芝平一样，充其量不过是一只断了脊梁骨的癞皮狗。"陈原道大义凛然道："你一个跟狗做交易的，跑到人跟前来谈条件,不觉得走错地方了吗?"

"陈伯康,你放明白点,对你客气,是因为你还有可用之处。"沈凤奎听出了陈原道的弦外之音,他将脸上残留的一点点笑容收敛起来:"希望你不要敬酒不吃吃罚酒。"

"那我也告诉你,我什么酒都不吃。就不要枉费心机了!"

沈凤奎恼羞成怒地吼道:"带下去,先给他松松筋骨!"

不一会儿,陈原道就被打得皮开肉绽血肉模糊了。

陈原道被绑在一根柱子上,他的两个眼眶都肿起来了,嘴里满是血沫,牙齿也松动了。略略看去,就像一只破旧的四面透风的箩筐。

一名特工扬起皮鞭恶狠狠地抽在他的身上,"说!你的同伙都有谁?"

陈原道的嘴角挂着隐秘的笑意,"我没有同伙。"

"你还嘴硬!"旁边的一名特务从炭盆里抽出一把烧得通红的烙铁,一下子烫在陈原道的胸脯上。

陈原道登时昏死过去。

特务赶忙往他头上、身上倒冷水,慢慢地,陈原道苏醒过来。

一名特务托着他的下巴问:"说,还是不说?"

陈原道意志坚定地说:"你们,可以夺去我的生命,但是,想让我开口,痴心妄想!"

"你还嘴硬!给我狠狠打!"

几名特务疯狗般的扑上来,用皮鞋、枪托、铁棍等轮流狂殴陈原道,陈原道又昏了过去。就这样,陈原道被打昏过去三次,又被冷水浇醒过来三次。

当他第三次醒来的时候,他发现,沈凤奎就抱着肩膀,站在自己的对面。

"陈委员,你知道我在为你担心吗?"

陈原道张着满是血沫的嘴哈哈大笑,"那一定是黄鼠狼给鸡拜年——没安好心!"

"你知道什么叫不识时务吗？就是刑具尝遍，苦头吃尽，最终还得乖乖地竹筒倒豆子。"

"那你要失望了！你一定没有听说过，什么叫做见到黄河也不死心！"

沈凤奎感觉到陈原道的语气里饱含着一种挑衅。"你就一点儿都不怕死？"他想起了胆小如鼠的李芝平。

陈原道微笑着看着沈凤奎，"一个人死了有什么可怕？这个国家死了才可怕！"

沈凤奎无言以答。

沈凤奎有些沮丧。

他想不通，明明自己是胜利者，为何，竟没有一丝一毫成功者的自得？

上海解放时，有一天，他正在为自己逃走还是留下，死亡还是活着这个问题愁肠百结。这时，一群公安人员理直气壮地踢开了他的房门。当时，氰化钾就嵌在他的衣领上，而且，他的牙齿也已经接触到了衣领。但就在最后一刻，他放弃了。放弃，不是因为失去了机会，而是失去了勇气。那一瞬间，沈凤奎恍然大悟：为什么本来胜券在握的党国，最终却失去了江山？为什么胜利不属于他和他的党国？因为，党国里面，像陈原道这样矢志不渝的追随者，实在是凤毛麟角少之又少了。陈原道为了自己的信仰，为了自己的政党，为了自己的国家，可以义无反顾地献出自己的生命。而党国里的人却没有这种勇气。譬如：他。

说不上沈凤奎是出于什么心理，就是在这个时候，沈凤奎告诉陈原道，李芝平进来以后，没有等到用刑，就迫不及待地招了。

雨停了。

萧瑟的街道上，刘亚雄踽踽独行。

梧桐树叶子翻卷着扑到身上，短硬的柄划过脸庞，有一点儿细细的疼。

唐山路颐乐里十六号为一幢清末民初时期建筑，红瓦陡坡复式大屋顶，巴洛克式山墙露木构架，转角及屋顶最高处有小尖塔，有着鲜明的德国中世纪民居建筑的特色。对外，这里是一家药店。组织上之所以选择这儿作为秘密联络点，它最大的好处，就是能够有效地利用做医生的有利条件，把党的文件和情报装在医用皮包或药箱里，以出诊为名送到党的机关和同志们的秘密住处。中共中央和江苏省委好多重要的会议都是在这里召开。

与往常一样，十六号门前乱糟糟的，街头地脚聚满了耍猴、算卦以及摆摊挑担卖些个针头线脑之类的小生意人。离老远，刘亚雄就发现，二楼窗口的那盆仙人掌还在寒风中傲然挺立。这是约定的暗号。花盆在，说明一切平安无事。但善于察言观色的刘亚雄又发现，那些耍猴、算卦以及摆摊挑担的人还在，却没有了往昔的熟面孔。再看他们一个个，虽然手里装模作样地拿着做事的家什，心思却根本就没放在本业上，眼睛滴溜溜转，跟个鹰犬似的，对每一位从此走过的路人虎视眈眈。不管这些人是不是国民党的便衣特务，但有一点是可以肯定的，这些人绝不是本本分分的商贩。

莫非小楼已经被监视了?！

刘亚雄的心，一下子就揪紧了。

如果小楼已经被监视了，那么，小楼里，一定有一张无形的网，正在悄然张开，网的四周也一定还掩藏着数量不菲的正严阵以待的行动队员。而且，这条街的各个转角，毫无疑问地也都布上了预防万一的流动卡。这样严密的防范，不论谁来，都将有来无回！

如果是这样，那么。彻夜未归的陈原道一定也落入了敌人的陷阱！

"要立刻通知上级组织，这个联络点绝不能再继续使用了！"

刘亚雄当机立断，决定立刻离开这块险象环生的狼巢虎穴之地。

刘亚雄不动声色地伸手招来一辆黄包车，让车夫拉着，绕了好几条马路,然后,毫不犹豫地又换乘了一辆车,在确认没有被人盯梢后,这才向家中驶去。

搞地下工作,胆识和经验都是靠时间和经历堆出来的。刘亚雄必须这么去做,这不是胆怯,是谨慎。白色恐怖的情境下,稍不留神就会失掉性命。死,很容易,而活着却不容易。陈原道和她所做的一切,都是为了活着,而不是为了死去。特别是,陈原道死生未卜,联络点被破坏的情报还没送出。这种关键时刻,刘亚雄绝不能无谓去送死。

党组织也不容许她去死。

刘亚雄一进家门,就一头趴到了饭桌上。等她再抬起头来时,她的眼中蓄满了泪水,但她没有哭出一丝声息。她站起身,洗了把冷水脸,就像什么事都没发生过似的,展笔铺纸,焦虑万分地写道:

老家突遭洪水侵袭,房屋溃塌,亲人下落不明,望倾力找寻。

刘亚雄写完,找出一块油纸,包裹严实,塞进一只药瓶里。刘亚雄又搜罗了些垃圾,将药瓶混入其中。这才腾出空,给自己倒了一杯水,"咕咚咕咚"一口气喝了大半杯,自言自语道:

"压压惊吧!"

不一会儿,门口传来了"倒垃圾,倒垃圾!"的声音,一个老头,骑着一辆垃圾车由远而近。刘亚雄若无其事地端着簸箕走出门去,老头接过簸箕,看也不看,顺手倒入车内。

老头骑车渐行渐远,吆喝声也愈加微弱:"倒——垃圾!"

后来,中央领导同志在怒斥李芝平卖身求荣认贼作父的卑劣行径时,话锋一转:"幸亏刘亚雄同志火眼金睛,及时洞察了敌人的阴谋,将消息上报给上级部门,否则,真不敢想象我们要遭受多大的损失,多少人要像陈原道同志一样落入敌手,英勇献身。当然,也不排除有人会像李芝平一样投敌变节助纣为虐,充当国民党反动派的走狗和爪牙,危害我们的组织,危害我们的同志!"

刘亚雄临危不乱地把这一切做完，犹如用完了全身上下的每一丝劲，身心俱疲，再次回到窗台前去眺望。

刘亚雄始终都认为陈原道一定会在哪天突然回来，于是开始慢慢地习惯了眺望，只要一空下来就会站到窗台前，脸向着陈原道离家时走远的那个路口。

等待的日子其实一点儿也不好过。刘亚雄失魂落魄，吃不下睡不着，心里全是恐怖。听人说黄浦江上漂来一具尸体也会心惊肉跳，泪流不止，生怕死去的那个人是陈原道。

这个时候，她才发现，在她的心里，陈原道远比自己更重要。

——李芝平被带进行刑室时，从他穿戴整齐的衣着可以看出，他还没有吃过苦头。只不过脸有些肿。那是巡捕房的人带他过来时，路上想趁机逃跑，被一个气急败坏的特务狠狠地甩了几个耳光。嘴里，当即就出了血。李芝平面色苍白耷拉着头，瑟瑟发抖地跟在一名便衣特务的后面，往行刑室走，还没进门，就被一股扑面而来的血腥气呛得一阵咳嗽。他不由得抬眼望去，只见黑咕隆咚的水泥地上，横七竖八地趴满了一具具血肉翻飞的躯体，像一条条受了致命伤害的蛇。殷红的血，从那些一动不动的躯体上，"滴嗒滴嗒"地一刻也不停地往下滴落。这个样子下去，即便不用刑，要不了多久，血就会一点一滴地自然流干。到那时，想不死都不行了。李芝平觉得下面一阵温热，接着就看见自己的一条裤管、一只鞋子和脚下的那片水泥地都湿透了。

李芝平一直被带到沈凤奎的面前。

"人带来了。"

沈凤奎穿着一身黑西装，脚上套着一双乌黑锃亮的皮鞋，倒背着手，望着窗外。听见叫声，他转过身，伸了一个懒腰，漫不经心地打量了李芝平一眼。

"你就是李芝平？"

"是是，我就是李芝平。"李芝平的头几乎低到了裤裆里。

一名特工用刀柄托住了李芝平的下巴，把他的头抬了起来。

沈凤奎说，"我会相面，所以我能看出来，你是一个不同寻常的人，对于不同寻常的人，我想，还是不要用寻常之法了吧？"沈凤奎脸上挂着微笑，慢条斯理地说着，然在李芝平听来，每一个字都冰冷冷的，透着刺骨的凉风。"前提是，你必须要对我招供。招了供，如果你要钱，我可以给你一笔钱，你爱去哪儿去哪儿。想跟我干，也可以。放心，我一定会想方设法给你谋一个好位置。当然，你也可以选择不招供。那样的话，你可能会死得很难看。"

李芝平六神无主地四下里瞅了瞅。

"你就不要心存侥幸了，进到这里的人，除了老老实实跟我们合作，规规矩矩交代问题以外，没有一个人可以像顺顺当当进来的时候一样，顺顺当当地出去。除非他死了。"

沈凤奎的眼就是这么毒。哪怕你只是动动眉毛，他就能知道你在想什么。

李芝平终于暴露出了他脆弱的一面，冷汗，一下子就涌了满头、满脸。

"我的时间有限，只能我给你五秒钟。开始吧，五、四、三……"

李芝平惶恐不安地哭喊起来："我说，我说……我全都说！"

李芝平一边哭，一边说，眼泪和鼻涕糊了满脸。

就是在这当口，陈原道被奴颜媚骨的李芝平当作苟且偷生的"见面礼"，恭恭敬敬地给奉献了出来。

沈凤奎把两只手插在裤袋里，站在距李芝平不远的地方，居高临下地看着李芝平。

他一直在微笑着。

李芝平交待完一切后，记录员把一张纸"刷"地撕下，递到沈凤奎手中。

沈凤奎一目十行地扫了一遍，冷冷地说："集合队伍，出发！"

没等到组织上打听清楚陈原道的下落，刘亚雄已经从《时报》上看到了陈原道身陷囹圄的消息。

这天,刘亚雄又一动不动地站在窗前发呆。

自陈原道失踪后,刘亚雄经常这样,站在窗前发呆。一站就是一个上午,或是一个下午,或是一天。上海的街市,从来都是鱼龙混杂的地方,你不知道哪一个是巡捕房的密探,哪一个是某个帮会的耳目。刘亚雄往外看的时候,常常会感觉每一个行色匆匆的人都怀有使命。

刘亚雄正身心疲惫地往外看着,突然,一个身上插满了报纸的小报童一闪而过。虽是倏忽之间,刘亚雄却一下子睁大了眼睛,因为她在那一张张、一摞摞花花绿绿的报纸堆里,清清楚楚地看见了丈夫的名字。

她三步并两步地跑到门外,"报童,来份《时报》。"

本月7日晨,华界有大批共产党徒,高揭旗帜,大呼口号,径趋小南门将社会局团团包围,当经该局电话通知市公安局,派遣大队警探,前往查缉,当场拘获多人。当讯据为首之一共党供称:名李芝平,在党内任失业工人指挥,住公共租界唐山路颐乐里16号,家里尚有同党多人等语。市公安局据供,遂饬派干员持文旨汇司捕房请示协助,当经捕头派遣华探沈斌奎等,会同按址赴唐山路颐乐里16号,实施搜查,讵该屋共产党徒,事先均已闻风远遁,因此毫无收获。探等正思归捕房报告时,顿见有一男子,姗姗自远而来,探等遂上前将其截获,带入捕房,经一度盘诘之后,始悉为共产党之重要分子,名陈伯康,现任中国共产党江苏省委常务委员,于是即将陈羁押。

报纸上所说的"陈伯康",就是陈原道。"陈伯康"是他在上海工作时的化名。姓名,本来就是一个符号。对一个革命者来说,为了掩护身份,改名换姓可说习以为常。有些时候,甚至都来不及留下真名实姓。

吃百家饭,姓百家姓,是工作的需要,更是革命的需要。

刘亚雄一切都明白了。

刘亚雄所希冀的那些亲人相聚的那些欢乐场面,一个都没有出现,挖苦心思费尽心机等来的却是一条让人万箭穿心的坏消息……

从那以后,刘亚雄每每想起与陈原道劳燕分飞,从此咫尺天涯阴阳相隔,都会在心里埋怨世事弄人。她总是在想,如果,那天陈原道没有去唐山路颐乐里十六号,或是,那天她没有突然病痛,而是陪着陈原道一起去了唐山路颐乐里十六号,那他们的命运,又将出现怎样的拐角呢?

遗憾的是,命运是不容许假设的。

那天,她没有去。这是事实。

也是命运!

"哐当"一声,南京城南道署街(今瞻园路)国民党宪兵司令部拘留所那扇沉重的铁门被推开了。在全副武装的宪兵、特务的押解下,带着脚镣手铐的"共产党政治犯"陈原道跟跟跄跄地走进了七号牢房。

这里原来是明朝开国功臣徐达的府第,清代为两江总督府江安督粮道衙门,民国初年,为江苏省长官邸,国民政府定都南京后,这里又成了国民党宪兵司令部所在地,闻名全国的杀人魔窟。

宪兵司令部拘留所原是旧式监房,仅能关押数十人。1932年,由中统局和宪兵司令部共同筹措大洋3万元,扩建新所,计分甲、乙、丙3所,甲所是双人间,关押具有一定身份和名望的人,待遇也比较优厚,每人每月伙食费12元,可以接见家属,看看书报;每天放风两次,分上下午各30分钟,在院内活动,呼吸新鲜空气。原国民党元老廖仲恺之子廖承志在此关押时,享受的就是这种"特殊待遇"。而且,在被关押期间,宋庆龄、杨杏佛等都曾到看守所看望。在他们的力保下,廖承志终获释放。

与廖承志相比,平民出身的年轻的"共产党政治犯"陈原道,显然享受不到这种"待遇"。他被关押的监房,只有十多平方米的地方,却要关押二三十人,睡在地上都要侧着身子,吃饭、拉屎、活动都在这里面,阴暗潮湿,臭气冲天,跳蚤臭虫成群。犯人关押在里面不许看书,不许看报,甚至不许说话,每天只能吃到两餐发霉肮脏的糙米饭。

一名宪兵给陈原道打开脚镣手铐。

一名年轻的狱友,看见有人进来了,往旁边挪了挪身子,给陈原道腾出一块地方。陈原道活动活动手脚,小声说了句:"谢谢!"便精疲力竭地一屁股坐到了地上。

坐了一下午的车,他真累了。

小狱友不太友好地望了望一身商人打扮的陈原道,"因为什么进来的?"

陈原道看看小狱友,反问道:"你呢?"

"跟同学一起上街宣传抵制日货。"

陈原道不禁对这位顶多有二十岁的小狱友有些刮目相看,"看不出你还是一位爱国热血青年啊!"

"那是!"小狱友沾沾自喜道,但仅仅就一瞬间,小狱友脸上的自得便一扫而尽,黯然地说:"一进监狱深似海,真不知猴年马月才能有出头之日啊。"

"如果因为思念太阳而终日哭泣,那么,星星也将离你而去。"陈原道心疼地看了小狱友一眼,"有人跪着生,就一定有人站着死。我们要不屈不挠地坚持我们的理想,不要怕背井离乡,不要怕妻离子散,不要怕家破人亡。因为,将来的中国,必是一个新中国!"

"你怎么回事?"小狱友疑惑地望着他,"因为什么进来的?"

陈原道微笑道:"我跟你不一样,我是找人谈生意去的,被他们硬说成是共产党。这不,就被他们抓进来了。"

"那太不应该了!"

"这年月,哪有什么公理可讲?就如你们上街演讲,宣传抵制日货,无非就是说了皇帝没穿衣服。况且皇帝的确没穿衣服,你们无非是言了他人所不敢言的事实，你们有什么错呢？不仅不应该被抓，你们的真诚还应该得到肯定。"

小狱友连连点头称是，顿了一会儿，又道："那也不该抓你，你一看就不是共产党。"小狱友释然地说。

小狱友这么一说，监号里的人齐刷刷地全都看向陈原道。

陈原道饶有兴致地问："怎么，共产党有什么特殊印记吗？"

小狱友摇摇头，"不知道，反正你就是不像。"说完，又补充一句："共产党没有缎子夹袍穿。"

"是，我不是共产党，我是商人。所以我有缎子夹袍穿。"陈原道哈哈大笑，"小伙子，判断一个人，不是根据他自己的表白或对自己的看法，而是根据他的行动。"

"嗯，你这句话说得好。"

"这不是我说的，这是一个叫弗拉基米尔·伊里奇·乌里扬诺夫的人说的？"

"这个什么奇什么夫的人是干啥的？"小狱友一脸疑惑。

"这个人是俄罗斯苏维埃联邦社会主义共和国——世界上第一个社会主义国家和苏维埃社会主义共和国联盟的主要缔造者、布尔什维克党的创始人、十月革命的主要领导人、国际无产阶级革命的伟大导师和精神领袖，他还有一个化名，叫列宁。"

"哦，列宁。"小狱友如梦方醒。

第二天，天刚刚麻麻亮，小伙子就被一阵阵响动吵醒。他睁开眼，发现原来是昨晚才进来的那位商人正在利用牢房的铁栏练习拉力。

"这么早就起来锻炼，你还不累啊？"

陈原道正言道："越是在这种时候越要加以锻炼，不然，哪有体力跟国民党反动派斗争到底？"

"你一个商人斗什么斗？不知哪天就出去做你的生意去了。"小狱友不以为然地说。

陈原道笑道:"做生意也得有一副好身体啊。"

正说话间,牢房的门被打开了,一名宪兵凶狠狠地吼道:"陈原道,出来。"

陈原道和小狱友对视了一眼,对着玻璃整理一下头发、衣裳,转过身,大义凛然地走了出去。

小狱友忧心忡忡地看着他的身影拐角处一点点消失,转回脸,像是跟监号里的人说话,又像是自言自语:"这个人有点个意思,明明是个商人,说起话来,却跟个共产党人似的。"

一位年纪稍长些的狱友看见小狱友那副天真的模样,冷言冷语地说:"你啊,还嫩了点,再好好学学吧。"

小狱友不明就里,"你啥意思?"

"我的意思大家都豁然开朗,就你还云里雾里的。"

陈原道直接被带进行刑室。

拘留所长郭正龙手指着散发着血腥气的刑具,脸色阴沉地道:"我们得到了上峰的指令,不得对你用刑。但前提是你要识时务。一切消极抵抗或是不合作的态度,都会给你带来不必要的麻烦和痛苦。当然,你也可以提出你的要求。"

陈原道眼睛望着别处,淡淡地说:"我没有什么要求。"

"我的要求并不高,你只要说一句,坚决拥护国民党,我就放你出去。你觉得我这个办法怎么样?"说完,就直勾勾地盯着陈原道。

"我觉得你这个办法不怎么样。"陈原道摇摇头,脸上始终保持着淡淡的微笑。"《论语·子罕》中,有这么一句话:三军可夺帅也,匹夫不可夺志也!我能舍弃我的头颅,但不能舍弃党、舍弃阶级、舍弃革命事业。谁派你来的,你就去告诉谁,就说我陈原道说的,可以有断头将军,却绝没有投降将军。为共产主义而牺牲,这是我莫大的荣幸!"

郭正龙刚刚露出笑意的脸一下子就僵了,"这么说来,你是决意跟党国对抗到底了?"

陈原道冷笑道:"你的党国跟全中国人民都作了对了,还在乎多我一个人?"

郭正龙阴沉着脸,"陈原道,你放明白点,在我的刑讯室里,只要没有底线,就没有攻不破的堡垒。可我们都是文明人,我不愿意像匪徒一样。也希望你,别激怒我。因为,每个人的耐性都是有限度的。"

"有什么招数,尽管对我来好了,甭谈底线,也不要去侮辱土匪。"

"你人还没有到,就有人跟我说:这个陈原道是个难啃的硬骨头。我今天倒是要看看,究竟是你的筋骨硬,还是我宪兵队的老虎凳硬。"

陈原道说:"那咱们就骑驴看唱本——走着瞧!"

"好,就按你说的:走着瞧。"

郭正龙挥挥手,两名宪兵上来,架着陈原道的胳膊,一言不发地将他带了出去,一直带进刑室。

宪兵将陈原道绑在一条长凳上,脚朝上,头朝下,脸部用毛巾盖住,然后把水倒在受刑者脸上。水不断涌到嘴里,而毛巾又能够有效地防止你把水吐出来。而且,即便你屏住呼吸,还是感觉空气在被吸走,就像个吸尘器。

这是一种名为"水刑"的酷刑。

陈原道在苏联留学的时候,就听说过这种盛行于沙俄时期的刑罚。

施行这种刑罚,也就二三分钟时间,受刑者就会基本丧失意识,但中枢神经仍然在工作。所以,受刑者虽然丧失了意识,但是肉体上的痛苦更加煎熬。从受刑者的肺叶及气管和支气管中,会分泌出大量的粘稠的分泌液并开始大小便失禁,从而进入最后的挣扎——全身痉挛,双手双腿乱划乱蹬,眼睛、鼻孔、嘴巴里有时会有血液流出……

两个丧心病狂的家伙,轮流往他的嘴里灌水。陈原道觉得,再这样灌下去,自己很快就要被淹死了。 强烈的窒息感,让他感觉到自己的五脏六腑,在水的作用下,已经变成了一个阴森、可怖的洞穴,里面全都是水,激流飞溅,白浪滔天。 让他痛不欲生,让他生不如死。 他最渴望的是能有一颗子弹。

那年,在恽代英面前举手宣誓的时候,他说过,时刻准备着为了胜利而牺牲。

现在,这个时候就要到了。

陈原道没有死。

当他的头被从水里拉起来时,他的鼻涕、眼泪一下子全喷了出来。 接着,像只落水鸡似的被架回了牢房……

"啊! 你这是怎么了? 你怎么变成这个样子了?"小狱友一见陈原道立刻就被吓呆了,带着哭腔喊道。

陈原道用手支托着头,艰难地挤出一丝笑容:"哭什么? 不要哭。 放心吧,死不了的!"

小狱友点了点头,忽然有种说不出来的难受。 他一下用手捂住嘴巴,看着窗外。"你又不是共产党员,他们干嘛要对你这样?"

监号里的难友们一看陈原道受的这罪就已经心知肚明了,却并不点破。 听见小狱友还这么幼稚地问话,大家都笑了。

陈原道也强作欢颜道:"我看也是,除了你不把我当成共产党员,其他人都以为我是。 你说我有什么办法?"

陈原道这样一说,小狱友破涕为笑。

陈原道强撑着,坐起身来。"这位小狱友,你看我们都认识这么久了,可我还不知道你的名字?"

"我叫张源。"小狱友好像一下子对陈原道有了好感,有啥话都想跟他说:"他们今天也提审我了。 不过,没打我。"

"哦,是吗?"陈原道感兴趣地问:"都问了你些什么呢?"

张源想了想,说:"审问我的人拿着一本书,问我看过没有? 我看了看书名，叫《阶级斗争》。我摇摇头，说没看过。那人说：这本书讲的是马克思主义，讲的是阶级斗争。可是我们中国是大贫小贫，没有阶级。所以在中国搞阶级斗争是不对的。你明白吗？我说明白。他叫我回来想一想，然后，写一个东西给他们。"

陈原道缓慢而坚定地说："记住，不能写，什么也不能写！你嘴上说明白，是你明白他们讲的话的意思，不等于你同意他们意思。如果你写了，那就是赞同他们'中国是大贫小贫，没有阶级'的说法了。你明白我的话吗？"

张源想了想，郑重其事地点了点头，突然问道："那你说，中国有阶级吗？"

陈原道听见，半晌没有说话，沉默着。

张源引领翘首地望着他。他猜想，陈原道的沉默不是无话可说，而是意味着他有重要的话要说。果然，在经历了短暂的沉默后，陈原道开始娓娓道来。他说的话，非常具有学养和富于感染力。

"当然有。你想，一名资本家会和一名工人去商量怎样去剥削工人吗？不能，他只能去和资本家商量，同样，工人也不会去找资本家研究怎样反剥削，这就是阶级的形成。相同社会身份或经济地位或政治态度的人群为一个阶级。列宁说过，所谓阶级，就是这样一些集团，由于它们在一定社会经济结构中所处的地位不同，其中一个集团能够占有另一个集团的劳动。"陈原道入理切情地说："阶级历来就有。奴隶社会有奴隶主和奴隶，封建社会有地主和农民，资本主义社会有资本家和工人。这些都是因为在物质生产为主的社会中，生产资料和生产者分离才产生阶级的。但是，我们也必须看到，事物的运行与发展往往带有两面性，帝国主义在利用资本输出对落后国家和地区实施剥削和掠夺的同时，也推动了这些国家和地区生产关系的进步和生产力的发展，不仅如此，资本输出还直接或间接地培育了推动社会变革的革命力量，尤其是造就了资本主义的掘墓人——无产阶级。无产阶级本身就是大工业的产物，和以往历史上曾出现过的任何被剥削的劳动阶级不同，他们和现代大工业紧密联系在一起，是最先进的生产工具的掌握者、使用者，代表着新的生产关系，代表着生产力发展的要求，是最革命的、最先进的阶级，它所从事的革命是绝大多数人为绝大多数人谋利益的革命，它最终要彻底消灭私有制，实现全人类的解放。资本主义必然灭亡，社会主义必然胜利，必然取代资本主义，是建立在客观依据之上的科学结论，是马克思主义的一条基本原理。"

陈原道一口气讲了这么多，累得有些上气不接下气。一名狱友端过一碗水来，让他润润嗓子。

张源惊异地望着陈原道，"你是干什么的？你一个商人怎会懂得这么多道理？"

陈原道平静地说："商人也得研究社会啊，否则，"陈原道低头看了看身上水淋淋、血淋淋，几乎辨不出本来颜色的衣裳，"我拿缎子夹袍向你一个穷学生去兜售，你买得起吗，岂不是自讨没趣？"

张源服气地点点头，陷入沉思之中。

那一段时间，每隔两三天，陈原道就会被提审一次，每次回来都被折磨得皮开肉绽遍体鳞伤。尽管如此，但他始终保持着坚定和乐观的革命斗争精神，瞅着机会就对身边的难友进行革命气节教育。他说："对一个革命者来讲，战场固然是考验，而监狱也是一个特殊的战场。一个真正的革命者，不仅在战场上能够经受住考验，在这个特殊战场上，在生死面前，更要经受得起考验。监狱是我们的学校，我们要在这里认真地得到锻炼，更好地认识敌人！"

这天，按规律，又该提审陈原道了。不知为啥，早饭已经过去很久很久了，还没有动静。陈原道活动活动身子，扫了大家一眼，说："大家伙要是没事，我来教大家唱首歌怎样？"

大家伙齐声叫好："好啊，正好活跃活跃咱们监室的气氛。"

"大家想学唱什么歌曲呢？"

大家伙正在琢磨着,张源口无遮拦道:"你不是在苏联留过学吗?就教我们一首苏联歌曲吧。"

陈原道一怔:"你咋知道我在苏联留过学?"

"我早就知道了。"张源得意洋洋地说:"上次放风的时候,别的监号的人就告诉我了,说你在苏联留学过,还说你是中共江苏省委的重要人物。"

陈原道哈哈一笑,"别听他们信口开河,哪有这么多重要人物?依我看,你还是重要人物呢! 不过,既然张源小同志提出了要求,那咱们今天就来学唱一首俄罗斯民歌《伏尔加船夫曲》。"陈原道轻描淡写地就将话题岔了过去。"伏尔加河是欧洲最长的河流,全长三千五百多千米,最后注入里海,流域面积达136万平方千米,是世界上最长的内流河。 像中国的黄河一样,俄罗斯人民把伏尔加河也称为母亲河。伏尔加河流域是俄罗斯最富庶的地方之一。 千百年来,伏尔加河像一位慈祥的母亲,滋润着沿岸数百万公顷肥沃的土地,滋养着数千万俄罗斯各族儿女。《伏尔加船夫曲》是一首揭示在沙皇统治下,俄国人民群众生灵涂炭,民不聊生,处在水深火热之中的音乐作品。 作品基调深沉而又粗壮有力,在沉重的叹息声中又隐藏着反抗的力量,强烈地反映了俄国人民要求摆脱痛苦的决心和对光明自由生活的向往。 我先唱一遍大家伙听听。"

陈原道低沉、舒缓地用俄文唱道:

Эй Ухнем

Эй ухнем

Эй ухнем

Ещё раз и к ещё раз

Эй ухнем

Эй ухнем

Ещё раз и к ещё раз

Разовьём мы берёзу

Разовьём кудряву
……

在陈原道的歌唱声中，大家伙仿佛看见，阳光酷烈，空旷荒芜的伏尔加河滩上，一条陈旧的缆绳，把一群蓬头垢面、衣衫褴褛、胸前套索的纤夫们连接在一起。他们哼着低沉的号子，像牲口似的，精疲力竭地拖着沉重的货船，麻木而缓慢地由远而来，复又远去，直到消逝在远方，给人以惆怅、孤苦、无助之感。时间早已压垮了他们健壮的身躯，残暴早已将他们的心灵折磨得遍体鳞伤。与其说这是人与自然在搏斗，不如说是人在与残酷无情的黑暗命运和社会在搏斗。

大家伙一字一句地跟陈原道学唱着。

陈原道教得很认真，他不仅要讲述单词，帮助大家伙弄懂词义，还要纠正大家的发音、音准、节奏快慢。一上午下来，陈原道累得汗流浃背，可大家伙还一头雾水不得要领。

"仅仅才一上午的时间，大家能唱到这个样子，很不错了。比我们当年好多了！"望着大家沮丧的脸庞，陈原道安慰大家说。

在陈原道的鼓励下，大家伙的劲头又上来了。吃罢夹杂着石子、砂子、稗子的米饭，碗一放，又一窝蜂围了上来。

"怎么样？再教我们唱一会？"

"唱了一上午了，你们还不累啊？"

大家伙兴致勃勃，齐刷刷地摇头，"不累！"

"好，既然大家伙意犹未尽，那咱们就乘胜追击！"

陈原道口口相传，大家伙孜孜不倦。没到晚饭时间，已经唱得相当有模有样了。

大家伙兴高采烈，陈原道眉开眼笑。

这时，不知谁提议道："我看啊，我们今天晚饭要以水代酒，好好庆祝庆祝。"

话音刚落，就有人反对："干嘛以水代酒？要庆祝就名正言顺的庆祝，想办法弄瓶酒去。"

这个建议，得到了大家伙众口一词的拥护，"对，弄酒去。"

立刻，就有人"贿赂"狱警去了。

这时，监房的门"哐当"一声，开了。接着，就传来了一名看守的吼叫声：

"陈原道，出来。"

"怎么这么晚还喊你出去，不会有什么事吧？"狱友们全都惶恐不安地望着陈原道。

"大家伙放心吧，没有事。"陈原道故作轻松地笑了笑，说："如果给我用刑，就当是给我活动筋骨了。如果枪毙我，那也没有什么。我们不是常说一句话嘛：愿生命灿若夏花，愿死亡美如秋叶。对共产党人来说，严刑拷打，家常便饭；砍头枪毙，告老还乡！"

"别啰嗦了，快一点！"看守不耐烦地催促道。

陈原道大义凛然地跟大家伙摆摆手，用手拢了拢头发，整整衣服，从容不迫地走了出去。

有着"蒋介石的十三太保"之誉的康泽出现在宪兵司令部里时，身上穿着的是笔挺的将官制服。康泽绷着脸，谁也不理，谁也不看，器宇轩昂地直接走进会议室。一进门就目不转睛地盯着挂在墙上的一幅地图，直到一路陪同的看守所长知趣地退出，关上门，才转过身，寒暄道：

"久违了原道兄，我们终于又见面了。"

这声音似乎有一点点耳熟，可以肯定绝不是那种过从甚密的亲朋挚友。

当然，亲朋挚友也到不了这种地方。

陈原道漫不经心地睁开眼，打量来人。

来人也在打量他。

四目相望，彼此熟悉而又陌生。

原来是康泽。

康泽原名康代宾，祖籍四川。中学毕业时，听说孙中山先生在广州黄埔岛创办陆军军官学校，便跃跃欲试。在进步教师李恒生、刘卓安的帮助和族人康纪鸿的接济下，康泽远赴广州，于1925年考入黄埔军校第三期。因对当年曾拼着一死去刺杀满清王朝摄政王爱新觉罗·载沣的年轻革命党人汪精卫十分景仰，便在入学后效法汪兆铭（汪精卫字兆铭），改名兆名，号泽，从此以"康泽"之名行走于天下。风华正茂的康泽，不仅在思想上对汪精卫崇拜得五体投地，连行为上如：举止、动作、辞令也一概刻意模仿。康泽记忆力很强，也长于演讲，在各种场合讲话从不带讲稿，而且词句简练，有条不紊，举手投足都带有汪精卫的风度和派头。

陈原道与康泽相识于莫斯科中山大学。

俗话说，道不同，不相为谋。

康泽从骨子里就不认同马列主义，认为共产主义不适合中国国情。与陈原道这等就是为了探寻救国救民之路的纯粹的布尔什维克不同，莫斯科三年，对康泽来说，就是为了去镀层金。所以，直到学成回国都还形同路人。

康泽回国后，初在南京国军总部任侍从副官，中原大战结束后，经蒋批准成立南昌行营别动总队，任少将总队长，江西"剿共"时期为蒋所重用，现在是中华复兴社中央干事与书记及国民党中央委员。康泽曾建言蒋介石采用俄国政治保卫总局（简称克格勃）制度保护政权，深受蒋的器重。

还是康泽率先打破了沉闷，"原道兄一向可好啊？"

"你看呢？我一个阶下囚，和你肯定是不能比。你现在是蒋介石的红人，正春风得意啊！"陈原道冷冷道："不问你也知道，到了你们这里，能有好吗？"

"你这伶牙俐齿唇枪舌剑的习性丝毫未改。"

"没办法。山难移，性难改。"陈原道语气淡淡的。

康泽的嘴角上扬挂着隐秘的笑意，笃定地说："你可以不认我这个老同学，但我这个老同学不能不认你。听说你蒙难，我心急如焚，一刻也不曾停留，立马就赶过来了。"

陈原道随随便便地打量着康泽。表情阴郁的康泽今天一反常态没有穿西装，取而代之的是一身寒气逼人的军装，显得很正式，很严肃。

非正式场合，武装整肃，于康泽而言，十分难得。

"那我可要谢谢你的一番盛情了。"

"好了，闲言少叙，我们还是言归正传吧。"

"洗耳恭听。"

"在莫斯科时，同学这么多，什么人物都有，我独偏偏就高看你一眼。"

"那你真是看错人了。"陈原道冷嘲热讽地说。

康泽拉过一把椅子坐下，"中国有句俗话，叫做女怕嫁错郎，男怕入错行。我为之感到深深惋惜的，就是原道兄病急乱投医，歧路亡羊，投错了门。"陈原道想插话，康泽摆摆手，止住了他。"你们叫嚣的那些个所谓的主义啊、信仰啊之类的东西，我都看了，也仔细研究了，那些东西，从头到尾贯穿着不切实际的谎言，喊一喊，哄老百姓热闹热闹就行了，当不得真的。"

陈原道义正辞严地驳斥道："你错了！信仰的道路不是一马平川的，而是充满着荆棘，甚至是布满陷阱的，但我们共产党人的使命，就是去铲除前进道路上的障碍，用脚踏实地的行动一步步接近我们的理想之地。共产党人的信仰不是停留在口头上，还在于我们能够前仆后继，不顾一切地向这些目标挺进，舍生忘死地去实践自己的信仰。让人们凝聚起来，勇往直前以赴之，断头流血以从之，殚精竭虑以成之。为信仰而奋斗，就是为未来而奋斗。"

康泽不屑一顾。"高调谁都会唱，但高调换不来胜利。你们之所以大张旗鼓不厌其烦地高喊主义、信仰，不过是希冀这些话说多了就能梦想成真。因为你们自己很清楚：梦想就是梦想，永远也成不了现实！你肯定不知道，这世界上有一个历久不衰的游戏，就叫做'你一认真就输了'！"

陈原道鄙夷地看着康泽，"你本就没有信仰，自然不会懂得。眼下的中国已经进入到垂死阶段了，垂死的钟声一次次响起，蒋介石被推入墓中，已是水到渠成的事，谁都无法挽救蒋介石灭亡的命运。正如大江大河，无论有多少回转、险滩，终究要流入大海一样，人间也是，无论有多少逆流，最终要回到人间正道。要不了多久，中国一定会有一个新政府，没有皇帝，没有权贵，没有剥削和压迫，不会丧权辱国，让人民，能够有尊严的生活。"

康泽笑了，"看来共产党的流毒已经深入到你的骨髓了。无怪乎有人说，共产党有一种神奇的、蛊惑人心的力量，不谙世事的年轻人，有一个毒一个。没想到，我们顶顶聪明的陈原道竟也会迷惑到不辨南北。你所说的那个新政府，即便——记住，我说的是即便——即便实现了，也还得有一个前提，那就是你必须活着。否则，就如《红楼梦》里所言：乱哄哄，你方唱罢我登场，反认他乡是故乡。甚荒唐，到头来都是为他人作嫁衣裳！"

"天空不见鸟的踪影，鸟已飞过；河床不留水的痕迹，水已流过。我看见看不见都无所谓，那就让子孙后代去享受前人披荆斩棘换来的的幸福吧！"

康泽摇摇头，"一个不成熟的人的标志就是敢于为一种事业英勇地献身，而一个成熟的人的标志就是愿意为某种事业谦卑地活着。英勇地献身，虽看似伟大，却让他失去了东山再起的机会；而谦卑地活着，看似屈服，实则给了他积蓄力量的机会。所以，要记住该记住的，忘记该忘记的。改变能改变的，接受不能改变的。"康泽的脸色起了微妙的变化，仰起脸，盯着陈原道，冷笑道："从'落叶满空山，何时寻芳迹'，到'空山无人，水流花开'，再到'万古长空，一朝风月'，古人无不在教导着我们，要着眼现实，着眼自身，由谦卑的妥协，从而实现天人合一的圆融的人生之美。天下之大，没有一条路是必须走过不可的，没有一件东西是非拥有不可的，活法千千万，最重要的是，要活得幸福！你是聪明人，知道通过什么方式，打磨之，改变之，从而轻而易举地获取幸福的潜能。"

陈原道用一种宁静的目光看着康泽。"在我寻找幸福之前，我们还是先来讨论讨论你的幸福吧。你信仰三民主义吗？你相信国民党能够一定就能取得这场战争的胜利吗？山河破碎风飘絮，身世浮沉雨打萍。以你之聪明，会看不见眼下中国社会黑暗、政治衰败、民生凋敝、生灵涂炭之现状？军阀争权夺利，官僚贪污腐化，政府只会内欺百姓，却不敢外争国权。你说，这样的国家有希望吗？这样的政党有希望吗？你再看共产党，如雨后春笋，漫山遍野，抓不尽，杀不完，一代英勇牺牲，一代前赴后继。因为共产党能让广大民众看到光明，寄予民族、国家新生的希望！孰胜孰败不言而喻了吧？"

"也许你说得对，可你不还是做了国民党的阶下囚？"

"总有一天，人民会和你们清算的！"

"或许吧。遗憾的是，如此执迷不悟，你肯定是看不到那一天了。希望我能如你所愿。"

康泽说这番话时，完全是意气用事，绝没有想到，竟会一语成谶。

——1948年襄樊战役中，襄阳城破，康泽被生俘，被送至功德林战犯管理所改造，1963年被最高人民法院特赦释放，安排到全国政协文史资料研究委员会任文史专员。关于康泽，毛泽东曾经说过："农民对于康泽是不能饶恕的！"确实，共产党与康泽长期势如水火，双方都沾满了对方的鲜血。所以，康泽没过得了"文化大革命"这关，半夜被红卫兵打得半死，拖进秦城大牢，重伤而亡。

康泽脸上的笑容一点一点凝固，站起身，冷冷地道，"来的时候，想你可能会不习惯这里的口味，匆匆忙忙给你带了些食品、罐头之类。看来，是多此一举了。你这个忠诚的共产主义战士、坚定的布尔什维克，视金钱都犹如粪土，这样的随意小吃你断然也不会收下了，遗憾啊……"

"慢！岂能辜负老同学一片苦心，照单全收。"陈原道微笑道："放心，我不会吃。"

康泽"哼"了一声，看了一眼陈原道，转过身扬长而去。他的脸色阴阴的。

望着康泽一点点远去的背影，陈原道突然预感到死亡也许很快就要降临了。因为，能让自己低头的法子，国民党们都悉数用尽了。打康泽这张牌也实属迫不得已。康泽本人都应该清楚，以他们俩的交往，他的劝降，根本就不可能取得什么明显实效。不过，总得要试一试。不试怎么知道结果呢？

陈原道拎起装得满满当当的袋子，颤颤巍巍向监房走去，还没进门就大声喊道："狱友们，快来看，看我给你们带来什么好吃的来了。"

一轮残月，一盏明灯。

阴森森的高墙上布满了黑色的铁丝网，墙下，是武装整肃荷枪实弹的宪兵。

空荡荡的走廊里，一名看守叼着烟，从走廊这头，到走廊那头，百无聊赖地来来回回地走着，"咔嚓咔嚓"的脚步声让人心烦，也让人心颤。

大家伙正凑在一起跟陈原道学习用俄语演唱《三套车》。

陈原道特别喜欢这首俄罗斯民歌。它会情不自禁地唤起掩藏在陈原道情感深处的记忆：辽远的雪地上，一辆马车钻出了丛林……

忽然，敬礼号响了。

大家伙霎时面面相觑，噤若寒蝉，心中禁不住一阵悲凉。

在监狱里住久了，大家伙已经渐渐地摸索出了一些国民党杀人的规律：一听到守卫吹敬礼号，就知道，这是看守所头子郭正龙来了。这个杀人不眨眼的刽子手一来，不用问，国民党又要动屠刀了！

这是规矩，杀人的前一天，看守所长要亲到监狱里来，对一对名字，对一对人头。

因为，谁都不知道明天将会是谁奔赴刑场，所以，监号里的每一个人都做好了牺牲的准备。大家互相握手，互相鼓励，默默地表示着离别的心情。然后，把衣服穿好，做好慷慨赴死的准备。

睡在陈原道旁边的一位操着山东口音的中年汉子，张开嘴，将嘴里仅有的一颗金牙摘了下来，用纸包裹起来，放到墙角处，有些伤感地说："同志们，也许明天我就要被国民党反动派枪毙了，这个，就留给你们看能派个啥用场吧。"话没说完，眼泪就落下来。

陈原道缓缓踱到他身边，轻轻拍了拍他的肩膀，那人转过身，破涕为笑。

果然，第二天，天还没有亮，几辆军车飞驰而至，急匆匆的脚步声中，牢房的铁门被粗暴地打开，发出金属的撞击声。一群穿着国民党制服的宪兵张牙舞爪地闯了进来，趾高气昂地喊道：

"陈原道——陈原道站出来！"

陈原道明白最后的时刻到来了。他镇定地站起身，难舍难分地挨个和难友们告别。

难友们含着热泪说："永别了，陈原道同志。"

陈原道面色从容地说道："同志们，为了无产阶级革命事业，我们永别了。望你们保重身体，坚定立场，坚决为无产阶级事业奋斗到底！我们虽然被杀了，但我们的鲜血不会白流，无产阶级是会报仇的！同志们，让我们一起振臂高呼吧——"

在陈原道的带领下，顿时，监狱里响起了"打倒国民党！""打倒蒋介石！""共产党万岁！"的高呼声。

郭正龙大惊失色道："快，快上去把他的嘴给我堵上，拉出去推到车上去！"

惊慌失措的宪兵们如狼似虎般的扑了上来，手忙脚乱地去堵陈原道的嘴，同时，粗暴地将他往外推。

"不用你们推，我自己会走！"陈原道使劲儿甩开团团围住他的宪兵，转过身去，一步一步，不紧不慢地信步朝外走去。他走得那么镇静、安详、优雅，没有一丝儿恐慌和不安。他一边走着，一边从容不迫地与一双双满含热泪的眼睛深情相望，与一双双透过栅栏伸出的大手深情相握：

"永别了朋友，莫愁前路无知己，遍地英雄征战急。早点出去干革命！"

"不要难过。人有一生就有一死，能够生得有意义，死得有价值，我死而无憾！"

"坚强些，我们是为将来的人创造美满生活的战士，不要为自己的痛苦伤心。"

"记住：王师北定中原日，家祭无忘告乃友啊！"

……

陈原道就这样走着说着，平时两分钟的路程，他却足足走了有十分钟。

在走廊的尽头，陈原道威风凛凛站住了，转过身，大声道："同志们，让我们最后在一起唱首歌吧：起来，饥寒交迫的奴隶！起来，全世界受苦的人！满腔的热血已经沸腾，要为真理而斗争……"

在陈原道的带领下，整个监狱同声合唱，慷慨激越的歌声，震得风雨飘摇的宪兵司令部监狱岌岌可危……

陈原道被害的消息，是由狱中难友曹瑛手写密信，通过当天出狱的革命青年张源带出，寄往北平四川会馆，辗转送到了尚在上海的刘亚雄手中。此时，刘亚雄已怀有身孕。

新啼痕压旧啼痕，断肠人忆断肠人。得到这一噩耗，刘亚雄一骨碌从椅子上站起来，转身就往外走。来送情报的文静——就是当年跟陈原道一起为"六二"惨案声援的那位女同学，如今已经是一位有着多年党龄的优秀共产党员了。

刘亚雄什么都不说，站起身就往外冲。文静一把拉住她，"你要去哪儿？你想干什么？你哪儿都不能去。"文静用力将她摁到椅子上,"你想到哪去? 去报仇是吗?"刘亚雄咬紧牙齿,拼命想让自己站起来。 文静就更加用力地摁住她,"你现在出去就是送死,去送死,你知道吗?"文静脸色变得严峻。"那就让我去死!"刘亚雄爆发出一声凄厉的尖叫。"刘亚雄同志,我们都是革命者,你比我更清楚,我们的生命并不属于我们自己。 你现在唯一能做的就是,哪都不要去,就守在家里,等候组织的安排。"

文静的话是对的,在没有得到组织同意之前,她唯一能做的,就是安静地隐藏好自己。

刘亚雄不说话也不挣扎了,就这么木然地坐在在椅子上,一直坐到麻木的感觉从脊椎一直扩散到全身,就像血液在凝固那样。 此时此刻,她真希望自己就这样一头倒在桌子上,然后,慢慢地死去。

夜阑人静时,刘亚雄终于忍无可忍,泪如雨下,撕心裂肺地哭了起来。 刘亚雄凄厉的哭声,像极了千里太行的山脊,时而蜿蜒曲折重峦叠嶂,时而顺势直下山高坡陡,与民族的命运消长相随。 为了避免引起怀疑,她紧紧地咬住胳膊上的肉,哪怕已经感到了那种剧烈、钻心的疼痛。 等她松开嘴的时候,衣袖上,已经湿漉漉一片。

这一晚,除了嘤嘤哭泣的刘亚雄外,还有一个人也是彻夜未眠。

这个人,就是刘亚雄的父亲,陈原道的岳丈刘少白。

刘少白葛衣麻服,手拄藤杖,眼含热泪,肃穆而立。 夜风,吹乱了他的长发,吹抖了他的衣衫。 一抹清冷的月光,从刺槐的树叶隙缝里射过来,将惆怅和苍凉斑斑驳驳地洒了刘少白一身,迷幻冷清,落寞凄婉。 夜色中,刘少白飘逸的长须,衰老成了传说。

此后,一连三天,刘亚雄把自己反锁在房间里,也不声,也不响,她的脸上,早已看不到一丝泪痕。 就像当年得知刘和珍等同学英勇牺牲时一样。

第四天,她自己就爬了起来。

"西风吹老洞庭波,一夜湘君白发多。"刘亚雄看着镜子中的自己,短短两三天间,曾经的满头青丝,霎然白了大半。 悲愤,犹如一场大病，让曾经容光焕发的刘亚雄变得神色憔悴，浑身上下没有四两劲。 她看到桌上的一只豁牙漏齿的花碗里，还有多半碗不知哪天吃剩下的米饭。 她想也不想，就往里面冲了半碗开水，一口气吃完。 然后，用剩下的水把脸洗净。 一切收拾停当，拿起包，不慌不忙地走出了家门。

她要去见"组织"。

陈原道在时，他的身份是随着时间不断变化的，有时是她的丈夫，有时是她的领导。 她的工作，她的生活，都是由陈原道事无巨细地予以安排。 虽然她和许许多多从事地下工作的同志一样，同属一个党，有着共同的目标，面对共同的敌人，但她却不和他们发生任何工作上的联系，她只服从于陈原道一个人。 陈原道不在了，她只能去寻找新的"组织"。

她要请求"组织"立刻给她安排工作。

她不想，也不愿就这么一辈子做一颗尸位素餐的闲棋冷子！

刘亚雄出门的时候，处心积虑窝藏了一个冬天的积雪正在开始融化。

一大捧雪"扑棱棱"从瓦楞上掉落下来，纷纷扬扬。

像一场新雪。

附记　光耀千秋

陈原道光耀千秋的英雄事迹直到1979年才昭雪于天下。

这年的4月25日,中共中央组织部专门致函南京市委组织部：

关于陈原道同志一九三一年被捕问题,据刘宁一、解方、薄一波、安子文等同志最近证明,陈这次被捕政治上没有问题,狱中表现是好的,对敌斗争是坚定的。因此,应恢复其烈士事迹陈列。

"萧瑟秋风今又是,换了人间。"

一个冬日的上午,刚刚恢复名誉,重新走上领导工作岗位的刘亚雄在儿子刘纪原的陪同下来到雨花台瞻仰陈原道烈士。

在陈原道的遗像前,刘亚雄流连忘返,感慨万千。

——陈原道遇难后,刘亚雄被迫离开上海,重返河北。没想到,河北省委再突遭破坏,此时,刘亚雄正面临待产。无奈之下,刘亚雄回到了太原。1933年8月1日,刘亚雄在老家产下一男孩,为了让孩子永远地铭记父亲和父亲未竟的革命事业,刘亚雄与父亲刘少白为孩子取名"刘纪原"。产后,刘亚雄毅然地撇下嗷嗷待哺的儿子,颠沛流离昼夜兼程地奔波于北平、河北、河南、山西等地寻找组织,历时两年,始接上组织关系。

在党的领导下,刘亚雄茁壮成长,先后成为敌后抗日根据地第一位女专员、长春市第一任市委书记等,1953年1月出任国家劳动部常务副部长。"文革"中,刘亚雄蒙受了许多不白之冤。

前不久,刚刚被恢复了名誉,安排了工作。

刘亚雄与陈原道所生的儿子,那个父亲牺牲时才在母亲腹中五个月的儿子刘纪原也跟着受到牵连。

刘纪原八岁才到了延安与母亲生活在一起,母亲给了他感情上的慈爱和管教上的严格,并未因他独特的出生和成长经历而娇生惯养,因此他也继承了母亲身上的秉性——顽强和坚韧。少年时的磨砺成为刘纪原一生的财富。

新中国成立后,党和国家为了尽快培养出更多社会主义事业急需的人才,向苏联和其他东欧社会主义国家派遣了大批留学生,而刘纪原也正是在这个时候接受党和国家的挑选,远赴苏联留学。1960年,风华正茂的刘纪原完成了在莫斯科包曼高级工业学校自动控制系导弹控制专业的全部学业后,返回祖国,致力于国家航天事业,先后参与了"两弹一星"研制和"两弹结合"试验。

那时的刘纪原,仅是一个刚刚在拨乱反正中恢复了工作权利的"叛徒"的儿子,一个陪母亲看望曾经蒙受了不白之冤的父亲的儿子,一个祈盼能够在冥冥之中与父亲对话的儿子。他还料想不到自己日后会担任航天部（航空航天部）副部长，中国航天工业总公司总经理（国家航天局局长）、党组书记。 会成为欧亚科学院院士，国际宇航科学院院士、俄罗斯导航科学院院士、中国载人航天工程副总指挥。 那时，他还没有获得国际宇航科学院（IAA）授予的"冯·卡门"奖。"冯·卡门"奖创立于1982年，是IAA最高奖项，每年授予一次，以表彰在科学领域取得杰出终生成就的个人。 这是中国专家首次获此殊荣。

"……三年以来，在人民解放战争和人民革命中牺牲的人民英雄们永垂不朽! 三十年以来，在人民解放战争和人民革命中牺牲的人民英雄们永垂不朽!"

刘纪原跟随着母亲，转了一圈又一圈，看了一遍又一遍。

刘亚雄的眼睛湿润了。

斗转星移，物是人非。

今天，已经很难很难找到过去的风貌了。

似乎，只有在这里，刘亚雄才能寻觅到过去的时光，捕捉到过去的气息，遇见过去的人，经历过去的事……

——冰天雪地的莫斯科中山大学。 陈原道走进图书馆，往座位上一坐，悄悄地掏出一只面包，放到刘亚雄面前。 低声道："有个叫弗朗西斯·培根的英国人曾经说：知识就是力量。 可是，他忘记说了，知识分子也是人，不吃饭也一样饥肠辘辘乌面鹄形。"

——风雨如磐的上海滩。 陈原道与刘亚雄依依惜别，陈原道从口袋里掏出一块绣花的手帕，轻柔地擦了擦刘亚雄的眼睑，说："不是小孩子了，还哭鼻子。 说不定，明天咱们就又在一起并肩战斗了。"

——天津海河边的那幢铁皮小屋。 陈原道脸色红红的，苦笑着，说："只可惜，乱世荒芜，兵戈不绝，我既不能许你荣华富贵，也没有嫁衣红霞。"他将脸紧贴在刘亚雄的胸前，低语道："上邪! 我欲与君相知，长命无绝衰。 山无陵，江水为竭，冬雷震震夏雨雪，天地合，乃敢与君绝!"

——还是风雨如磐的上海滩。陈原道起身走到窗前,望着冷冷清清的大街,缓慢而坚定地说:"干我们这一行,哪有安稳的时候,哪天不是在刀尖上枪口下讨生活? 生命对于我们,就像天上的太阳、彩虹、流云、雨露,刚刚还云蒸霞蔚,转眼便黑云压城。从某种意义上说,死在国民党手里都还是能够让人接受的,最难以承受的是,有时,我们甚至不得不用自己的手,来结束自己的生命。"

……

隔着近半个世纪的时光,丈夫与妻子、父亲与儿子,就这样,面对着面,互相凝望着对方,互相注视着对方……

一队少先队员不知何时悄悄地站到了他们的身后,面对烈士遗像,深情高歌:

起来,饥寒交迫的奴隶! 起来,全世界受苦的人! 满腔的热血已经沸腾,要为真理而斗争! 旧世界打个落花流水,奴隶们起来,起来! 不要说我们一无所有,我们要做天下的主人! 这是最后的斗争,团结起来到明天,英特纳雄耐尔就一定要实现! 这是最后的斗争,团结起来到明天,英特纳雄耐尔就一定要实现!

从来就没有什么救世主,也不靠神仙皇帝! 要创造人类的幸福,全靠我们自己! 我们要夺回劳动果实,让思想冲破牢笼! 快把那炉火烧得通红,趁热打铁才会成功! 这是最后的斗争,团结起来到明天,英特纳雄耐尔就一定要实现! 这是最后的斗争,团结起来到明天,英特纳雄耐尔就一定要实现!

参考文献

1.《陈原道百年诞辰纪念文集》,中共安徽省委党史研究室编,中共党史出版社,2004年;

2.《刘亚雄纪念集》,康克清、杨献珍等著,吉林人民出版社,1989年;

3.《莫斯科中山大学与中国革命》,盛岳著,东方出版社,2004年;

4.《风雨五载——莫斯科中央大学始末》,孙耀文著,中央编译出版社,1996年;

5.《丹心映山河——刘亚雄传记》,徐冲著,吉林人民出版社,1989年。